有话好好说

「字码头」读库

◎王晓峰 著

大连出版社
DALIAN PUBLISHING HOUSE

王晓峰

旅大师范专科学校数学系、辽宁师范大学中文系毕业。中国文艺评论家协会理事、中国作家协会会员、辽宁省文艺理论家协会副主席、辽宁省作家协会理事、辽宁省作家协会特约评论家、大连理工大学人文学院汉语言文学专业兼职教授、大连市文联副巡视员、大连市文艺评论家协会主席。

已发表文学作品及评论九百多篇，计五百多万字。出版了文学评论及作品集《生活里的文学和艺术》《当下小小说》《王晓峰文谈》《灯下偶记》《看法——王晓峰文学笔记》《大连文化散论》《喜欢玉一定喜欢阳光》《离婚》《七彩梦》等，主编和参与主编了文学评论集和文学作品集五十多部。

留住阅读和写作的心

——“字码头”读库总序

滕贞甫

网络时代，很多人似乎慢慢丢掉了阅读的习惯，在市场力量的推动下，消费性的写作也成为了当下的文学主流。

大连是个现代化的海滨城市，在这里工作和生活着一批全国知名的文学作家。他们中间有恪守文学表现时代传统的50后、60后作家，也有表现人物成长和个人生活、侧面展现历史的近70后作家。“字码头”读库推出十二位作家的经典文学作品集，包括作家自选的中短篇小说集、散文集、随笔集。这些作品关注和表现的题材十分丰富，涵盖了历史、现实、农村、工厂、部队、知识阶层、都市时尚生活、现代女性和新人类。写作方面各具特点，有简捷明快、以故事情节引人入胜者，也有的以对人、事、物细腻的描绘和铺陈见长。如，孙惠芬对北方乡村农民及民工人物内心的丰富变化的细腻描绘，马晓丽对部队生活的深刻体验及对人物内心世界的深广、丰富的描述。陈昌平的小说让小人物走进历史，他书写普通人不同历史时期的卑微心理和悲凉人生，在貌似松弛的叙述中透出内在的凌厉无比的锋芒。

该读库作品的另外一个特点是既有故事情节，又能把这一故事讲述得娓娓动人，叙述得有技巧。津子围的小说宁静、平和、自由、开放，没有过多的笔墨渲染心理分析，而是在委婉地讲述着一个个故事，那些现代性的感受和先锋思考，在他的作品中深深地隐匿于个性的皮肉之下。

“字码头”读库中的散文和随笔也有着鲜明

的特点。邓刚、素素、宁明，他们的作品从不同的角度思考着“文革”、知青、改革、文化、历史、社会、人生问题，这些问题同时也是社会关注的焦点，他们力图通过他们的作品回应着历史、现实提出的问题，引领和解答着人们的思考。宁明的飞行散文有着重要的拓展与探索意义，不仅填补了国内散文创作领域书写飞行题材的空白，还为零距离状写蓝天体验提供了文本借鉴。

“字码头”读库与中国社会的发展进程相一致，从中我们找回了历史与记忆，找回了哲学的思考，她承载着当代文学的审美追求，展示着中国文坛梦的趋向与特征。她不仅是对文学资源的一种深度挖掘和发现，同时对当下中国文化的空间、文化的积淀、文化的推动，具有双向的拓展和深化作用。网络时代，我们更加相信，品质上佳的作品还会让人不自禁地想多读些书，让人静下心来投入写作，因为系统的阅读、精致的写作最终是让知识体系完整而不是碎片化。

最后寄语读者、作家：请留住你们阅读和写作的心。

（作者系中共大连市委宣传部常务副部长、大连市文联主席）

目录

YOU HUA HAOHAO SHUO

酒话

我不喝酒。但听说过喝酒的种种妙处。于是觉得，有些文字需要放在酒后。

你要当面夸夸我

生活里总会有一些不如意的地方。有一天，我的心情不太好。至于什么原因我不说了，怪不好意思的，反正用同事小钱的话来说："老脸拉得挺长的，阴森森的一上午。"但是，在那个下午，办公室里来了一个漂亮的女性，坐下来就没有要走的意思，好像也没什么事儿，只是和我找话说，滔滔不绝的，主题有三，一是夸我这个人善良、心眼儿好；二是夸我的文学评论写得好；三是夸我干练、能力强。她夸我的具体内容我就不详细说了，我这个人的个性你还不知道吗，谦虚得都习惯了。

我的心情就此而由阴转晴了。

也就在这时我突然发现小钱在那个女人的背后晃来晃去、挤眉弄眼的，像是十分高兴。小钱是个藏不住心事儿的人，看她那一副得意的样子，我便知道这天下午是她精心构思的一个骗局：一个"美人计"，让来人往死里夸我，哄我高兴。用相声演员的话来说，叫"逗你玩"。已经知道这是阴谋了，但我心里还是高兴，还在继续特别有心情地听着那人夸我。

没有谁不爱听好话的。

在生活里想听点儿好话并不难。教育心理学把说好话视为激励原理。说一个学生表现不好，学习又差，你当老师的不能挖苦打击，而要找出这人的优点，往死里夸，鼓励他发扬优点，克服缺点，这人进步就大了。据说这是美国佬惯用的招数，说是在美国，夸人的话满天飞。这种激励原理可以运用到各行各业、不同阶层、不同身份、不同年龄的人身上。比如对待你的领导，你不能表现出不满，不能去发牢骚，不能自个儿去生闷气，那是和自己过不去。你就应该像小钱那样，看见领导不高兴了，找些优点找些好话鼓励他，效果颇佳。

当下文艺界不少的作品研讨会、座谈会便是“激励原理”最成功的范例。一伙儿专家、评论家、文艺家坐在一起，大王、小王、会儿、主儿、副儿排列清楚，摆好，座次不乱，之后便让他们放口去夸人。你听着，全是好话。专门给一个人或者他的作品说好话。都是很认真地去说，都有充分准备地去说。你看见媒体上报道的某某人或某某作品的座谈会（有时也叫研讨会），大都是这种情形。我敢说，当下你几乎找不到一个专门给人提意见、挑毛病的研讨会和座谈会。谁能受得了这个？谁的心理承受能力能有那么好：大家争先恐后地站起来，气势汹汹地说，你这里不行那里也不好。这种会议现在没有，过去却有。“文革”时期有“大批判会”，或叫“批斗会”，还有“斗私批修会”，那是无中生有、无限上纲、专门给人家找毛病的会；现在这类会议还有一种，属于不讲情面的，就是在法院开庭审判的会，那可是不说优点全说你的不是。

文艺界的研讨会、座谈会里就不能全说缺点、局限了，这些会议好像只有一个主题，就是夸人夸作品。

夸人、讲人的好话不见得就是坏事。以我为例吧，我大半生走来，吃的是文学饭，从内心里也喜欢这碗饭。等到我感觉特别好的时候，你当头一棒：你的评论写得不好，你不适合搞评论。这不是往死里逼我吗！你还想不想让我继续活下去了？这不是一下子就把我的积极性彻底挫伤了吗？

再比如，我向来觉得，搞文艺创作的人没有一个不是自我感觉良好的。说白了，都有自恋倾向，一个作品出来，会觉得这东西很好。没这良好的感觉，他就无法继续搞下去。这时有个研讨会、座谈会说他这也不行那也不是，那是把人往死里逼呀。

再从另一个角度说，座谈会、研讨会上的夸人，也大都没有什么假话，从道德角度上讲也不算违心讲假话。一则有可能发言者的确就是这样看待讨论对象的，他是以自己的标准来衡量对象；二则他有可能回避一些问题、局限，而专挑优点来说，这也不算错，只能说是在一个角度看问题，而不是全面地看问题。这又不是什么大问题。

研讨会、座谈会常常是一个作家、艺术家创作的阶段性总结。阶段性总结哪里都有，比如单位年终总结、个人总结，哪个都是自己表扬自己的文章。阶段性总结干吗不能说好话呢，都不是什么坏事儿呀。

那天，看见我心情好了，那女人、小钱好像完成了一个天大的使命。我暗暗地告诫自己：千万千万别把刚才夸我的好话当作一回事儿。那可是一种鼓励，是定了个远景目标让你拼命去奔啊。而在研讨会、座谈会的被研讨对象，大概都像我一样，不会把那些夸奖的话当真，自己是半斤还是八两应该最清楚。比如有人要是说你“在中国文艺发展历史上留下了崭新的一笔”之类的话，你在高兴之余，一定要把这当作自己的奋斗目标。

小钱是女生

同事小钱有一天老是哼哼《我是女生》。再好的旋律，如果你无休无止地哼唱着，谁都会受不了。作家孙惠芬有一天打电话说，早晨起来后这一天脑子里总是自动播放“一条大河波浪宽……”，拼命地不去想这曲子都不成。这情况我自己也经常遇到，小钱这天就是这样。从医学、心理学上看，也许这叫强迫症，即不由自主地被强迫去重复做某件事。小钱哼唱了大半天《我是女生》了，都在一个办公室里，我的脑子里也都快出现自动播放的征兆了，真有些受不了了，很想狠狠地说，不要再表白了，我早就知道你是女生。不过小钱一定会问：“你怎么知道？”这我就不太好回答了。

如果年龄比较大一点儿的女人老是强调她是女生，你一定会感觉味道不对：一是你觉得她是在装嫩，二是你觉得她有女权主义倾向，甚至你还会觉得她有女权主义强迫症。

小钱认为，七十年来女权主义理论的要旨大抵是：世界上的人分男人女人，男人高高在上统治一切，女人是“奴隶”是附庸，没有话语权，因此女人要独立自主起来，以自己的思维自己的方式与男人共享权利，平分世界，独立存在。因此，小钱每逢在文学会议上，总是慷慨地以女权主义思想的逻辑来进行她的发言，还总能赢得一阵阵喝彩，为此她很得意。联想到小钱平日里的种种表现，这天她无休止地哼唱《我是女生》时，我搁心里阴险地想：这厮女权主义强迫症又复发了。

其实我一直认为小钱的女权主义还是具有一定的进步性、合理性和现实意义的，因为我觉得她的主义还没有达到疯狂自恋的程度。比如她主张应该让天下所有的女人都待在家里，把腾出来的位置、报酬让给男人，以增加男人的就业岗位和工资收入，由此家庭会更加和睦，社会会更加和谐，男女各得其所。她说她的这种主张更利于女人发挥女人的天性和特长。在这一点上，小钱和一个叫韩石山的评论家一样，都比较会心疼女人。韩石山在《回到常情常理》一书里就说过：“本来不多的活儿，男人都不够做，何必要女人去受那份苦。”

对于小钱的理论，我认为她讲得很好，也很全面。但我还想补充一点：对一个家庭来说，不一定非得是女人留守家中。如果男人的能力、水平等方面略弱一些，或者他不喜欢出外做工，愿意留守在家，那也可以让他家的女人出外闯荡，赚钱养家。比如我就愿意这么做，遗憾的是我现在不具备这样的条件。

与小钱共事多年，总是听到她对当下文学、绘画、戏剧、舞蹈领域内的女作家、女艺术家的作品持有女权主义色彩的评论，并且认为女权主义是改变女性社会地位、提升女性自觉意识的通途。听多了、久了，我的心里未免要犯嘀咕：从亚当为男夏娃为女开始，男女就这么相安无事地过了几千年，挺好的，可当下的一些女人偏偏要把男女分开说事儿，是不是有点儿无事生非？小钱坚决驳斥了我的观点：千百年来男女相处并不是平安无事，而是男人的权利大于女人，男人的利益大于女人，便宜都叫男人占去了。因此，研究、推广女权主义，是让女人们充分觉悟起来，为改变自己的地位而努力奋斗。

平心而论，小钱“我是女生”的理论，仅仅停留在口头上而不是在行动上。在家里，小钱总把自己的先生、儿子浏浏放在第一位，无论如何，都舍不得委屈他们。她的儿子浏浏出生六个月后开始咿呀学语，最早发出的音节就是“爸爸爸”，并且，这个六个月大的孩子竟然具有辨别性别的天才能力。出外一见男的，不论对方大小，浏浏便兴奋得小手直舞扎，喊人家“爸爸”，特别是见到街上的小狗（这时他便不能分辨男女了），他也小手一指，喊“爸爸”。说明一下，浏浏绝不是智力发育出了问题。在工作中一直把女权主义挂在嘴边的小钱，让儿子浏浏的怪异行为弄得特没面子，有一天她沮丧地说：女权主义，怎么让我像六个月大的浏浏一样乱喊乱叫呢？

这些年来，小钱对女权主义文学的研究一直没有更多更新的突破，甚至她还开始怀疑女权主义是否有真实的存在意义。比如，她提过这样的问题："为什么女人总是在家里衣衫不整蓬头垢面的，而出了家门却打扮得花枝招展的？"她认为女人在古代就开始化妆了。女人化妆出门，把自己靓丽的一面给别人，这和传统的老话"女为悦己者容"是针锋相对的，这是否也意味着古时候女性的独立自主意识已经觉悟了呢？但是，化妆出门，为那些不相干的人去"容"，和浏浏六个月时的表现有什么区别吗？于是她设想：女人回家进了门，开始化妆，穿时尚衣服，让自己充分女性起来。她曾为自己这样的构想而兴奋，女人不能在家里不做女人，而到外面去做女人。真正的女权主义，应该从家里开始。

小钱就这样以女权主义的思维，一次次地解构了女权主义。

其余内容请参考所有的拜年短信

春节时，我的同事小钱给我发了这样的短信：“春节好。其余内容请参考所有的拜年短信。”今年春节收到的拜年短信格外多，因此小钱让我参考的内容也就太多太多了，她是在忽悠我。

忽悠一词，原意指的是晃动。《现代汉语词典》上举例说：“旗杆叫风吹得直忽悠。”当下流行这个词，主要缘起于赵本山与范伟表演的《卖拐》等几个小品，说是一个人在特定的环境里受到外界的干扰和诱惑而迷失了自我，其中更有幽默、调侃和反讽之意。估计小钱猜出来我今年春节接到的拜年短信很多，内容都是过年的好话，所以她才如此调侃和忽悠我。

中国人的传统观念里，过了元旦不算是一年的终结，只有过完了春节才算是一年真正过去了。大家辛辛苦苦一年了，到了年底，过了春节，不说好听的话就有点儿说不过去了。例如到了年底，个人的，单位的，都要有总结，基本上以成绩为主，也都算是好听的话。没见过谁在总结自己的时候全说缺点和错误。再例如，文学是从上个世纪末和本世纪初开始隆重进行年度总结的，主要形式有排行榜和年度选本，好多种。在年终岁尾的时候，自己的作品上了榜，选进了年度选本中，就等于听到了别人的好话，听到了别人的表扬，心情愉快，像是在过大年。

大榜也好，选本也好，都是文学上的过年话，好话。

说好话，我觉得也是在做好事。不是我在忽悠，在心理学、教育学上，这叫激励。过春节时收到了那么多的好话、过年话的信息，我心里当然舒坦，这也让我在下一年里好好表现，争取下个春节再收到更多的过年话。作为业内人士，我大体上也是知道文学上的这些排行榜、年度选本，还包括那些名目繁多的奖励是怎么弄出来的，但我不说，因为是些不好听的话。现在春节还没过完，还没到正月十五，说那些话不好听，也得罪人，这事我不能做。何况这些榜、选本还有激励、鼓励上榜的作家继续努力的意义和性质。

对文学来说，上榜、入选本，还有获得这个那个奖励，都不是目的，都算是文学在打造养眼的风光。谁要是把这些养眼的风光当真，那真的被忽悠过去了。说到目前为止，还没有看到一个极有权威意义的包括了本年度最好的文学作品的排行榜、选本，这话我敢说。其实我也很希望能有几个权威机构和权威人士，到了年底告诉我什么作品应该去读，哪些是让人血脉偾张或回肠荡气的文学作品，这样我的文学阅读就省事多了。相信很多读者会和我一样有这样的想法。但实际的情形是，榜照样去排，选本照样一年一年地出，而文学的阅读也在按照自己的选择照旧下去，两者基本上不搭界。大榜和选本基本上都忽悠不了文学的阅读。那么，这些排行榜、选本为什么要和读者的阅读捆绑在一起呢？各走各的路，互相之间不搭腔、不通气，也不是不可以的。现在的情形不正是这样吗，也没谁感觉出别扭、不得劲儿。“权威”有权威的想法、做法，但读者有读者的阅读兴趣点。问题是，如果弄出了排行榜、年度选本，仅仅就是为了说过年话，为了“激励”创作，为了在文学史上画上一笔，而没有读者，没有更广泛的阅读，这样的选本、排行榜，意义何在呢？

对于读者的阅读而言，这些排行榜和年度选本，实际上和小钱的短信差不多：这些是好看的作品；其余好看的作品，请参见本年度发表的其他作品。

你昨天已经晒够了

话说我的同事小钱是个勤奋好学、努力工作的上进青年。她一天到晚的事情很多，工作上的，生活里的。工作很忙，生活里也很忙，买菜做饭洗衣服，侍候老公、儿子，生活里该遇到的事她一样不落，都摊上了。但小钱总能见缝插针，写出一篇篇文学评论来，并引起省里有关部门领导的高度重视。分管文学评论的洪兆惠领导一见到小钱，总是笑眯眯地说："别累着了，别累着了。"洪领导也是我的领导，还是朋友，可他见着我，从来不说这样的话。

但总体来说，小钱是个运气欠佳的人。某日给作协会员发开会通知，忙了一上午加大半个下午，写信封、粘信封，贴邮票、分市内外打包。事毕，小钱伸了个懒腰，手挡在嘴上打哈欠，领导推门进来，见此情形也没说什么，但小钱有点儿不好意思。累了一天他没过来看看，偏偏人家累了，歇了几秒，却被逮着。类似的事件很多，比如刚刚做完什么，小钱便在电脑上放一段流行音乐，声不大，领导便推门进来。时间长了，小钱总结道："领导从来不怕别人闲着，就怕我闲着。”

我觉得这是小钱的误读，误读了领导。现在的领导，绝不像当年日本鬼子监管中国劳工那般地狠毒。他绝不会有意去盯着小钱，让小钱整日工作得屁滚尿流。误读在当下文学里几乎成为最常见的现象。文学的阅读现在看来是两种，一种是专业的阅读，包括文学评论家、领导、媒体记者、编辑，像小钱就经常阅读，并经常写点儿批评文章。文章在刊物报纸上发表了，只有她自己去欣赏，再一个我偶尔也帮她欣赏一下，都是一个办公室里的，这时候不去帮一把，也实在有点儿说不过去。另一种是读者的阅读。读者阅读常常能兴起一轮轮阅读时尚，专业的阅读就没有这样的作用。读者的阅读常常是自发的，和专业的阅读没什么关系，不是说你专家学者说这书好读者就能去看，人家基本不听你的意见，有时候他们稍稍虚心一点儿，听了你的话，那是因为你批判了那本书。

过去，专业的阅读根本瞧不起读者的阅读。专业阅读常常指责一些文学作品迎合了庸俗低级的审美情趣，潜台词就是读者的阅读不高雅。当下这样的观点还时不时地冒出来。而读者阅读呢，也基本上不理专业阅读。多少有识之士从多少年前就呼吁要引导阅读，建立起“正常”的阅读机制，说白了，就是我说什么好你就要去阅读什么。这种呼吁也仅仅是说说而已，过过嘴瘾。看来，这两家的不和，也不是一天两天的事儿了。

打个比方说吧，小钱是读者阅读，小钱的领导是专业阅读，你说领导和群众无论如何也不能站到一起“同流合污”呀。文章写到这里我实在觉得这个比方太不恰当了。建议编辑给删掉。

我想说的意思是，读者阅读与专业阅读之间肯定有误读的地方，两者对文学的阅读也有误读的地方。两个误读里，前者的误读意义不大，因为双方无论怎样去读，去读什么，目的、方向是一致的，都是阅读。而后者，即两种阅读对文学的误读，却是文学里的大事。举个例子说吧，当下文学里最火的是小小说的阅读。但小小说这一文学文体常常被专业阅读排斥在阅读视野之外，觉得这是文学的小儿科，从而流露出不屑一顾的神色。结果是，小小说这个文体、小小说的作家在文坛前常常有受挫之感，创作的积极性受到影响。这便直接影响了小小说的发展。

而读者阅读，应该说有一定的盲目性、非理性。阅读兴趣陡然上涨又陡然下落，起伏不定，阅读重心极易转移。但这种变化的阅读也会影响文学的文体形态、叙事形态和发展走向。

傅斯年出任北大校长后对下属管教甚严。大学毕业必须先关门苦读三年书，第四年才被准许发表文章。某日，傅先生发现一年轻助教在门口晒太阳，第二天，他在太阳出来后有意堵在门口，不让其出门，还不客气地说："你昨天已经晒够了！"傅先生对那年轻助教，肯定有误读。假如那个年轻人是因北大年久失修的房屋潮气阴气太重而身上长了疥疮得了皮肤病，傅先生不是大大冤枉了助教呀。

这个世界上，没什么东西没被误读过的。

因此，也有人感慨到，专业阅读本身是一无所用的，当时没什么作用，时间久了更没什么意义。前些年，著名的《纽约时报书评》创刊一百周年，编了一本书评精选集。主编叫查尔斯·麦格拉斯，估计是该报社的领导。在这本书的序言里，他感慨地说，一百年来，被评论的数十万本书，是"使用一大片森林换来的——有些引领风骚达一季、一年，甚至十几年，但更多书随时光流逝，悄无声息……书评甚至比被评的书更短暂、更容易被遗忘……批评家容易出错"。出错就是误读。小钱说，批评家出错？编辑就没有责任了吗？

我失恋了……

这是在上海的作家素素的随笔集《巴黎的情人纽约的沙发》中看到的半句话。这书的封面上还有一行小字：“一个片段，三言两语，五味杂陈，构成全部世界。”末尾的“世界”如果置换成“生活”也是别有风味的。我喜欢这半句话，因为它是人的一生的缩写。人从出生开始，就是和生活谈一场分分合合的恋爱，不断地爱上，又不断地失去。人总是从一场场失恋里走过来，直至和生命分手。我的失恋就是在昨天。什么样的失恋我不想说了，怪伤心的。一个朋友知道后打电话给我：“要好好照顾自己。”很感动啊。

生活里“要好好照顾自己”并不容易。我单位的小钱，今年的五六月份就迷恋上了“大型原生态歌舞集”（这词别扭不）《云南映象》。从五月就开始跑票，跑到六月二日才把票搞到手。五月的大连是最适宜谈情说爱的，但今年大连的五月阴雨连绵，让小钱总是紧张兮兮的。《云南映象》的票价从二百八十元到八百元。小钱是小公务员，为了一出戏花去她的十分之一还多的工资买个价格最低的门票，虽说心疼但还是豁出去了。但在大连到处都是传言，说三场门票全部卖光，有多少钱也买不到。我劝小钱算了吧，实在想看我在办公室里客串一场，免费的，遭到小钱的呸——后来看完了《云南映象》，我心想，让小钱呸了一下是活该，这个戏里的爱情还真不少。

六月三日下午，小钱去超市买了一坨冻鱼，开车回家。爬了六楼进家，才想起那坨冻鱼还在小车的后备箱里。下去拿吧，要不小车就成了海滩。于是小钱下楼，到了车前，却找不到小车的钥匙，下楼之前小钱把手袋扔在家里，而车钥匙就放在手袋里。小钱只好再上楼，再下楼，再再上楼了。为了《云南映象》，小钱已经魂飞胆破了，谈何“好好照顾自己”呢。这个故事不是我瞎编的，是小钱亲口跟我说的。你说小钱和《云南映象》约会一次容易吗。

晚上小钱准时坐在大连电视台演播大厅二楼的最后一排，这是剧场的最高点。空座很多，估计上座率仅六七成。小钱失望了：刚才在剧场门口看见不少票贩子在倒票，非常便宜。她不明白，来剧场的人不像想象的那么多，外面还有倒票的，到底是怎么回事？我就说：这几天电视里揭发说，过去和现在，城市里每个新开的楼盘，售楼小姐都这样说：“只剩下不几套了。”小钱不悦：“你那是商人所为，《云南映象》可是艺术！”

歌舞《云南映象》真的太棒了，特别是第三场“家园”里的“打歌”和第四场的“朝圣”，让人对生活、生命产生了敬畏之感。由此我觉得把这出戏的主旨看成是对生命的敬畏和崇拜，更好一些。看了这样的歌舞，会想到一定“要好好照顾自己”，并立即行动起来，比如把上海的素素在那本书里提过的“谈一个像电影里一样的恋爱”，窜改一下，谈一个像《云南映象》一样的恋爱。小钱早已满脸大雨滂沱了。但是，剧场里的掌声不断，小钱脸上的大雨就突然停了，接着又下，如是再三。气得小钱干脆不下雨也不看戏了，满场子找那个可恶的“领掌人”。是坐在二楼一排中间的人，一个至少六十岁以上的老太太。小钱愤愤地嘟囔：“她懂艺术吗！怎么像个托儿？”我悄悄地接茬：“说不准还是个退了役的著名舞蹈家或者歌唱家呢。”问题是，那个狂热的老太太在不断地拍巴掌，她一拍，全场就响起了经久不息的掌声，把《云南映象》一次次营造的情境、意境全部解构。小钱在一次次热烈的掌声里度过了《云南映象》的艰难岁月。

从此小钱发誓再也不去剧场了。她坚定地认为，这出戏从开始卖票到剧场里的演出效果都是一场闹剧，把好端端的艺术给糟践了。小钱和《云南映象》彻底闹掰了。对《云南映象》来说，小钱是观众，就像画展里的观众、音乐会里的听众、图书面前的读者……一样。前些日子，我写文章，谈文艺和市场的关系，就把市场两个字后面加上“观众、听众、读者”，说明前后两者是一个概念。看了《云南映象》，我知道我错了，市场是没有生命的，是以利润最大化为原则的，你怎么去弄也不过分。而观众、听众、读者，是活生生的生命，你要尊重，你要敬畏，你要感恩。艺术也需要营销，但要把观众当作市场来同等对待的话，那肯定要伤害到艺术，对不起艺术了。

董桥在《没有童谣的年代》一书里，引了一段大导演波兰斯基（导演过电影《钢琴家》）的话：“当年在好莱坞，只要影片得奖或者叫好，乃至社会上都相信那是个好片子，商业上赚钱不赚钱也不要紧……现在不同了，最重要的是赚钱，而且是赚大钱。”但艺术如果只想着赚钱，而愚弄、伤害观众、听众、读者，那双方都会“失恋”的。《云南映象》是个绝好的东西，但演出的场内场外的“营销”，就有点儿让人不舒服甚至是伤心了。

我咋就不能当老师

同事小钱刚到文联工作时叫我“王主任”，我听了很不舒服。我是主任不假，可你不能这样叫。小钱不解：“那我该怎么称呼您？”我大气地说：“老师！”这话说完了连我自己都觉得有一种好为人师的味道。

二十世纪八十年代，作家走红，我喜欢别人叫我“王作家”；到了九十年代，全民经商，我喜欢别人叫我“王总”。一次到《新商报》报社，满屋子的小姑娘、小媳妇欢呼：“王经理来了！”我却正色道：“王总！”于是又一阵阵欢呼：“王总！王总！”从那时我便落下了一听见大街上陌生人叫“王总”就兴奋的毛病。现在我有点儿老了，也显得有点儿学问了，就特别喜欢别人叫我“老师”，并且，心里头还觉得我这个老师和一般的老师不一样，应该是大学级别的。

不久前看报纸，见有一个真的老师提意见，说现在满大街的人都互称“老师”。这让我心虚，这人说话怎么净朝要害地方去捅。但也就在这个周末晚上，东方卫视和湖南卫视分别播放《我型我秀》、《超女》

二〇〇六年度的总决赛，后者的长度比春晚还长，都过了零点。我在家忙得不亦乐乎，频频换台，一会儿看东方卫视，一会儿看湖南卫视，比看春晚还过瘾。我发现这两台节目很有特点，一是东方卫视的选手都是男的，有一个女的也像是男的，而湖南卫视里的选手全是女的。二是两个现场的主持人都称评委为“老师”，选手也称主持人和评委为“老师”。这让我真高兴。联想到以前，在央视里，总听见别人叫“赵老师”“宋老师”的，敢情电视上时兴这个呀。娱乐界的人都成老师了，我咋就不能当老师呢？我从此可以不心虚了。

我不是不知道，从根上讲，老师是指在学校里从事教学职业的人；但是在《现代汉语词典》里，老师还包括那些有文化、有学问、有水平的人。我再加一条，有品行的人。那个提意见的真老师，显然忽略了“老师”这个概念的所指。比如说，我特别喜欢作家、也是评论家的韩石山的文学评论，我就叫他“老师”，不喜欢的我还不叫呢。你能把我怎么样？过去，孔子说过，三个人聚在一起，一定有个人是我的老师。天下这么多的老师，我怎么就不能当老师呢？

我当然知道当下社会里“老师”的叫法比较流行。看过一个材料，说是国内一大商业集团，老板不让员工叫他“老总”而让叫“老师”。我手里也有几张名片：在一个重要而显赫的政府职务之下，还有“硕士生（或博士生）导师”的字样。赵本山的徒弟，叫他“老师”而不是叫“师傅”。老师是有学问有文化有品行的。如果大家都相互称为“老师”，那说明社会对文化、学问、品行的尊重和重视，也说明大家彼此都有了文化、学问和品行，这可不是什么坏事。八十多岁的金庸之所以要去英国剑桥大学攻读博士，他说是为了“增加自己的学问”。那么大岁数的人都想学习了，你说我们现在的社会风气是什么样子，叫个“老师”多么正常。

我在文学界里头做了多年。刚来的时候大多数人比我年长，都是我的老师；现在我年长了，也需要别人叫我“老师”。文学界里头叫“老师”的习惯也不是一天两天的事。前几天在大连，见到作家蒋子龙、评论家雷达，我就叫“蒋老师”“雷老师”的，别人也都这么叫。这是尊称，也表示要向老师学习的虚心态度，就像孔子那样。但是，让我气愤的是，小钱叫了我不几天的“老师”，就再也不叫了，甚至连“王主任”也不叫了。我知道我没太多的学问，水平也不高，也没有当领导的品行，不太能担得起“老师”的称号。可我和你小钱毕竟是一个单位的，多少你给点儿面子好不好？

我的单位叫文联

单位也算个老词儿了。过去人们见面，询问“哪个单位的”，常是寒暄、关切的主要句子，现在不。过去，找单位等于找一个终身依靠和终身幸福，没有谁找了一个好单位还在梦想跳槽，现在也不了。我的单位叫“市文联”，是央视昨天播放的一则动漫，里面有几个坐在破旧的吉普车上乱扔垃圾的人待的地方。文联市里有，省里有，国家也有。那则动漫真的让我很愤怒：你怎么不拿什么央视、日报、地税、工商、公安来开涮？你不敢！你一定是自我感觉不凡但却没能在文联所属的哪个文艺家协会里当上理事、副主席一类的而对文联充满了仇恨。我有点儿小人了。二十多年前我就是文联的人了，谁要是说文联的坏话，我搁心里很不舒服。

二十多年前我刚到文联上班，一次到铁路医院看病，大夫问我“哪个单位”，我曾骄傲地回答了。大夫看我一眼，说：“好单位，清闲。”这是赞美文联，当时我很高兴。现在，也有人问我是哪个单位的，听我回答后一般都很客气：“噢！”个别以前熟悉的，见了面，很关心地问："怎么还没调走！"我往哪儿调呢？这二十年来，偶尔情绪波动，想走，但想想，还是喜欢这儿，也就留在这里了。

喜欢文联是因为我很喜欢文学，喜欢的程度可以叫作"癖好"了。

董桥在《乡愁的理念》一书里说："癖好跟职业多半不能兼得"，"寓癖好于职业，不亦快哉！"董桥真懂我。我先天愚钝，偏偏从小好上了文学，能到文联上班，岂不是离文学更近了吗。文联就是搞文学艺术的单位呀。要是说文联的人上街乱扔垃圾、随地吐痰，别人信，我可不信。我单位的人，就算是法律、法规、政策条文和广大人民群众都让他那么去干他都不会的，不信你试试。

文联是文学艺术的团体组织。看《李欧梵自选集》，说"语丝社""文学研究会""创造社"和"新月社"是二十世纪二十年代新文学界的"四大文学团体"。可见，现代文艺的初期，有了文艺家，就有了大大小小的文艺团体，公家的，私营的，股份制的，个体的等等。从现代文艺形态的建立直到现在，大约一百年的时间里，大大小小的文艺团体一直就此消彼长。如果再往远看，古时候，文人也喜好聚堆儿，成立这个社那个派的。如果这些文艺团体对文艺创作没什么用处、没什么好处，我想谁也不会闲着无事去整出个什么团体组织。几年前，我身边有一个实习的大学生，喜欢文学研究。我曾经提议他寻找一些有关作家创作的外围关系的选题，比如文学期刊、文学组织等与文学创作、文学家之间的关系。当时这样的研究不多，还算是学术荒地。以我的体验和经验，文艺创作和文艺的发展，有没有文学组织是大不一样的。我甚至认为，文艺组织，比如文联，是诞生并发展现代文艺形态的一种重要的组织、管理手段与形式。

以前听说有一位退休的领导说过，他在文联干了一辈子也不知文联是干什么的；前些日子，一些报刊上载文说，一个资深作家说文联、作协没什么用处，建议取消、解散。这种事情给我的感觉和前面提到的动漫是一样的。

不要误会我是文联的人，我就说文联的好话。我这叫客观公正。我在单位里也经常被误解、被打击，也经常被领导批评，被个别人打小报告，但我还是喜欢文联，喜欢上班，喜欢叫文联为“咱家”。因为文联是给我开工资发奖金的地方，让我距文学最近，让我把癖好和职业结合起来。

说了半天，也没细说文联究竟是干什么的，尽管我不是文联领导，也不是著名作家，但我却深知文联是干什么的，我对文联的性质、职责一清二楚。但我不想说了，因为一说话就长，话一长文章就长，文章写长了本版编辑就不高兴了，他发给我的稿费就多了，报刊的经济损失就多了一些。这也说明，文联如我这样的人，是愿意经常替他人着想的。

“单位”的变化

过去，在我的观念里，单位是一个全能的上帝：给你开工资，给你各种补贴，得病了医疗费全给你报销，逢年过节要给你发许许多多的生活用品，开运动会要发运动服、饮料、面包——不管你是不是运动员，我第一次吃麦当劳就是在市里组织的运动会上。那个时候，吃的穿的行的住的都是靠单位，甚至家里的许多事情都要依靠单位。两口子打架，互相对骂，动了手，还要打离婚，女的愤愤地说：“走，上你单位找领导……”她精明呀，不想去自己的单位反而要到男人的单位。把自家的事情闹到单位是件很可怕的事情，不到万不得已不能走到这个地步。这种事情现在看来就像在电视上曝光一样，很丢人的。那个时候，没什么人没有单位，只是单位的好坏有所区别，好的单位待遇好一些，坏的单位势力小了一点儿。找了一个好的单位，无论怎样受气，待遇不公，也像是找了个终身依靠，一般不会轻易离开。

现在没几个人在过节的时候指望单位发给你大量的过节物品和奖金，也没有谁在家里出了问题的时候完全指望单位给解决。单位的所指发生了根本性的变化。它不再像父亲母亲那样无微不至、体贴周到、慈祥、可爱、严厉、威风，也不再是人们心目中的靠山，更不是可以托付终身的地方了。过去，多少人找到了一个单位，就死心塌地地干一辈子。现在，没有单位的概念了，基本上叫“公司”；也没有谁一说起“单位”就油然生发出一些什么自豪感。现在不叫单位了，那地儿叫“饭碗”，仅仅是个给你开工资的地方；如果你表现不好，比如迟到早退、事假病假、不听领导的，比如你没表现出被要求的水平、能力，那地儿不但不给你工资，甚至连“饭碗”都给你打了。同样，现在年轻人的就业观念，也是让人感到惊讶，随随便便就可以把单位炒掉了，换地儿像换衣服一样，随心情。你和他多签几年就业合同，他都不干，说是要“自由”。

新出现的一些名词、概念都在说明这样的变化：人才流动、跳槽、炒鱿鱼。这些新的术语概括了生活的悄然改变。对当下的许多年轻人来说，他们似乎不再需要“单位”所给予的事无巨细的照顾和帮助，也许他们认为那是一种沉重的精神与肉体上的束缚，从而失去了生活的许多自由。

这样的变化缘于计划经济体制的松动与改变，特别是民营经济的崛起强大。过去，到个体户、民营企业工作是件很上不了台面的事，名声不好。进了国营企业，像是找到了好单位，现在没人管这些。民营企业在人事管理上的灵活性让过去铁板一块的人事制度出现了根本性的变化。单位不再是终身的依靠，晋级晋职不再以资历排位而以能力和水平为首选，没有什么地方只进不出、养老终身，干好了继续干，干不好就立马走人，选择也是双向的，供需双方必须互相满意才会产生工作效应……这样变化的实质是创造了最大限度发挥自己和发展自己的空间，只有充分发挥自己，才有可能发展自己，报酬、待遇、地位都和自己的能力、水平密切相关。

从求职就业的角度上说，过去叫找“单位”，现在则是找“工作”。

这些变化，生活观念的改变，都缘于一个现实：民营经济的强大，它已经成为我们生活中重要的经济支撑。

敬畏与感恩

我现在像深山老林里的猴子一样喜欢照镜子，自我感觉镜像里的我还比较满意：长得比较像样儿，也不算太老，当然不是和小青年相比。但内心里我还算有“自知之明”，毛主席以前就倡导这样的优秀品质。我知道别人对我相貌的看法，没有谁见到我还用“年轻”“帅气”“酷”“爽”这类的词，多半是用“还不老”“挺有内涵和气质”“中年人的风度”。一个朋友曾这样安慰我：你这个年龄，长什么样儿都不重要了，是显示气质和风度的时节。也许谁都和我一样，在向老年走去的时候格外关注自己长的什么样儿。但也有可能出现例外。这几年每年我都要回一次母校辽宁师范大学，听文学硕士的毕业答辩。每次去的时候都要和王吉鹏老师坐在一起，聆听及点评青年学子的硕士学位论文答辩。每次都感觉王老师的身体有着些许的变化：头发、行动……王老师一辈子都研究鲁迅，著述等身，也是鲁迅研究领域里的著名学者。在今年的答辩中，我就暗暗地想，看王老师那短短的几年，平头上站着的多是白白的短发；看王老师拖着不太灵动的身体，像是心血管疾病留下的后遗症，他不会有时间和心情，经常观看镜子里的自己；他一定还像从前那样，把自己的精力和心血，全部投入在传播鲁迅上。

我从当学生到现在，对母校的一些老师，比如教文艺理论的叶纪彬教授，已故的教现代文学的陆文采教授，还有王吉鹏教授，一直怀着深深的敬重。以前过年过节，还常去老师们家看看。现在忙，事多，就不常去了。偶尔想起，内心里觉得愧疚，但忙起来又顾不上了。对这些老师，我一直怀着敬重的感情。时光过得如此之快，我都变老了。我的老师还能不老吗！用“老”来形容王吉鹏老师的现在状态，不是不恭敬，而是现实。但有点儿“老”了的王老师还像从前那样充满了生活热情、谨严勤奋的学术态度和捍卫真理的学术精神。在二〇〇六年六月十日的答辩结束后，王吉鹏老师代表答辩委员会向十几位即将毕业的研究生讲了话，大意是：人要有敬畏和感恩之心，敬重父母、师长，敬重工作、单位，感谢他们给予我们的一切……听到这里，我的内心，忽然有了一个闪念：在刚才答辩过程中，一学生的论文在论述中出现了对鲁迅略微的不敬，一老师对此予以小小肯定，却遭遇了王老师的激烈反驳。当时我就想，谁要是敢说鲁迅的半个“不”字，王老师立即会拖着病痛的身躯和那人拼命。

我从不做鲁迅研究，因此不知道在王老师心中鲁迅是否是个完人。但我感觉出，研究了一辈子鲁迅的王老师，对鲁迅怀着深深的敬畏与感恩。

其实，心怀着敬畏与感恩的人不止王老师一个。一次和大连市残联的朋友吃饭，席间一位女人泪流满面地说她一辈子对残联感恩不尽。她说在她十几岁失去了左胳膊时，是残联的人让她重新鼓起了生活的勇气，在她长大后，又在残联的工作岗位上发展了自己。这让我联系起我对文联和作协的感情，应该说和她是一样的。在生活里和工作上，谁要是当我的面说文联、作协不好，我会非常愤怒。我自己都不说这个，凭什么你们乱说。尽管残联、文联都是社会各行各业里的“弱势群体”，但我们在其中感到了生活的快乐与满足，你管得着吗！从内心里讲，我之所以愿意在文联、作协工作是因为这里距文学最近，而文学又是我从小到大永远不变的信念、信仰。你说你要是不敬文联、作协，不是冒死往我的枪口上撞吗！

因此我以我个人的体验绝对能理解王吉鹏老师的“敬畏与感恩”。对叶老师、陆老师、王老师……对文学，我一直是敬重的，但还没有达到王老师所说的“敬畏”的境界。这是两种境界。到了敬畏的地步，很可能就有一种无限感恩的心态，会恭恭敬敬，如履薄冰；会兢兢业业，勤劳努力；会恪尽职守，捍卫心中的神圣。以自己的一生，献给心中的信念。这样的心境、境界和精神，让生活更充实，让生命更滋润，让生命更自由了。

已故的陆文采老师，临走时曾留言说起了关于文学上的一些事，有些和我有关。听后我大哭一场。陆老师一生也有他的敬畏与感恩，关于文学的，并且，他真的是以自己的一生，在教导我启发我怎样去敬畏与感恩，怎样去生活。

哭陆文采老师

我是在出去开会的火车上得知陆文采老师去世的消息的，距老师走了已经好多天了。当时我站在车厢连接处，任凭眼泪流淌。二〇〇五年年初，我还请一位朋友帮助我记一下，在教师节前后我要请辽宁师大的叶纪彬和陆文采老师吃饭。教师节的时候，我在白洋淀参加一个文学笔会。朋友打电话给我，提醒我，但我身处异地，便打算元旦、春节前后再说。谁能想到陆老师竟然走了。

陆师母说，陆老师临终前想见的人之一是我。可惜没有找到我。身居同一座城市，我便这样疏于与老师联系，以至老师在需要我的时候，我竟然未能在他身边。在火车上，我内心一直悔恨交加。早就知道陆老师身体不好，也曾偶尔去看过老师，但也常常因为俗事缠身，便为自己找到了搪塞的理由而安然。其实，真的应该经常去看看老师，特别是在他住院的时候。

上大学的时候，陆老师给我们讲现代文学。他是江苏张家港人，讲的是江苏普通话，据说叫“苏白”，刚开始基本上听不懂，后来听习惯了也就明白了。陆老师的“苏白”，也是一种表情的、肢体的语言，说起来便眉飞色舞、手舞足蹈的。在讲台上的陆老师，便不太像一个专家学者，而更像是歌唱演员或舞蹈演员。因此每每听陆老师讲课，都觉得特别有意思，也就在这样有意思的氛围里，我感知到了文学研究、文学评论的路数与方式。可以这样说，大学毕业以后我之所以能从事文学评论工作，和当时教我文学理论课的叶纪彬老师、教现代文学课的陆老师有着太大的关系。正是这两位老师的独特的文学思维与方法，启迪和引领我走向了文学评论之路。比如，当时陆老师讲课时不用我们的现成教材，而讲自己的文学研究成果。他的讲义，就是一篇一篇论文。印象里还有他讲的徐志摩、丁玲的那几节课。老师吟诵着“轻轻的我走了……”，手挥舞着，满脸笑意，竟从讲坛上的一端走到了另一端，而课堂上活跃着轻松的氛围。

以后，我曾经想过，陆老师的文学研究，更多的是他的个性发挥。他的有些浪漫的情思和他的理想主义的心胸，让他的评论文章，时时洋溢着真实的热情的性情。

在学业上，我受益于老师；而在生活里，也受益于老师。结婚以后，我出生才一年的儿子患病差不多有一年。陆老师偕师母，便常常到我家探望我儿子。孩子病程持久，我们在精力上、心理上都陷入困顿和不安之中。每每陆老师、师母的到来，便让我那十几平方米的小屋，充满了温情。师母是位医生，在护理孩子上，也手把手教导我们。孩子的刀口始终有溃疡面，让我们在日常护理时手足无措，陆老师和师母便送来酒精、滑石粉和医用棉球，指导我们注意什么，怎么去做。那时，我是个刚刚走向社会的大学毕业生，于陆老师来说，无有可图无有可报——以我世俗的心态，看陆老师的那份无私的无所计较无一所求的热情，就是现在回想起来，依我的心胸与境界，与陆老师相比，真感无地自容。我是什么？是陆老师成百上千个学生之一，而陆老师所图的，便是我是他的学生而已！我父亲也是老师，他一生所授学生，也是数不过来。就是在父亲身边，在陆老师身边，我体会出一个老师——那个时代的老师，对学生的真爱，无私的爱。

在二十世纪八十至九十年代，陆老师不仅在现代文学研究领域内享有盛名，而且是那一时期大连文学评论的中坚力量。大连文学评论至二十世纪八十年代，开始形成一定的规模。这和陆老师积极热情的参与，不无关系。那个时候，大连的好多正在成长的青年作家，都在陆老师的文学评论里，得到了热情的奖掖与中肯的评价。达理、孙惠芬、素素、任惠敏……的一篇一篇评论文章，在报刊上发表出来；在各种文学会议上，也常常见到陆老师的身影，听到陆老师那我十分熟悉的热情的“苏白”。我知道那时候陆老师还有这样的计划：系统地评价和分析大连女作家及其作品。如果这个计划得以完成的话，那也是大连文学评论很有特色的收获。陆老师对大连本地作家真是有求必应，只要请他写文章，他都不会因为忙而推托。记得上个世纪九十年代初，市文联要编撰一本系统的文艺评论集《这是一方沃土——大连新时期文学评论集》，其中要把诗歌、散文、报告文学、儿童文学归为一个选题来做。这里材料庞杂——还需要评论家自己来搜集整理，头绪繁多。请陆老师来写，他便爽快答应，并很快写出洋洋万言的评论《滨城的夜空，一颗颗明亮的星星——新时期大连诗歌、散文、报告文学、儿童文学拾美》。能在短时间里就很快写出这篇文章，一方面看出陆老师平日搜集的大连文学方面的有关材料十分丰富，一方面还能看出，他不因为自己是教授、学者而慢待、轻视本地的文学事业。

老师走了。在大连，我还守望着埋在我的心底的一份惦念，一种支撑。老师走了，留下的是一串脚印，一个背影。老师让我一次一次地想到：该如何活在这个世界上。

男人不坏　女人不爱

在我到了应该结婚的年龄的时候，二十世纪八十年代的初期，我正在小镇的一所中学做数学教师。每天背着黄书包，穿着板儿鞋，遛在小镇的大街小巷，上班然后再如是回家。每天上班的路上，我那年轻的脑袋里乱七八糟地盘旋着好多想法，其中之一就是：一个漂亮的女孩突然从天而降，站在我的面前，满脸红霞地邀请我到公园走走（那时没有什么什么吧，饭店的功能完全就是吃饭，谈情说爱一律在公园或在马路上）。遗憾的是，当我往返于学校和家里的那两年漫长的路上，并没有哪个女孩来帮助我实现这个美丽的梦想。因为我是一个小小的“臭老九”。让我绝对生气的是，街头上那些歪戴帽子斜瞪眼的小痞子、小混混身边都跟着一个非常漂亮的女孩，有时还不止一个！这种旱涝不均的状态让我对那时的现实失望极了。“男人不坏，女人不爱”这样的流行俗语让我有着切肤之痛。像我这样相貌端正、知书达理、老实本分，有理想有抱负，还有点儿聪明才华，还有正当收入（但是不太多）的小知识分子，怎么不能享受到漂亮的女孩的爱戴和拥护呢?

说实话，直到事隔二十多年的现在，我还是不明白。带着疑惑，我请教了一位女朋友。她在一个女孩子成堆的地方工作，她又发动了那些女孩子一齐给我解惑答疑。她们有一套很正经的说法，归纳起来是这样：男人必须像个男人的样子，心胸豁达，勇敢大度，富有同情心，富有责任感，勇于牺牲自己，体贴照顾关爱女人……还应该有钱、有车、有房子；男人是山，是女人依偎的坚强的臂膀；男人像船，能承载女人的一生；男人是大海，能容纳女人的一切优缺点；男人像港湾，是女人休憩的归宿地。再具体一点儿说，男人在社会上在家庭里是顶天立地的汉子，又是温柔体贴、忠诚可靠的丈夫。男人要一不怕苦、二不怕累、三不怕脏、四不怕骂、五不怕哭、六不怕气、七不怕烦、八不怕打、九不怕死。挣大把钞票，全给女人；遭遇歹徒拦路抢劫，要挺身而出保护女人；回到家里要上灶做一手好饭菜，要擦好地板洗好衣服(举个实例：我姐姐、我姐姐的女儿，在家里就戏称我姐夫为“大抹布”，因为他一到家里就抹布不离手，收拾卫生、买菜做饭）。最后还有一条，还要上好床，不能上错床。我大吃一惊：“我的天，这样的男人你们还让不让他活下去？”她们全部唱歌一样回答：这样的好男人现在基本没有了。我说：“全部累死了。”好男人都累死了，只剩下坏男人还勉勉强强活着。于是，女人们也只好将就着去爱坏男人了。

如果不想爱一个坏男人，我突然想到，还有这样的办法：随着现代科技的发展，我们可以设计编程，做一个电脑机器人，男性，年龄可大可小，所有的期待、希望全都设计在程序里，体现在他的身上。我可以批量生产，A、B、C、D 各种型号，批发零售全在我开设的专卖店里。问题是，这样的富有情感的好男人机器人，不知道还能不能满足日益增长的广大女性的需求。

我在生我养我的小镇，没有得到我喜欢的女孩的喜欢。我觉得因为我是一个好男人，我只好跑到大连娶妻安家。但我时时惦念着回家——回到小镇，去看望我那年老体弱的妈妈，看望我那年轻多病的弟弟们。今年春节前夕，我在回家的路上，坐着车，还把腰扭了。这个春节，我就这样病病怏怏地活着，想着身边的亲人的病，可能永远没有治愈的希望；想到我还要把我挣的公务员的工资劈出多少来尽可能帮助他们；想到我春节假期结束以后马上要开展的几项工作……这时我的腰又疼了，我不也成了一个坏下去的男人了吗？

现在还有爱情吗

一向以炮制恶俗话题为乐的《新周刊》，在今年的第五期封面上，用女人的肚皮、女人的手指和红玫瑰为背景，打出了又黑又靓的四个大字（比刊名的字体还大）：“爱情之死”。这一期的重头文章，都是在“解构经典爱情”，以理论阐释和调查访谈的形式，得出了一个结论：“古典爱情死了，人更自由了。”

现在这里有个常识性问题：经典和古典的所指不同。两者都有时间、历史的内涵，但古典的范围大些，宽泛许多；经典的范围则少一些、小一些，有点儿方针、路线、政策、模范、标兵、榜样的感觉，且历朝历代都奉为圭臬，视为至宝，学而时习之。因此就不知道《新周刊》是在解构古典爱情，还是在解构经典爱情？如果说它是通过解构个别的经典来达到解构一般的古典，倒也是条正确的思路，符合矛盾的个性与共性、特殊性与普遍性的法则。只是看不出它说的哪是经典爱情，哪是古典爱情。显然《新周刊》的编撰者在这些地方也头脑不清。现在的情形是，就在头脑不清时说话更能理直气壮，色胆如牛。

稀里糊涂地，这一期《新周刊》也的确拿住了一个前卫话题：我们现在还有没有爱情？我们现在还需不需要爱情？

我先简单地回答这个问题，然后结合个人思想实际，主要结合个人的“三观”（世界观、人生观、价值观），来谈谈个人的复杂体会。

简单地说，你可以回忆老赵忠祥几年前主持的那档《动物世界》和现在“Discovery 探索频道”的个别章节和个别镜头，那里的动物们都有爱情，都要爱情，有缠缠绵绵，有争风吃醋，俺们这类高级动物，怎能不要爱情，没有爱情呢！

再进一步复杂地说，结论也是如此。

先说我小时候对爱情的看法。实际上，在我的中小学时期，我对爱情也没有啥看法。那时是“文革”时期，只能看几部御准的书和电影，所学的中小学课本，根本找不到“爱情”二字。不像现在，无论看什么都会看到“爱”，无论走到哪里也都能碰上“爱”。那时吃不太饱穿不太暖，我就想：将来找老婆一定要找个在饭店当服务员的（那时饭店服务员和现在饭店小姐不一样）。那时饭店都是公家开的，据我所知，饭店服务员可以在饭店吃饭还可以把饭店的好饭好菜装进饭盒子带回家，这样我就能吃得饱还能吃得好。可见我小时候人生观价值观有点儿问题，把找老婆的标准定位在具有贪图享乐、公款吃喝的条件的人身上。那时我根本不懂爱情。“文革”一开始，父亲就把家里的书一部分卖了破烂，一部分在夜里偷偷烧了，只留下几本，比如《钢铁是怎样炼成的》，我就偷偷地看。令我那颗少年的心怦怦乱跳的是保尔与冬尼娅的爱情，我曾反复地看，没觉得保尔怎么样，倒觉得冬尼娅那么可爱。那时我还爱看浩然的《艳阳天》，厚厚的三大卷，第一句话就是：萧长春死了老婆，三年还没续上。我说全中国作家最先锋地抓住小说卖点的不是王朔、不是安顿，而是浩然。浩然写了特有男人气的萧长春和特有女人味儿的萧淑红的爱情。“文革”时期，能公开谈情说爱的恐怕只有这一对了。我所知道的爱情那时仅限于这些。以后是“文革”结束了，我也长大了。早已过了谈情说爱的年龄以后，我才知道了梁山伯和祝英台、罗密欧和朱丽叶的爱情故事，知道了崔莺莺、杜十娘，知道了卡门……都是古典爱情里的光芒四射的爱情创造者，也是那时的我的爱情经典人物和爱情经典故事。

但我在谈恋爱和开始家庭生活时，我几乎没有受到这些爱情人物、爱情故事的影响——作为一个男性公民，我自然不会以杜十娘等人为自己的理想女性，也不希望自己的爱情一波三折、惊心动魄，我想的是过日子，平淡也罢，普通也罢，只要平平安安。这是不是没有理想没有抱负的世界观，我现在也说不好。有了这样的世界观，就不能有美好、浪漫的爱情吗，我也说不好。我们所知道的古典的经典的爱情，都是颇有刺激性的爱情故事，搁在我身上可受不了，因为我们心眼儿太小，承受能力太差，性格不好，还不能经受得住那样翻来覆去的折磨和考验。咱都是没有花香没有树高的小草，工资不高，干活不少，问题也不少，境界也不高，心里想着要团结崔莺莺、卡门等那些美丽大方的群众，无奈工资有限、精力有限，还是老老实实地刷碗买菜哄孩子，过个平凡的日子吧。也不知道这算不算有爱情，算不算要爱情。

现在真是改革开放了，一九九九年克林顿的裤子拉链出了点儿问题，以央视为首的国内大大小小媒体都跟着起腻，我却发现好多人对老克并不烦。前些年读了一首前卫诗："当你在爱着我的时候，我却在爱着别人。"我就想，这怎么可能呢，这怎么行呢！自查一下，觉得自己老了，传统的东西在我身上太多了，常常因为家庭所累都忘了改造世界观，致使我跟不上形势。比如我坚决拥护一夫一妻制，追求从一而终的理念，向往夫唱妇随的家庭情操，坚决反对第三者插足、反对婚外恋反对交异性朋友、反对老公公上儿媳妇的床上，还有许多反对限于篇幅这里就不说了。这是不是太古典了？传统的东西，老祖宗留下来的一些想法、做法，旧是旧了点儿，有些还是很实用的，至少不能让你得性病、艾滋病一类的。且这些祖传下来的，都历经千百年的打磨、筛选，自有其闪亮之点。一些人说中国传统文化是无性文化、无爱文化，我现在通过理论学习认识到这是胡扯，无性无爱，难道你是克隆出来的吗。我们就不向你学习，看你能把我们怎么办。

有人在，就会有爱情在，就会要爱情。人不死，爱就不死。这是常识，明摆着板上钉钉，就像人要吃饭睡觉一样。

我还觉得爱是不可言说的，就像穿了新皮鞋挤不挤脚只有自己知道一样；我们了解、掌握爱情，靠的不是经典、古典的爱情，而是我们的本能，而是我们的长辈的影响，他们的言传身教。我们的父亲母亲，才是我们的爱的经典、爱的古典。

雾里看花

——我对女性的一点儿想法

说这个问题觉得很复杂，我还真不知道怎么讲才能不得罪人。依一个有了一点儿人生阅历的中年男人来看，讲了真话会遭到女权主义者的不满，讲了不真实的话又觉得没啥意思。

小时候我喜欢看的一篇文章是曹植的《洛神赋》。这篇文章把洛神——那个美丽的女人写绝了，就是现在我仍然认为曹植把汉语里最好听的话都用在女人身上了。那时候我觉得天下最美的女人非洛神莫属，长大了才明白这只是幅画儿，好看但不好用。交朋友也好，娶媳妇也好，实实在在的，家务活儿什么都能干，外带漂亮一点儿。想想为什么曹植对洛神用了那么多的句子，有一种说法说他因为失恋了才移情于她。洛神何好之有？但在曹植的眼里，那可是个绝代佳人，《洛神赋》的大意是：她长得漂亮，又爱意绵绵，娴静温柔，又怨而不恨。这样的女人弄得曹植神魂颠倒，忘了吃饭也忘了赶路。在文学人物的排行榜上，那些美丽漂亮的女性形象差不多总在榜首，比如现在的练歌房里还在唱着歌妓杜十娘，她可是几百年前的人。至于那些电视剧、电影等等之类，也常常把漂亮的女人推到前台来。这是没办法的事，漂亮的女人不但男人喜欢，就是女人也照样喜欢。

假如我很幸运，我也不敢娶漂亮的女人回家，张惠妹很有味道，但她能给你做饭吗？能给你洗衣服吗？认真地检讨我的这些想法，我不得不承认，这些想法是一种极为守旧的女性价值观，即在男性话语占主流、统治地位的情况下，女性处在附属的被动的位置上。温柔贤惠、贤妻良母、男主外女主内等等，都是在说这情形。现在情况与过去相比大不相同了：女性的活动范围不再是家庭、丈夫、孩子了，有主意、有思想，能挣钱也能花钱，不想做饭可以到饭店去“买单”，不想洗衣服可以去“干洗”“湿洗”，能省下时间就尽量省下时间，能有闲就尽量叫它有闲——总而言之，男人能做的事情女人都能做，男人不能做的事情女人差不多还能做，这就叫变化，这就是时代特色。

挣钱差不多一般多了（有的女性挣的钱要比男性多得多），你能思想我也能思想了，社会、家庭地位也就平等了。平等之后也会带来一些新情况，比如我还有点儿疑问，一个家庭总得有一个人当家做主，即便时代变了，也不太可能你说这我偏去干那，大家充分民主，这有点儿像一个公司里有两个都说了算的领导肯定会让这公司黄铺一样，这样的家庭也是难以想象的。在家庭里女性说了算也罢，可据我所知许多男人还在死守着传统想法，这不很容易打起来吗？我一朋友（当然是男性的），身居要职，常常应酬至深夜。一次他神秘地告诉我，他回家晚了，竟见过妻子留的便条："饭在锅里，我在床上。"这让我艳羡不已——显然我这朋友说的是一个玩笑。那英唱："雾里看花，水中望月，你能分辨这变幻莫测的世界……"真不知道现代家庭里男人和女人都是怎样唱这出戏的。我不太同意现在的"男性雌化、女性雄化"评价，因为男女平等但男女还是有别，这就注定世界上好女人还是遍地都是，只要你瞪大眼睛去看去找。

什么是家

一、实在的家

有首歌总在凄凄婉婉地唱：我想有个家……这歌现在的大人小孩好多都会哼哼，可见这个提议深得人心。自古至今，差不多每个人都在家里生活和发展着。没有家，生活好像不那么完整。男大当婚，女大当嫁，目的当然是解决家的问题。古人对此说得更明白：丈夫生而愿为之有室，女子生而愿为之有家。（见《孟子·滕文公 下》）愿，是一种理念、理想，因此自从有人开始，多少男男女女为了这个家而赴汤蹈火、前赴后继，进而被我们现在还传诵着。

家是什么？早期的文字，即在甲骨文时期，家是一个在土坑里养猪的地方。猪是人类最早驯养的畜类之一。有猪才算有家，那是远古的事；现在的家得有房子、彩电、冰箱什么的，有条件的还得有汽车、乡间别墅什么的。但这是家的条件，光有这些还不成为家。家还得有人：大人、孩子；爷爷、奶奶、爸爸、妈妈；妻子、丈夫等等——但这不是必要条件了，尤其是现代家庭，常常有缺项，比如单亲家庭、丁克家庭，更有甚者，在前不久的新闻报道中，还有老外与宠物结婚，同性结婚。每个人心中都有自己的家庭模式，大千世界，无奇不有，现在的家也就各不相同了。

有猪是家也好，有现代家什是家也好，家里总得有点儿什么东西，就是破烂儿也能成家。好多人都有感受：上了年纪的母亲常常舍不得吃、舍不得穿，家里还攒了一堆破烂儿——针头线脑儿破布绺，你要是动一下她会很不高兴的。在母亲那里，破烂儿就是家。家就是一个实在，一个和生活里所有具体、琐碎的小事、细节联系在一起，洗衣服、做饭、买菜、打扫卫生等等，现在有条件的可以变通地去解决——上饭店、去洗衣店、雇钟点工，但家里的大事小情，岂止这些。偶尔到朋友家，见人家收拾得干干净净，心就想人家是怎么弄的，还想他家人为此不知付出了多少汗水和心血。不管金碧辉煌的家，还是家徒四壁的家，都是一个家，一个温暖的家。

家还是人际关系。《春秋左传》里，有这样的母女对话：

女：父与夫孰亲？

母：人尽夫也，父一而已。胡可比也？

于是女儿向父亲告发了女婿要杀老丈人的秘密，结果老丈人抢先一手，先把女婿杀了。世界上没有无缘无故的爱，也没有无缘无故的恨，家庭暴力达到这个份上，看来这个家庭关系有点儿问题了。

中国古时候，有一套有关家庭伦理关系的理论，例如父父子子，例如妇人在室则天父，出则天夫等等，现在不大好用了。现在讲究男女平等，讲究大人和孩子交朋友。不管怎么讲究，都是为了维系家庭的存在和久长。我相信没有一个人故意破坏自己的家庭，除非他心有别属。

二、生活的归宿

每日下班之时，熟人之间最常见的话语是“我回家”，回家意味着休息，意味着进入亲情的氛围之中，意味着一天里最惬意的时光到来。家是一个身有所托、心有所系的地方，是一个人一天、一年、一辈子生活的归宿。前几年，机关盛行下班后打扑克。我单位的一位老者，在打扑克前，必得给老伴打电话，告诉要晚回去一会儿。但往往在打得热火朝天时，他却嚷嚷要回家，说是老伴不放心，甚至说他想老伴了。年轻人就拿他开涮，说那么大年纪了还这么没出息。能看出老者动的是真心。爱是不分年龄的。爱在家里。现在有些人，遍撒爱情火种，逮谁冲谁“love you”，让人莫名其妙。可见家的理念，并不是人人都有的。

浩如烟海的中国历史古籍里，不知道为什么，有关家的记载、评说，很难查到，这是不是中国传统文化对家的轻视，或者干脆无视家的存在？大家、大家族、国家却屡屡赫然在目。林忆莲一度哀哀怨怨地唱："爱上一个不回家的人……"想来还有历史渊源。天色已黄昏，那么多的人沉静地坐在家里，等待着那一位将要回家的人，这是一幅多么诱人的画面啊。而事实上，很多时候，那位将要回家的人却没有回家，可能有应酬，可能加班，也可能还有别的什么事——这事不太好跟妻子或丈夫说。现代生活里，回家可是个大主题。

家是婚姻的物质体现。婚姻是契约，是合同（有口头协议，也有官方认可的书面协议）。这契约、合同上标明了双方的责任、义务、权利——大半是沿袭的、道义上的——但现在也有婚前财产登记的。有了契约、合同，家才合理存在。当然现在也有新款家庭：什么都不要，两人能生活在一起就行了，那就另当别论了。但无论道义上的还是有物质利益关系的协议，都不是家的恒定约束。按恩格斯的说法：爱没了，家才能没有了。

因此维系家的存在是件很微妙的事情。有人说：家是地球上最安全的地方，是唯一不需戴面具的地方，是储藏喜怒哀乐的美好地方，是养精蓄锐的地方。这是过激之言，像是没结过婚。试想一下，你整天抱着老冷脸回家，一天两天还可以，三天五天还能行吗？就算你在单位工作累了，就算你在单位受了气，你太太好问了：我在家里还让你累了，还让你受气了吗？在家里可不能这样随便，太太可不吃这一套；还有，假如你有了孩子，在孩子面前你还得扮扮爸爸相。家里的工作不见得比外面的轻松。和舞台上的演员一样，在家里也得时时提醒自己担当的角色：该是丈夫时是丈夫，该是妻子时是妻子，是爸爸，是妈妈，是孩子。王朔的长篇小说《我是你爸爸》里，家庭角色闹混了，家不也乱了吗。角色不乱，在家自然要累一些。但这个累不同于在外面的累。这是个稍甜带涩的累，是个心境放松稍带身体忙碌的累，是个美丽而温暖的累，是个充满关怀和爱意的累。爱上一个不回家的人，是件麻烦的事。不想回家是不是会想别人的家，很难说；退一步讲，不回家是不是觉得外面的世界很精彩。长此以往，国将不国，家将不家了。

据说，上世纪九十年代不回家是时尚；进入两千年回家成了新潮。夫妻双双把家还，唱了一千年，可能还要唱世世代代，因为这永远是家的主题。

三、人生的目的

活着为了什么？我觉得生活是为了家。安置不好家的人，即使在外面风风光光，那人生也缺了一半。把自己的安居工程搞好了，身心有所寄托，外面的事情才能无所牵挂地去做。莱温斯基在克林顿的身前身后转转那当口，老克哪有心情去料理国家大事？正如《墨子》所说："治天下之国若治一家。"家治不好，国焉能治好。假如后院都起火了，上了前线心里能踏实吗。以前的新闻有个难以让人接受的习惯，报道先进、模范、劳模、英雄时，总是说他如何如何不顾家，老婆病了他还去照顾同样有病的小寡妇。难道小寡妇是人，老婆不是人？你就没想想老婆的病继续发展将会给国家和人民增添多少麻烦？老婆的病继续发展进了医院大修是不是还得一干人马去慰问、照顾，又浪费国家的人力又浪费国家的财力。

也可以说，家是人之本，生活之本。

听过这样一个故事：一个有爸爸、妈妈和孩子的家庭，这是目前家庭的最佳阵容，只可惜家境稍稍贫穷了一些。这个家庭的每个成员在吃上面都有各自的嗜好：爸爸爱吃鱼头，妈妈爱吃鱼尾，孩子爱吃炒鸡蛋。隔三岔五家里吃上一顿，全家人各得其所乐融融。显然孩子得到的最多：鱼身和鸡蛋。终于有一天，爸爸发现妈妈不是最爱吃鱼尾，妈妈也发现爸爸不是最爱吃鱼头，为了孩子，也为了这个家，俩人都找了借口把好吃的让给孩子，让给了对方。我猜想这对夫妻对家的理解和呵护在一定程度上代表了许多人对家的基本构想：以家为本。这时家在生活何处的思路基本清晰了 。我还有一个另外的故事：我的一个朋友当官以后晚上应酬挺多，他太太就定了个规矩：晚上九点前必须回家，超过一小时罚款一百元，超过两小时罚款二百元，以此类推。有点儿像开玩笑，但我的朋友却自觉遵守。我这位朋友是一根长长的结实的线拴着的风筝，线拐子握在他的太太手里。

我这朋友对家的那种眷恋的情绪，让我们好多人感到不好意思。

常常听说一些很成功的人士每每谈到他的事业时句句出彩，谈到家庭、太太时就有口难开，似乎不被理解支持，他好像克服了来自家庭、太太制造的种种障碍才取得了了不起的成绩。这局面是令人失望的。我不太相信小家侍候不好的人，能侍候好大家；小家理不清的人能把大家理顺清楚；对小家不负责任的人能对大家尽职尽责。家在生活中的重要，体现在它是人走向社会及人生的第一道门槛，头一步都迈不好，余下的脚步怎能不歪歪斜斜。没有家哪有天，没有家哪有地。我说的是作为一个平民的起码的家庭观。家业兴旺，不正是咱们老百姓的生活目的吗？家好了，再做啥事不都有依有靠了吗？

四、缘与爱

茫茫人海，俩人相遇不易，相知不易，相爱更难。这是黑格尔所说的“爱情的偶然性”。我曾在大连的有轨电车的沙河口终点站上见过一则小广告，其大意是：那天我们在此处相逢、相识，有说不完的话。为什么你爸爸把你拉走？穿绿棉袄的女孩，速与我联系。传呼：××××××。我猜想这是一次极偶然的爱的相遇。为什么两个人能相遇、相识、相爱？不大好解释，称之为缘吧。

缘的结果，或说爱的结果，是结婚，即组成家庭。

时下的电视有这样一档节目，叫速配。词俗了一点儿，却道出了真相。但这节目只是创造相识、相遇的机会，却不一定能制造缘分。相爱的人在一起时爱得昏天黑地，想到前世和来生，只觉是冥冥之中造物促成了他们的天作之合，这就是缘吧。世上本没有缘，只是一种机会、机遇，并且这种机会、机遇每个人只有一次（有两次以上的不算太多）。一辈子才有一次，稀少得人人都珍惜它。这不叫缘还敢叫什么？实际上这是爱情。机会、机遇来了，抓住了，遂成就一段千古佳话：“我俩在此处爱得昏天昏地。”黑格尔在《美学》里讲：爱情是男女“双方在这个充实的统一体里才实现各自的自为存在，双方都把各自的整个灵魂和世界纳入到这种统一体里”。都那么投入了，自然要说些过头话，自然要神思万千。

爱盛满了，就要结婚，家庭就此宣告成立，缘与爱由此进入一个新阶段。爱情浪漫主义变成家庭现实主义。缘与爱也就有了新的内容和新的形式。

以前有人说过：结婚就像加入特工组织，未进去觉得里面忒神秘，进去后又不能向外面报告里面的所见所闻。在古今中外的文学名著中，富有诗意的爱情描写仅限于婚前，婚后的爱相比之下被提及得比较少，且变得比较平缓、朴实。进入家庭的爱情溶解在琐碎的生活细节之中了。爱的激情、爱的诗意更加生活化了。鲁迅在小说《伤逝》里，叙述了涓生和子君从爱的坚定、热烈到爱的降温、破灭的完整的故事，是一个以家的平淡、琐碎的生活销蚀和解构初恋的甜蜜和热情的过程，因此鲁迅得出一个结论："爱情必须时时更新、生长、创造。""寒窑虽破能避风雨，夫妻恩爱苦也甜"，一个家庭达到这种境界也并不容易，因为"人是多么容易改变啊！"（鲁迅语）有缘千里来相会，这容易；我的眼里只有你一个人，这好像不大可能，尤其在结婚以后。

生活就是这样，有了家，并不是爱就有了保险，只是爱情上了新台阶，下一步怎么办，全靠你们自己了。要有一个温暖的家并不容易，可不能掉以轻心啊。夫妻双方闹了别扭，就得想办法解决，回避不得；这不像在社会上，得罪了个把人，绕过去也好，不理会也好，没啥了不起。家里不行，两口子别别扭扭的，还怎么过下去。报载，上海一对老夫妻，四十多年没说一句话，那日子如何过？回了家，会不会像进了地狱？前些年萨特的一句话"他人即地狱"挺流行的，夫妻双方视对方为地狱，那还了得！结婚以后的爱情，变得脆弱、粗糙和神经质，须得小心呵护、维修，可不能马马虎虎。上个世纪里，最令人羡慕的爱情当属巴金和萧珊。在"文化大革命"中，没有萧珊的爱，巴金能否挺过来，尚是未知。巴金在《随想录》里自己都承认："其实我很脆弱，或者可以说有时也很软弱。"婚前的爱情具有很强烈的观赏性。婚后的爱情则具有很明显的功利性，会让人奋进，也会让人堕落；会让人有滋有味儿地活下去，也会让人死不了活不成。于是我想，缘在婚前，爱在婚后。

五、角色与分工

小时候听人说，南蛮子（北方人为什么给南方人起了这样的外号，这不好）的家里，男的哄孩子，做饭，女的在外面干活挣钱；男的体格就像北方的女人，女的体格就像北方的男人。长大了，我才知道不是那么一回事。但这类事说明一个现象：家庭角色发生了错位——当然，这是误传。

爱情生长到一定时候，就结出了家庭。有了家庭，就应该有家庭角色。丈夫、爸爸，妻子、妈妈，可能还有孩子、老人，各有各的所指，混淆不得。家庭角色意味着家庭的分工。"男耕女织"一词，说明农业文明时期家庭角色与分工的不同：重体力活男的干，轻快活女的做。以后发展成家庭的政治、军事、外交、挣钱、挑水、打柴、玩乐、享受都由男的来承担，女的干脆退守家中，只管烹调、缝纫、带孩子、孝敬公婆。这显然不公平。但中国有文字记载的两千多年历史，男人、女人就是这么走过来的。大家好像也没什么怨言，董永不是乐颠颠地唱：你耕田来我织布，我挑水来你浇园。也是有了文字以后，关于家庭中的男女角色便有了明确的厘定。记得有一本线装书叫《女儿经》，像是女人守则，好像也规定了女人该干什么不该干什么。至于男人，也好像有了更大的自由。比如在元稹的《莺莺传》里，张生对莺莺始乱终弃，还蛮有理由："弃置今何道，当时且自亲。还将旧时意，怜取眼前人。"中国传统文化对男人、女人的权利、义务都规定得清清楚楚，但在这里面，显然男人、女人并不在一个平面上，即重男轻女，或者说，中国传统文化是一种男性权利话语。因此，过去女人家里活干得多，男人外面事情做得多。现在的情形就不一样了。看看池莉的小说《烦恼人生》的开端，男人印家厚早晨起来，冒着老婆的白眼，得忙乎孩子的起床，得忙乎孩子的早餐。有点儿可怜，但没有办法，现在男女平等了嘛。在城市里，每逢傍晚下班的时候，我总感觉男人们急匆匆地，像是要回家做饭，女人们优哉游哉地还在逛商场。社会真是进步了。再发展几年，是不是还能提出"男性解放"的口号，真还不好说。

除了家务，一个家庭里还有权力分配问题。有个笑话说：有人问新娘："在家里你愿意做总统呢还是愿意做总理？"新娘回答："做财政部长。"而事实上，家庭的权力并不像那位新娘理解的那样清晰和明确，而是所指模糊、含混。家里到底谁说了算，很难说，要看是哪方面的事，还要看在哪些时间和地点。一个家庭的治理和一个单位的管理不太一样，单位的领导都说了算，这个单位将一派混乱；家庭实行民主管理，权力分散，倒有助于安定团结。但既然家庭有角色之分，当然就有权力不同，亦有不同工种（偶尔角色串位，当属正常）。

毕竟男女在体力上心理上有所区别。男为阳，女为阴。阴柔与阳刚对立而互补。这个大原则是不能解构的。就是将来家务活儿完全智能化了，男人还是男人，女人还是女人。

冯骥才有一篇小说《高女人和她的矮丈夫》，说是在高女人去世以后，矮丈夫每逢阴天下雨，还是高高地擎起撑开的雨伞——因为女人在时，总是由他来打伞的。这是高女人的不是，丈夫有点儿生理缺陷，这种特殊情况应该特别对待，免得丈夫力不从心，心理压力太大，乃至于妻子去世后，还屈从在高女人的暗影里。

角色分明，分工又不分家，各司其职，互敬互爱，互相帮助，丈夫、妻子、儿子不也其乐融融吗！

六、爱的苦

爱在家庭里，则有几分苦涩。爱有几分能说清楚，婚前相对还好说，婚后相对才难说。糊里糊涂过日子，不成；特明白过日子，也不大可能。结婚成家后的爱情生活，少了激情而多了平常，也多了几分苦涩。我的一个朋友，和太太闹了小矛盾——几次晚上出去与朋友喝酒，没有和太太请假，太太打传呼他也不回。那次喝酒至夜半回家，发现太太不在家，一觉醒来，太太竟没回来。我这朋友慌忙爬起来，才在枕边见到一张纸条：“我走了，请你好自为之。”一连几天，太太没回家。我这朋友才意识到问题的严重性。那些日子，他无法料理自己的生活，用电脑制作了一大堆招贴画片，字老大，雇了好多钟点工，高高地贴在各个主要街头的广告板上：“冬天风大雪滑，回家路上走好，我的爱还在家。”招贴画片上还缀有他及太太的名字，这里忽略不计。据我所知，婚后两人小矛盾、小摩擦经常发生，为的都是家庭小事，弄得我这朋友连连叫苦：“结婚真累！”

小时候，爱看苏联电影，有结婚镜头。众人一喊“苦哇”，新人就得接吻。现在想想，接吻和“苦”能连在一起，问题多么严重。婚姻即为苦海，可总有一批一批人前赴后继往里跳。因为这苦海是爱的结果、苦果。在家里的爱，是婚前爱情的延续和变异。变异到何种程度，则因家庭而异。我那朋友与太太感情很到位，但太太管理太严，弄得我朋友的确产生了哪里有压迫哪里就有反抗的心理，像小学生逃学一样逃避着太太的跟踪电话和传呼，就不接不回，看你能把我怎样，结果问题就大发了。

实际上家庭问题不止这些，差不多都是些不经意的小事，都以为结了婚万事大吉，都把家视为可以随便的地方了，于是就没能严格要求自己却总想严格要求对方，缺点和错误也都敢明晃晃地暴露出来了。你比如说，太太出门之前，总是在镜子前不厌其烦地收拾半天——过去讲究女为悦己者容，现在则是女为别人而容；回家以后却蓬头垢面，衣衫不整。你再比如说，先生回家后，过去的殷勤、甜言蜜语没了，又抽烟又喝酒，又爱说脏话又不讲卫生，又懒又馋，不爱做饭却爱发脾气等等。你说烦不烦？于是，婚前的理想家庭成了豆腐渣工程，苦日子也就开始了。

婚前格式："我想要有个家。"心情迫切，真实可靠；婚后状态："你的柔情我开始不懂了"，"我无法把你看得清楚"。这种说法是家庭悲观主义。所以现在的一些人另建新款家庭：周末夫妻（平时为朋友，周末做夫妻）、无证夫妻（不办理结婚手续）、丁克家庭（不要孩子的夫妻）、单亲家庭（或因离婚或因别的原因只有独身父亲或母亲的家庭）……但是，这就能避免一般家庭所出现的问题吗？我看不大可能。我有个过于悲观的想法差不多能让家庭平安：双方夹着尾巴做夫妻。此法可以试试。

清代的俞樾在《俞楼杂纂》里讲了这样一个笑话：有一个渔民的太太洗脸梳头从来不用镜子。先生偶然买了一面镜子回家，太太拿镜子照照自己，大吃一惊，告诉婆婆："你儿子娶了一个新娘。"婆婆拿着镜子一看，不高兴地说："娶个小老婆还可以，他干什么还把亲家母给带来了？"什么是自我？镜中之像显然不是。婚后的爱情，往往是找不到真实的自我，却常常有意无意地流露出人性的局促和顽劣，将夫妻之爱流失了许多，苦与累也就无法避免了。

问　路

去外地旅游、开会、探亲、访友，常常要问路。对方如何回答，决定着你下一步行动的质量的高低，也显示出了对方所在地的文化个性和文化情调。

去北京。王府井大街旁有一个冷饮摊点儿，一慈眉善目的老太太主事。见没有人买东西，上前问路。老太太先是抬头扫你一眼，像是在心里嘀咕：又是一外地人跑到北京这地儿了，回答说："您没瞧见我正在忙着吗？"

到上海。也问路。回答的是个中年男子，软声软气的一顿上海话，你像是在听阿拉伯语，之后他才醒悟过来，用上海味儿的普通话告诉你向左拐再向右拐再向……等你千谢万谢地拐来拐去，发现又回到了原地。接着问吧，问的是迎面走来的两个女孩。她俩先是互相说一通"阿拉伯语"，然后再与你说上海的普通话；再互相说着你还是听不懂的话，最后告诉你她们也不知道你问的地方在哪里。

唯有在东北，问路会得到热情的回应。在长春，打扰了正在亲热的一对小情人。他们立即放下亲热，男孩告诉你怎么怎么走；刚走了几步，背后的女孩追上来，又告诉你还有一条近道。男孩跑来说不近，女孩红着脸说比你近。搁下问路人，两个人在大街上十分可爱地吵起来了。在大连，有人问路，将会受到热情耐心细致周到的指点，甚至连最小的细节也会为你说个明白——他们说话不怕麻烦，不怕耽搁自己的时间。如果你还不明白，很可能有人自告奋勇地义务地送你一程。要是在沈阳问路，几乎所有人都要说“Jiǎn 直走”。这“Jiǎn”是“拣”还是“简”，就分辨不清了。我主张用“拣”字，动词活用，还形象，更符合现代诗、后现代诗的用词习惯。至于“拣直走”能走到哪里，那就要看你的运气了。

再去别的城市。比如去宁波，人家的回答会吓你一跳：口气很硬，表情严肃，有时脖子上的青筋都暗暗绽起。你以为他是和你打架，其实他们的说话方式就是这样。去广州，很难找到一个合适的求助人。偶尔遇到一个可以问路的，一搭话竟是外地口音，原来他也正愁找不到道呢。

出门问路时一定要有礼貌，不能像外国人见面“嗨”一下就成了，还要谦虚。大连有个老戏曲理论家马鸣捷，他无论在何时何地问路都谦虚谨慎。一次，刚搬家换了住处，老马下班回家找不到路了，到一派出所，虚心地问：

“对不起，打扰了，请问马鸣捷的家在哪个街道？”一公安警惕性特高，反问他：“你找这家干什么？”马鸣捷不好意思：“回家。”那公安开始糊涂了：“你是谁呀？”答曰：“马鸣捷。”话音刚落，那个公安差点儿晕过去。

让你先行

从前不知道人还要过更年期。从前我学过医学，还没学到“更年期”那个章节（也许那个时候根本没有这个词）时就不学了。因此我现在也不知道人到了更年期是什么样子。电视的广告里常常见到这样的镜头，不管男女，好像都犯这个毛病，那是为了推销药品，为了赚钱，我觉得和犯病与治病无关。最近我有点儿爱发脾气，使性子，别人就说我到了更年期。以前我不是这样的，以前我遭遇到了不顺眼的人，不顺眼的事，还能忍住。

不说更年期的事了，说点儿别的，但与更年期有关。因为写文章，最忌讳东一句西一句的，主题不突出。

假如有人问我，哪首诗歌的意象让我永远不忘？我便想起了二十世纪八十年代的一首诗歌，说一位年轻的母亲，推着婴儿车走在城市的大街上，所有的车——无论来自哪个方向的，都停了下来静静地等待着，让那对母婴先行，让母亲和孩子展示出生活里最最优美的画面，人性里头的善意、关爱和美丽至极的东西，都在这里头了。尽管这诗里也有问题，比如她们怎么能这样毫无顾忌走在大街上，是不是违反了交通规则？但我们权当是艺术，艺术是允许想象和虚构的。而这诗叫什么题目，作者是谁，我现在记不起来了，到了更年期，我的记忆力好像也成了问题。

还有一件事让我难以忘掉，时间大约在读了那首诗歌的前前后后。在大连的黄河路上，靠辽宁师范大学比较近，一队孩子在几个年轻老师的护送下，正在横穿黄河路。孩子都特别小，大约是幼儿园的大班或者是小学的低年级学生。一个不超过二十岁的男孩子——他们的老师，正在黄河路上，张着手臂，用自己的身体护送着孩子。当时我觉得这是人间最美的诗歌和最美的图画了。但那时正是下班的高峰期，被堵的车很多，汽笛声乱响，终于，离那个年轻的小老师最近的一个开小货车的司机，把车窗摇了下来，指着那位老师破口大骂起来——都是些大连人最直接最恶毒的骂人话，骂老师和孩子挡了他的路了。那个时候，我还没到更年期，放到现在，我一定要上去，掐死这个毁灭生活之美和人性之美的大坏蛋。

最近我开始上路学车。每每见到老人孩子走在路上，我便停车，优雅地摆摆手，请他们先过去。这个时候，我完全忘掉了自己已经到了更年期，我觉得我的心情好极了，特有成就感：我好像是在大街上写下了一首首充满人情和爱的主题的诗歌。长这么大，走过的马路也不计其数了，但被车让着先行的遭数还是能数过来，两次或者是三次。当坐在车里的司机向我挥手示意让我先走时，我感动得一下子觉得生活是那么美好，我真的希望我这样的好心情能永远下去。因此我一学会了驾车，我就想我应该把美好送给别人。

我建议在交通法规里，应该把“让行”作为考核驾车技术水平和思想水平的重要科目，不会摆手让行的人不能驾车上路。这里头关涉到修养、家教、爱心、同情、怜悯等等人之为人的最根本的东西。假如在大街上真的像现在的广告上说的人人都到了更年期，那么我们的人生之路就无法前行了，我们的人生之路就处处塞车，处处拥挤。

梦想开车

如果有人问我：你现在最想做的工作是什么？我会毫不犹豫地回答："开汽车。"四十多岁了，梦想着当个司机的念头也有三十多年了。上小学时，我有四大理想：当解放军叔叔、当警察叔叔、当司机、当作家。前两条，因为那时当兵当警察要严格政审，而我的家庭出身不好，社会关系复杂，就根本当不成，现在年龄又大了，这辈子可以彻底死了这份心思；后一条，勉勉强强就算是吧，还不能算专业写作，因为平日里要把大量的精力、体力用在工作上。唯"当司机"一条，梦牵魂绕三十多年，以后的日子里还没准就可能实现。

想当兵当警察，是觉得那时的"解放军叔叔、警察叔叔"在社会上地位很高，忒受人尊重，姑娘们找对象都爱找他们。当作家，是因为能在办公室里风吹不着雨淋不到，专门给领导写个材料（那时我对作家就如此理解），姑娘们找对象也爱找他们。当司机，开车不花钱就能把全国各地转个遍，找对象也可以随便挑。那时我还小，幼稚，不懂事，根本不理解理想的真正内涵，所以所思所想，离党和人民的要求相去甚远。

二十世纪八十年代初，看过美国一个故事片《车队》，突然意识到，我小时候的司机梦想就是这个。开大型运输车，跑长途公路，抽烟，喝酒，留大胡子，穿油腻腻的工装，火气大，说脏话，爱打架，好打抱不平，喜欢挑逗女人。就说一跳就跳到高高的驾驶室上，把着大型的方向盘，再把头从驾驶室伸出来，那姿势，那神态，简直要多棒有多棒！能有这样的梦想，是因为我的老家瓦房店，在二十世纪的五十至六十年代，满打满算才一辆小轿车，还不经常出门。存在决定意识，不常见到小车，怎么能想到当小车司机呢？遗憾的是，越想当司机，这么多年来所学的专业、所从事的职业就离司机这一行业越远：当知青、上师专、当教师、上大学以及现在当作家，都与当司机的愿望不挨边。中国不像国外，中国的汽车司机是专业，是职业，没这份工作，基本上无法摸到方向盘。为此，二十世纪八十年代中期，一度我想弃文从车，想学开车然后就帮别人开出租车，不幸的是，老婆坚决反对，我的理想又没有可能实现。

现在的情形有点儿变化。好多人学了开车的技术，驾校成为商场上一个热闹的卖点。学车、开车、买车是现在也将是新世纪头十年的时尚。拥有自家的汽车，对大多数中国人来说还是一个梦，但这梦想已经不是遥不可及了。“私家车”的说法，不就是这几年的事吗。这时尚也暗暗触发了我的心底梦想，使我的早年梦想有点儿浮出水面。尽管从工资收入上计算，我现在既买不起车又养不起车，但时尚即起，总不至于是空穴来风吧。四十多岁的人了，已经过了做梦的年龄，但追求进步的心还是有的。

自己开自己家的车，以我旁观者的角度去感觉，会是很好玩的事。

行走的权利

我行走在大街上，规规矩矩的，我在大街上行走是我的权利。当然我的权利必须在人行步道、斑马线上行走才可主张，就像所有的机动车不能在人行步道上行走一样。机动车行走的权利是在单、双黄线与人行步道的区间之内。街头上有许多的警示标志，在提醒我们：权利的行使，得在一定的范围内。看过不少灾难片的VCD，一场空前绝后的灾难来临了，大街上挤满了慌慌张张逃难的人和机动车，人难走，车难行。没有制约和限制，权利的行使也就难以实现，这制约和限制就叫法。有关行走方面的法，是交通的法律和法规。依法而行走，就会走得理直气壮，就会受到法律的保护。

在大街上行走是件令人兴奋的事情。生活里许许多多的时尚、情趣都发生在大街上。感受到生活的美好，感受到生命的美丽，只要行走在大街上即可：车水马龙，人流如梭，高楼林立。正当行使自己的权利会带来心灵上的满足与快乐。好多时候，我们的快乐就是由别人给的。比如，走在斑马线上，与我们相遇的小车戛然而止，车子里的司机挥手示意请我们先行。一瞬间我们会觉得坐在车里的那位司机优雅而美好，他也让我们在无意之间心情也开朗起来。而大多数的时候，在斑马线上拥挤的战栗的行人，面对着飞驰而来的一辆辆像是急着奔向殡仪馆的大车小车，举步维艰。法在这时显出了无力和疏忽：德的品行在这时显得十分重要。德是品德、德行、修养、心性、素质，是道德。道德很难像法律法规一样一条条写下来，张榜公布。道德常常是无形的力量，无形的文字，无声的行动。

有一次，要到一个单位办事。走到三八广场，无论如何也想不起来要去的单位在什么地方。搭上一辆出租车，告诉司机要去的地方，司机便缓缓地沿着五五路向港湾桥方向驶去，其间他还兴奋地用对讲机告诉别人："一个'老客'（什么是'老客'，我百思不得其解）从三八广场到 ××，我正在路上。"车子滑行不到五分钟，就停了下来。司机回头说："到了。"这么近的路，走起来不过几分钟，只要司机在我上车时说一声指个路，我也不至于如此花冤枉钱。交了八元钱的车费，我下了车。这车坐得让人心情败坏。对司机而言，载客收费，合乎法规条例；对我而言，乘车交钱，却合法不合理。

生活里像这样很难以法与德来厘定澄清的事情，很多很多。法是外在的制约，违法极容易被人识破；道德是一种自我约束，外人不宜也很难涉足其中。在斑马线上将行人撞了，主要的违法者恐怕是机动车。出租车里，司机用对讲机闲聊是很普遍的事情。坐车时必须忍受他们那些无聊的言语，哪怕是脏话。行车时司机说话不违法，但他们那些话算不算对乘客的冒犯或是骚扰，就很难说。深夜小区居民睡熟了，有车进来，嘀嘀地鸣喇叭，不符法度——有规定不允许在市区鸣笛，又不合情理——多少个孩子的睡梦被这可恶的噪音惊醒。车的行走，法律赋予了许多权利：速度（特别是与行人的关系）、鸣笛，也包括在行车时说话的权利。但是，在某些时候，在某些场合，车的行走的权利最好考虑考虑道德的层面——这时法所主张的权利已经成为一种特权——对他人的生活将会是一种有理有据的冒犯：在大车小车面前，在速度和力量面前，人的生命和生活，如何经受得起哪怕是轻轻的一击和一撞。

于是必须有尊重，必须有理解。行人有行人的权利，但不是特权；机动车有机动车的权利，但也不是特权。这样天气会更好，阳光会更明媚，大家的心情会更舒畅。

新手上路

老王开着破旧的桑塔纳上了大街，晃晃荡荡地走到了一个朋友的楼下，挂空挡，松离合，拉手刹车，之后便向楼上挂手机:“我在你的楼下了！”一副显摆的样子。

朋友在楼上拿着电话向下看：“哇，真的是你呀，真酷哇。”老王这才想到，开车也叫酷，于是乐颠颠地上了楼，向那朋友介绍开车的经验了。

满足了心情，老王下楼一看，车没了！左看右看，还有几台半新不旧的桑塔纳，都是蓝色的，就是不见老王的那台。这年头，小偷敢情连破车也不嫌弃啊。还是那朋友镇静，建议问问交通队。一问才知道，桑塔纳因为停在不让停车的地方，被交警拖走了。

一大顿折腾，又是检讨又是赔笑脸，车才被领了出来。这个时候天已经黑了，还下着小雨。老王在车里看着大街上那一束束流动的灯光，心想这回可要遵守纪律，可不能跨着黄线往前冲。但他还想，假设对面来的车不遵守纪律，跨着黄线冲过来，那该如何是好？于是，老王想到了萨特的“他人即地狱”，还想到了这天上午彭定安老先生讲课所说的“他者意识”——就是除自己以外的一切都要尊重和关怀，这样就可以假设对面来的所有的汽车都不会压线冲过来。胡思乱想着，老王就到了一个岔道上，没车没人，停下，开门，刚要下来，桑塔纳却自动倒退，把开着的车门生生地卡在路旁的电线杆上。老王一身冷汗，才想到停车要拉手刹车。

这个时候老王才总结了个结论：老王的开车水平实在是有限，怨不得学车时候，老王的师傅坐在副驾驶的座位上，厉声呵斥：“慢点儿！慢点儿！不会走就想飞啊！”

于是老王不想扮酷了，再说，已经深更半夜了，扮酷也没人看，老老实实开车到了自家的楼下。路过停车场，他就想起了刚才警察让他的不舒服，就愤愤地决定：“今天晚上不向人民警察交停车费了。”遂改道，把车停在小胡同里。停下了，一看，车屁股还歪在外面，就上车倒车，也没想起来师傅讲过的倒车移库的动作要领，听得一声巨响，急忙下车，看见前保险杠连同左右转向灯，被车旁的水泥柱子生生挂了下来。

老王后悔了老半天，要是上停车场停车，就不会有这事了；开车哪里叫酷呢，是自找麻烦啊。

老王行车记

老王为什么要买车以及买了个什么车

老王是二〇〇三年的夏天突然决定买车的。他把手头上所有的资产都变成了现钱，算一算只能买高档车的一个轱辘。于是老王退而求其次，就买了用这些钱便能开回家的夏利。两厢的，银灰色。老王一看见它就暗地里非常非常喜欢。这车是新款的，四个缸，桃木内饰，型号是 7131A。以后你在大街上，看到两厢的小夏利，千万要分辨出带不带“A”字。带了，说明是新款，排量大，四个缸，桃木内饰；不带“A”的，就是极普通的夏利了，两三万的、旧款的，这可绝不是老王开的啊。郑同事一次对老王说：“自从你买了夏利，在大街上我发现夏利还真不少呢！”这话老王不愿意听，“什么叫不少？都是四缸的吗？”所以在这里老王拜托各位了，看夏利一定要看带不带 A 字，请仔细分辨，以免误判，也满足一把老王小小的虚荣心。

买车那天，老王请他的好朋友王棋给把关定向。谁知王棋开车来了，便把老王拽到车上，拉出了购车现场，坚决反对买那夏利。老王在王棋的车上愤怒之至，怒斥王棋“你有车开，就饱汉不知饿汉饥了”，还说，“我想买好车，但你给我钱好吗！”一听老王要（而不是借）钱，王棋那厮吓得赶紧把老王扔下，害得老王走了半个多小时，才重返购车现场。当即热血沸腾的老王把这夏利踉踉跄跄开回了家。要知道，老王的驾照才到手不几天啊。

老王那一宿，兴奋得几乎一夜未合眼。

王棋哪里知道，老王小时候有四大理想，其中一条就是当司机。二十世纪的中国，六十至八十年代，司机可是热门职业，净说好媳妇。老王小时候也想将来有个好媳妇，那就必须当一个司机。那时老王心目中的好媳妇是什么样的？是在饭店工作的，白白胖胖的，像朝鲜电影《摘苹果的时候》里的“六百工分”一样，净吃好东东，吃不了的，还捎回家给老王吃。什么叫好东东？挂面，饺子，有点儿肉片的炒菜。那时饭店（都是国营）的服务员，上班时都带一大饭盒，铝的，可能装啦，就这个大铝饭盒，可以保证一家好几口人的生活，那个时候就是小康了。但老王大半辈子下来，也没实现当司机的理想；就是因为老王没实现这个理想，所以老王就没娶个好媳妇。有一天老王突然省悟了这一点，你说说见着车了他还能不急？！

从此老王感觉到前途有点儿希望了。

老王是一九五六年生的，属猴，小时候正开始萌动人生理想、开始了性萌动时，家里穷得那连饭都吃不上。要不老王的个头哪至于才一米七十，半个残废？

老王会开车了可你会走路吗？

吴评论家是老王最最佩服的人，因为他以前背着老王夸过老王很会写文学评论。吴评论家说了这些话以后，老王对他说的一切话都坚信不疑了。前不久吴评论家就说过，有了车，就有了新的思维方式，新的生活方式。吴评论家有车，那车能顶老王的四个到五个车。吴评论家开车技术很棒，还挂着警用牌子，闯红灯都没人理。老王由此坚信，吴评论家有关新思维、新生活的话，真的没错啊。

过去老王没车，走在马路上便觉得开车的都应该礼让行人，外国不都这样吗！我们整天不是要和国际接轨吗？因此有的时候，比如他带着老婆孩子或者带着某个MM（网络流行语，多指漂亮女性）横穿马路时，便很有男人味地冲着急驰而来的车摆摆手，以此示意：让我先走。有的时候，还像耍杂技一样在车流里左冲右突，强行横穿马路。理由很简单，反正你不敢撞我。记得有一次老王他们哥儿几个在济南火车站刚下火车，一辆小车在月台上鸣笛前行，他们照旧横排而行，任凭身后笛声大作。行人哪有怕车之理呢。

小夏利一到手，老王就迫不及待地到处显摆了。老王这辈子别的爱好没有，就是喜欢显摆。举个最简单的例子吧，平日里老王左兜右兜各有一盒不同牌子的香烟。在公开场合，比如在同事面前、在酒桌上、在会场里，老王抽左兜里的烟，那是高档的；私下里，比如在家里、在办公室里，老王就抽右兜里的烟，是很便宜的那种。为此也闹过误会，前几年，有个“三讲”运动，有人就向组织提出疑问：“老王净抽好烟，他哪来的钱？”这厮显然误读了老王。误会是深刻的，但脾性是天生的，老王改不了。有了新车，还是四个缸的，桃木内饰，老王特别需要有人来夸夸。于是一个MM第一个勇敢地坐在老王的新车上了。俩人都没啥正事，开车遛弯儿呀。这人上车不久就不敢和老王说话了，怕分散老王的注意力；再不久便悄然地把安全带系上了；又过了不久，她便客气地说，她突然想起单位里还有急事要办，需要马上回去。老王侠义地要送她，她却坚决不麻烦老王。胳膊哪能扭过大腿，老王只好停在道边卸人。坐了老王的车，老王自然期望得到几句好话，那妞一下车，像是刑满释放一般，一脸热情地告诉老王：“从现在起，我可知道怎样走马路了。”

老王心想，如果满大街的行人都有这个觉悟，不说没有车祸，就是伊拉克战争也打不起来。但偏偏不是这样。一次老王开车去一家大型超市，拐弯时又打转向又鸣喇叭，还是被一个冲过来的小伙子撞了一下，连左后视镜的镜片都被撞到地上。为此老王纳闷了好几天，这车都到你的眼前了，你怎么还往车上撞呢？类似的情形老王遭遇到许多次。他不明白了，就说是现在思想解放了，但也不至于解放到行人可以随便撞机动车呀。老王就此也请教过刘同事——有着三十多年驾龄的老司机："行人撞车（不是车撞行人），还把自己撞坏了，谁该负责呢？"刘同事说："当然是车负责了。"刘同事的话当然不是法律，老王至今还半信半疑。

老王现在的思维，显然和当行人时不一样了。

生活里的规则有许多许多

老王对他的小夏利爱不释手。听人说，对男人来讲，车就是他的女人。老王是全日制的数学科班出身，因此归纳出一个简要的数学不等式："车≥女人。"并到处推销他的汽车数学原理。一次闫同事（摄影家）要开老王的车，老王照例推销他的那一套歪理邪说，但闫同事几句笑话就解构了老王的原理，他把老王的车开得东倒西歪的，老王为此而心疼得直龇牙咧嘴。生活里有这样的潜规则：女人和书概不能外借。现在据说这规则有了修正案，两个版本，一是“钱和女人概不外借”，二是“钱、女人和书概不外借”。老王信奉了这样的铁律，但这铁律在闫同事面前却不好使了。

有了规则，老王觉得还是应该遵守的，否则，就是出位，就将整出一系列麻烦。比如开车不能喝酒。平日里老王嗜烟不喝酒，因此有些场面上有人劝酒时，老王因为有车便更理直气壮地拒喝。麦企业家是老王最好的朋友，这么多年来看到全世界的诗人像苍蝇扑向什么一样聚集在麦企业家身上，老王就希望自己像电影《英雄》里的角色，拿一把那什么剑，划几下，那一群群苍蝇纷纷坠地。买车后麦企业家自然为老王高兴，一次应酬已毕的深夜里，破天荒地约老王喝酒。见面后麦企业家喝酒，老王不喝，不喝是因为还要开车。之后老王开车送麦企业家回家，走到全大连最好最贵的小区的门口，麦企业家沉思半天：“是让你送我进去呢还是我自己走进去呢？”颇有哈姆雷特王子“生存还是毁灭”的神韵。麦企业家的踌躇让老王满脑袋的糊涂。麦企业家就解释说：“如果小区的人见我坐夏利回来了，一定会想过几天，麦企业家就会堕落到骑自行车回家。”但麦企业家懒得下车走路，最终还是下决心让老王进了小区。夜里的小区，老王的小夏利穿梭在两旁停泊的几乎全是进口轿车的车道上，非常骄傲地打开了大灯，丝毫没有感觉自己就是一个丑天鹅。

老王绝不相信麦企业家坐了夏利以后就可能坐上自行车。夏利只配老王坐，因此老王身边就不会有苍蝇；麦企业家只能坐一个轱辘便大于等于夏利整车的那种车；以后麦企业家还要坐上半个、四分之一（八分之一……以至无穷）的轱辘便大于等于夏利整车的那种车。老王对此深信不疑。因为，这就是规则，生活的规则啊。

你能在一个车里和副驾驶漫游吗

有了小夏利，老王的出行太方便了，效率也提高了。一般认识老王的人都不太了解，老王除了写作，还是一个绝对无私、特别勤奋的人。比如小夏利为老王解决了许许多多的事情，而且不用单位的油费、过路费、养路费、违章罚单里面值不小的人民币以及固定资产损耗等等，真有些“私车公用”的意味。老王为此仅仅是口头抱怨一两下。但一进入具体语境，比如到了机场、火车站，老王就开始勤奋了。信不信由你，老王的小夏利曾拉过副部级的领导、厅局级的领导和许多省内外文学界的名流。老王不想提这些人的名字，怕的是外人以为他狗仗人势。看着从机场、车站走下来的这些显贵的客人，老王热情洋溢地把他们让到小夏利里，之后再说：“请领导体验一下平民生活。”一般的回答很客气：“很好，很好。”

就这样，老王开着小夏利，借着这些客人的光偶尔地也能停泊在五星级（以上）的酒店里。有一次，在一个很上讲究的酒店门口，老王和他的小夏利排着队，依次等着酒店车场的保安安排车位。身前身后的车都安排了，可那保安就像没见到还有个夏利似的。等得有些不耐烦的老王摇下车窗，暖意洋洋地笑对那保安：“朋友，我的车停哪？”保安毫不含糊地用手画了一大圈，直指天外：“到那边去！”“那边”是哪里？老王探头看去，一片蓝天呀。

老王大半辈子见识不多也不算少。不让停车就不停车，没什么大不了的。不委屈，也不生气，照旧开着小夏利，阿Q一样地忙碌着。

当拉着这些著名的客人（真的著名，老王从来不撒谎）走在大连的大街小巷时，老王却常常挂不住脸。小夏利稍稍慢了一下，尾随在后面的车就大灯直闪直闪，要么干脆喇叭急急地响，像是憋了一泡尿似的。老王从后视镜看去，这种事绝不是夏利干的。在大街小巷里，只要遇到两厢夏利，彼此间好像都有着默契的好感，而绝不会做出此等不体面的事情。车厢里的客人对此毫不在意，但老王却暗生怨恨：这不是丢俺们大连人的脸吗？更叫老王气恼的是，他和他的小夏利在路上不能超车（除了超夏利车以外），只要老王超车，被超的一般都像受到了奇耻大辱（是不是在想，怎么这么个小乖乖超了我？！），拼命地要反超过去。一次去旅顺，走了南路，有一小车队，前为奥迪后是捷达，让老王带着客人超了；奥迪和捷达看来是不服，不久就超了老王；不知不觉，老王又超了那小车队——老王发誓，他绝不是有意的；但老王和他的小夏利很快又被超了。那场面像是一级方程式赛。又被超了以后的老王醒悟了，不惹人家生气吧，就控制车速慢慢走。车小人也不大的，别整大事了。又走了一段，却发现一大拐弯斜坡处奥迪懊丧地停在路边，它旁边的那个捷达则半个身子探在路边的壕沟里。老王暗自庆幸，亏得没和他们比拼，要不，说不定会出什么事呢！

正在胡思乱想，老王兜里的手机响了。摸出手机“喂喂”两声，发现坐在副驾驶上的郑州作家原非也在“喂喂”，老王内心一动，真巧啊，俩人同时在打电话；再仔细分辨，发现自己正和原非在通话。俩人放下电话，哈哈大笑。同在一个车里，电话费可是漫游的成本啊。

原来老王手机放在衣兜里，车一颠簸，不知怎么触到哪个键了，手机就发射了一个电话，打到原非的手机上，他没接；过后发现一“未接电话”，再打过去。原非和老王，就在同一车里产生了漫游成本。

老王的小夏利到底是多少钱买的

老王有一朋友姓温。有一次住院割痔疮，打了电话告诉老王。老王热心地再打电话给同是老王和温朋友的死党。结果发现，这些死党都接到过已经割了痔疮的温朋友的电话了，而且都去看过他。老王心想，温朋友的女朋友、女同事、女哥儿们那么多，到了医院，怎么和温朋友交流生痔和割痔的体会呢？

老王去医院了，边走边乐，觉得一个人整天撅着屁股趴在床上挺逗。小夏利在医院的门口还没停稳，老王就听车厢被拍得山响。老王心痛得不得了，火气十足的，心想就是执法人员不让在这儿停车也犯不上砸车呀。老王气呼呼地把车停稳，开车门站起来，却见一个比老王（属猴，不满四十八岁）整整大了一轮的女人，一脸的沧桑，衣着也不得体，很像一下岗女工——或是从海带养殖场退休的女工，正冲着老王龇牙笑呢。老王根本不认识这女人，凭什么她就敢在光亮日子里砸小夏利。那女人见老王出来了，便特别兴奋地吼了一声："师傅，这车多钱买的？"

这让老王哭笑不得，管多钱买的，看好这车，去专卖店打听价格呀，犯得上砸车吗，那哪是砸车，是砸老王的心呀。老王心想，满大街的奔驰、卡迪拉克什么的，她怎么不去拦车砸车问价钱呢。

带着不快的心情进了医院，看见温朋友根本没有趴在床上，割了 PP（屁股）反而养得白白胖胖的，让老王好生羡慕。前几年，马朋友住院老王去看她，见病室里满屋鲜花，满屋子滋补品，老王不由得脱口而出：赶明儿我也住院一把！马朋友苦笑着：你觉得住院像公费出国旅游吗？遭老了罪啊。温朋友白胖的样子让老王唤醒了心底的无意识。但随即也不寒而栗：老王要是真的病倒了，无职无权的他能接到一两个花篮也就不错了。

因此老王从医院出来，决定不去生病了，还决定要满怀豪情地开着小夏利好好生活。再遇到拦车问价的，只要不可劲儿砸车，老王一律笑脸回应，仔细回答，还要加几句，比如四个缸、排气量、桃木内饰、省油什么的。

老王成了天津的夏利汽车的最忠实的推销员、讲解员、义工、志愿者。

警察叔叔为什么不尊重光头

老王闷了时就看一本叫《上半截与下半截》的书，随便翻出哪一页就看起来。这些作者，都不是当下驰骋在文坛上的名家大家，但却让老王有一种高山仰止的感觉：文章写到这个份儿上，死了也能闭上眼睛。这本书里的文章，都发表在《三联生活周刊》的“生活圆桌”栏目里。

据说已形成了一种文体叫“圆桌体”。一个刊物，发了一些文章，就形成某种风格和某种文体，并且把老王的眼球死死定住，对老王来说，实在是一件善事义举，省得老王闲来无事，去洗浴、去K房和那些全用笔名的年轻女子消愁解闷。郑州《小小说选刊》也是这样，他们苦苦经营，也把小小说作为一种文体、一种品牌而打遍大江南北的图书市场。

有了新款夏利，老王觉得也应该倡导点儿什么了。从一次次的开车实践里，老王觉得夏利和光头应该建立某种关联。从凌峰、陈佩斯，以前还有个副总理叫陈永贵，还有个女人叫什么静或者晶，差不多都是名人大腕，都剃个光头，又养眼又酷。老王在这里向夏利的老板建议，夏利的营销策略应该这样：凡男女剃光头者，购夏利车一律八折，保修期延长两年；凡光头者开夏利的朋友，一律赠97号汽油二百五十升。

光头铁车，一下子就把夏利市场定位搞定了。剃光头，开夏利，可以成为夏利车的市场主题广告词。

于是老王率先垂范，把自己的头发剃个精光。

以前爱因斯坦曾经接到一个小女孩的来信，说他如果收拾好了那像鸟窝一样乱蓬蓬的头发，将会十分好看。收拾老王的最简单的办法，就是剃光头。老王剃了光头，还开夏利车，不是酷上加酷吗。

如此良好的感觉在遭遇警察时老王还是心里发毛手脚冰凉。规规矩矩地不压线、不闯红灯，按说也不能做贼心虚，但老王天生一副贼相，又是个光头，平日里见了领导就害怕，在公开而隆重的场面上讲话从来是语无伦次，见了警察叔叔，不也早就魂飞胆破了。

更重要的是，平日里站在大街上的交通警察，哪个脸上不是深仇大恨的样子？没见过大世面的老王，敢情是见了警察叔叔的这种职业面孔，心里哪能好受呢。

越害怕越出事。那一次老王行走在国道上，超了车，一超过去，头里有几个穿警服开警车的警察叔叔守候着。顺着叔叔们的手势停车下来，老王知道自己是在非机动车道超车，且超车的方向又不对——应该在左侧超车而不能在右侧超车。老王心恨自己错误已铸，心不甘情不愿地交了三张大票。

光头这时不起作用了，平日里老王的牛气此时全部烟消云散了。连警察叔叔都不尊重光头了，王老暗自伤心，也罢，交了三百元，买回两条交通知识：一是不能随便超车，一定要看前头有没有警察再做决定；二是，警察叔叔可是无处不在呀。

茶话

我喜茶，尤爱普洱。清泉一壶，茗香萦绕。思绪也会如茶之醇美，在无尽无量的晴空中飘逸。偶尔，执笔为文，只觉茶香与阳光一起融入了每一行文字。此时，文字也温润，也柔和，也清新。

有了快感就要喊出来吗

《有了快感你就喊》是作家池莉一部中篇小说的题目，源出于越战时期美国大兵火柴盒上的格言。现在可能成为本年度最最流行的话语。据说池莉不希望大家以为快感是猥亵之词，并认为那样是狭隘的理解和庸俗的望文生义。池莉是我认识过的女作家中最让我敬重的一位，她本人的柔美、大方、得体和富有教养涵养，让我阅读她的小说总有一种特别舒服的感觉。因此看到池莉写下如此猛词，我真的不太相信我自己的眼睛了。我是个极善于想象的人，看到这样的"快感"我怎么也不能想到平日里我们喜悦、高兴、幸福等等一类的感觉，我只想到了床上。而且我相信没有谁看见这样的猛词就能联想到毫无来由地发了一笔大财的快感和美国大兵在战场上杀人的快感，除非你再加个注解。

有关"喊叫"的文学作品现在不算少了。像刚刚放映的电影《周渔的火车》是根据北村的小说《周渔的喊叫》改编的；余华也写过叫《在细雨中呼喊》的小说；虹影的新的长篇小说题目也是《孔雀的叫喊》，这些都像是鼓动和赞美大喊大叫，好像生活里的“喊叫”还不够多似的。他们好像不知道一个叫什么阳的英语教学就是鼓动人们大喊大叫；也不知道我们居住的小区里回荡着那令人心跳的声音：总有人可嗓子叫喊订阅什么什么报纸赠送报箱（我订了你家的报纸，你不送我报箱，我的报纸你往哪里投呢），还有那些收什么卖什么的叫喊，还有修理什么东西的叫喊……

但这样的喊叫从来没有考虑到邻居的感受。邻居们在听到这样的快感之后能像在欣赏一段无比优美的乐曲吗？我给邻居的定义是，比邻而居，包括楼上的楼下的，也包括单位里的同事，学校里的同学，酒桌旁的就餐者，病房里的病友，公交车上的短暂的同座……二十年前，我上大学的时候，早自习通常是在能容纳几百人的阶梯教室里。我的一个同学，四年如一日地大声读着英语，就像现在的什么什么阳一样。有人规劝他这样会影响到同学们的自习时，他却说唯有这样他的英语才能记住记牢。他的快感有了，可我们几百号正在早自习的同学，你想想能有什么样的感受呢？

因此我想，有的话，有些事情，应该在一定范围里、一定场合下，去说去做。领导正在主席台上快感十足地没完没了时候，你站了起来，大喊大叫一番，那不等于自找苦吃吗？为了保留和提升你的职位，你要到上司那里说说竞争对手的不是，那必须去打小报告，还能在光天化日之下喊叫吗？布什和萨达姆，眼下正在进行口水大战，为的是真刀真枪地实战演练，他们都有快感了，最终遭罪倒霉的是广大的普通百姓啊。

我一直非常非常遗憾的是，现在的高科技能把人送上太空，能克隆人类自己，但对我们自己的生存环境的噪音却毫无办法。就说我的一个朋友吧，他在家里几乎每天都要感受到楼上邻居的“快感”。这是一家体力充沛精力旺盛的人，走起路来能让我朋友家的天棚响起隆隆的雷声，说起话来就像是底气十足（绝对不怕邻居听见），他家的家具好像从来没有固定的位置，每日里都要拖来拖去——在他家的地上即我朋友家的天棚上制造出无限的滚动的声浪，一家人不为名利地打扑克却也能干到下半夜——快感十足地跺脚拍桌子大叫大喊的。而这一切声音，原封不动地传导到楼下了。我朋友苦恼地问我怎么办，我说要不把他邻居家的楼上设个赌场，全天候对外开放；要不你制订一个大楼的改造计划，把这个大楼进行一种隔音改造。而据我所知，我们多少多少人，在家里，要受到邻居的这样的无意识的骚扰。为了逃避，我的一个同事，竟把家搬到郊区了。

在现有的条件下，你有了快感真的最好也不要喊出来，你应该考虑到邻居，考虑到环境，考虑到你是否骚扰了他人的心灵的安宁。女宇航员苏珊·赫尔姆在到了太空以后才感慨地球上的声音太多太乱了：“到了这里我才体会到，我们每天要听到多少噪音。”

难得糊涂

我见过许多人家和许多办公室里都挂有这个条幅，我也知道许多人在生活里对许多事情都保持糊涂心态。比如电话局给你家的电话结算单据永远是几个项目的总的金额，至于你的话费究竟是多少、你的话费是如何计算出来的，对你而言永远是一笔糊涂账。再比如你住的房子，有关部门告诉你这房子是多少平方米你就认为你住了多大的房子，这里面究竟有没有误差和水分你也是糊里糊涂的。上街买菜，你总不至于老是随身携带着一个电子秤。到商场购物，看到商家打出的“降价50%”的广告，你总不至于要求查看进货的原始凭据。到医院看病，你不知道哪种药必须吃，哪个项目必须检查，你得把你自己无条件托付给医生。如果我们事事都要求心里明明白白，那我们必须是一个全能的专家：你得精通电信方面的业务，才能计算出你家的电话费所有的出处；你还得是房地产方面的专家，这样你才可以精确地算出你家的住房面积到底是多大。现在各个方面的真正的专家、行家都在想为人民服务，可是我们总不至于什么事情都求教于他们。一方面没有那么多时间，一方面也没有那么多的人民币。

可见有时候不是不想明白，而是明白不起来，只好糊涂下去了。

正因为这样，有时我们才体会到什么是无奈，什么叫上火。也就是在你糊涂的这一块区间里，当你满怀期待满怀信任的时候，你却偶尔发现事情的原本不是那样，或是事情的原本会是更好，于是你虚火上升，肝气骤起，大呼上当受骗。几年前，我在最正宗的商场的富田专卖店里倾囊而出，买了一套自以为最正宗的富田西装，还得到小姐的最正宗的承诺：终身免费干洗。狠狠地穿了一年，去干洗时竟无人理睬，问商家、问厂家都不承认免费干洗。得亏我手里还有两张免费干洗票，得亏我购物时还有一位朋友在场，要不，我倒成了刁民、骗子。好歹走进了洗衣店，又被人告知：这套西服不是正宗的富田。在这前前后后，电话打了无数遍，跑了无数的路，就想讨个说法，结果可想而知。一些朋友劝我：花钱买个教训吧，我却想，花钱买了火上买了气受，唯独买不了教训：不是厂家商家，你怎么知道那种承诺里面有多少水分，你又怎么知道你在正宗的专卖店里能买到不正宗的服装？可怜的我，那一年在糊涂的状态下，穿着不地道的服装招摇过市，心情无比敞亮。这个例子充分说明，糊涂起来会有一个好心情。

生活就是这样，不是说到处充满陷阱，也不是说他人即是地狱。我也常犯一些小错误，因此给领导和同志们添了麻烦，在此敬请原谅。大家都不是完人，都有可能出现违背常规违背常理的错误，我们不要生气，不要上火，要看本质，要看主流，要向前看而不是向钱看。

有这样一种临界状态

毛主席在过去说了这样一句话：凡是有人群的地方都有左中右。左是左派，右是右派，不左不右的叫中间派。我始终在琢磨着，这个中间状态到底是什么样子呢？比如说喝酒，不喝的是左派，喝大了算是右派，那么喝与不喝的中间状态、最佳状态在哪里呢？再比如说美是左派，丑是右派，那么美与丑是在什么地方开始转变的呢？这个时候是美还是丑呢？真理与谬误只有一步之遥，是不是说的就是这种情况？不是我在钻牛角尖，而是我觉得这里头真的是让人好生琢磨！“文革”时期，大数学家华罗庚推广优选法，内中的核心叫“黄金分割点”，数学上的表述是 3∶7，例如人体的脑袋和身体的比例是 3∶7，这才是美的，华老就找到了这样的一个点。抬个杠吧，如果人的双眼不是长在头部上端的十分之三的地方而是在头部的中间，那是没长开的婴儿或者是外星人，再假如这人是个时尚女孩，谁看了还能大声叫好呢。这个黄金分割点我觉得就是中间状态——中间不是中央，而是一个度，临界点，经济学上还叫临界状态。

为人处世，都应该有这样的临界点。比如，正常汇报和打小报告有区别；好意劝告和恶毒攻击有所分别；尊重女性和性别歧视甚至性骚扰区别更大。但是，也有许多，正是在中间状态，在临界点上，就很难说清楚了。

听过这样一个故事。电台播音员——现在都改叫节目主持人了，接到打进来的热线电话柔情蜜意地说：“祝贺你们，大爷大娘，你们获奖了！赶快带着身份证、户口本什么的来领奖吧！”电话那头，老两口儿自然幸福地从郊区打的赶到了市内，车费至少在三十元以上。到了领奖处，奖品是包装精美、制作精良的一个钥匙链，不是纯金的也不是纯银的。两位老人万里迢迢花费了巨资中了如此“大奖”，心情可想而知。问题是，主持人没有撒谎也没有欺骗啊，他们确实获了奖，请他们来领奖也是天经地义的。

我自己也经历过这样的事。一天要到某单位去，走着走着就糊涂了，也不知道该怎么走了。拦了一辆的士，说是要去某某单位，司机奇怪地看我一眼，没说什么，踩着离合，挂着空挡向前滑行，还用稀奇的腔调在对讲机里说，在三八广场，拉一老客上 ×× 地方。被人叫做“老客”，我心里真不舒服，以前也有人叫我“客人”我也不高兴，因为这让我联想起“嫖客”了。我是作家，天生爱瞎联想。那司机说完了，我的不舒服还没有完，车就停下了，我抬头一看，真的是到了。从我打车的地方到我要去的地方，总共才没有两百米呀。交了个起步价，下了车，我当时的感觉，真像是什么客被公安逮了个现行，又觉丢人，又觉被人戏弄。但你要打车，不管是多远，按规定他不能拒载，还按你的要求把你送到了目的地；而你穿戴整齐，又戴个眼镜，也许在他看来你一定不是弱智。那么，你还恼火什么？

假如那位主持人多说一句“奖品是钥匙链”，假如那位司机告诉我“那单位就在前面”，那么，那些遗憾、恼火，那些极不愉快的心情，就不会出现了。于是，在那一天里，会有一对老人，会有我这样不老也绝不小的人，会对那位主持人，对那位司机，心存感激；甚至可能，我，那两位老人，会把这样的心情，传达给别人；别人也会把我们带给他们的好心情，再传达给另外的人们。这样说是有根据的。我知道著名气象学家洛伦兹的“蝴蝶效应”，说是，亚马孙原始热带雨林里一只蝴蝶扇动了翅膀，大西洋就会掀起滔滔巨浪。

但是在那个日子里，蝴蝶的翅膀扇动着不满的情绪，原因是有那么几个人，就是在欺骗与不欺骗的，在条例、法律与道德、良知的临界点上有意无意之间，出现了那么一点点的问题。于是在整个社会的情绪链上，就有一个环节发生了小小的故障，也许这样就可能引发出一场世界大战啊。

用什么温暖一生

去年冬天大连下了一场好大的雪。一朋友发来短信："雪大路滑，天寒地冻，请不要四处取暖。"这厮错看了我，我哪是看见谁家暖和就想去谁家的人。但生活中温暖的地方随处随时可见。正在炒菜却发现没有酱油了，敲响邻居的门，人家说不够再来要，心里是很高兴的；得到人的夸奖，嘴上还谦虚，心里却暖和和的；遇上点儿困难问题，得到别人的主动帮助，心里也会十分温暖。世界杯期间，央视的主持人张斌说过：人的一生，得有一种东西温暖自己。他说的是足球。

这话说得绝对了一些。

我偶尔看球，但决不迷恋。因此我有点儿不信足球能温暖我的一生。那得是什么样的足球呀，中超的？大连实德的？还是"世界杯"的，巴西的、意大利的、德国的……后者能让我温暖，但距我太远了，去"温暖"一次成本太高，花不起钱，远水解不了近渴。去找前两者取暖，好像也不成，看他们踢球总有一种坐卧不安、提心吊胆的感觉，又气又急直上火，不得病也就不错了。

再说，一个男人，用足球温暖自己，不去温暖老婆孩子了？他能和足球过一辈子吗？当然，极个别的例子除外。

我不迷足球，或者说，我拒绝用足球温暖自己，另外的原因和央视退役解说员宋世雄有关。据说老人家解说了四届世界杯，四四一十六年呀，就是说，他用那语速极快的、尖细而无比絮叨的声音，雄居央视荧屏至少十六年了。回想起来，我真的是坚忍地克服了强大的心理障碍活了一十六年，谈何温暖呢！听他的解说，我觉得特别闹，心里憋得慌，有一股股火直往上蹿。本来好好的一场比赛，我简直无法用眼睛看了，老是听他兴奋地聒噪着。老人家退休后，我的耳根儿才清静了，看球也不必打开电视机的静音开关了。

央视新一代主持人黄健翔、张斌等人让我对电视上的足球有了新的好感，但他们比起前辈来，常常说错话。可有谁不说错话不办错事呢？宋世雄老师不说错话，是因为他说话太快了，你根本听不出对错来。前几天中超第二十二轮比赛，大连实德 5 ：0 战胜深圳金威，一家媒体竟用“血洗金威”“屠杀深圳”的字眼来做标题，未免太血腥了一些，也不算是对的。还是在世界杯期间，张斌说：你如果不知道小贝、小罗，那你就被时尚所淘汰。当时我可兴奋啦，因为我不但知道他们，还知道他们都是男的，知道他们比我们任何一个球员踢得都好。由此推断，我也在时尚里头。凭我这大把年纪，进了时尚里头容易吗！后来冷静想想，张斌你误我也。我要个头没个头，要模样没模样，穿着普通，收入不多，我能时尚个什么呀。用足球来温暖我一生，我看还是免了吧。

倒是今年夏天作家梁晓声在大连说的一番话，让我有了极强的认同感。他说，许多人，不管做什么的，都应该一生读书，用好书伴随一生，温暖一生。联想我这一路走过的人生，多半是在书里找到了慰藉，找到了温暖。因此我也说过我看文学书最多之类的蠢话，尽管仅仅说了一次，也让许多先生、女士们见笑了。我有点儿和张斌、黄健翔等同志一样爱说错话、爱犯错误，请同志们原谅。

人活在世上，真的应该有一种东西温暖自己。足球肯定只是一种，读书也肯定是一种，但肯定还有别的，比如集邮、钓鱼、飙车、攀岩、到别人家取暖、说领导喜欢听的话、小偷小摸……我有的时候，自己一个人在家，爱玩遥控电动玩具汽车，在书房里拐来拐去的，很过瘾。这些东西，和时尚有关，也和时尚根本没什么关系。

不要四处取暖

过完了阳历新年还要过阴历新年。咱中国人对阴历年的重视程度要远远大于阳历年。到了阴历年年根儿，该报仇的该还债的总结性工作都必须做完，黄世仁不就是为了在年根儿前清理债务才逼死了杨白劳逼走了白毛女吗？总结工作做完了，也标志一年的计划任务都落实完成了，才能欢欢喜喜过大年。过大年的一项重要内容，是拜年。提着两个糕点盒（现在这礼就有点儿轻了），到亲戚朋友家，到领导的家，说点儿吉祥的话，然后再接受对方的吉祥的话，再吃点儿糖，吃点儿瓜子水果，然后再匆匆地到另外该去的一家。送过去的二斤糕点——常常是马粪纸包装的面包蛋糕，照例成了大年里的象征性的吉祥物，从这家被带到那一家，十几个来回下来，最末的一家才珍惜而又隆重地打开，却发现变质长毛了。于是大家都想到，过年的方式也该变了，很早的时候提倡“过革命化的春节”，之后又改革了，开始电话拜年：“过年好。”对方接了电话也一定如是回应，双方互致问候祝福却省了舟车之劳，全是猛词，全是废话。但这样的拜年，是互为应答的双向交流，很费时间，也很费表情。

于是属于单向交流的简捷手动的拜年方式一定能在今年的春节派上用场，那叫手机短信。手机短信在过去的一年里，成为最时尚最方便的交流沟通的方式。除了广告性的短信——我接到的广告短信最主要的是两大类：一是我获奖了，但要交钱买奖品；二是可以提供文凭、驾照、身份证等证件的服务。手机短信的主要题材是成人笑话，新闻、股票行情等等，也有“我正在医院打吊瓶”“我在饭店”之类的日常性的提示与交流。手机的持有者每天都能接到几条、几十条的短信，各类信息以简短的文字方式像蝗灾一样扑向了小小的手机。按照《三联生活周刊》的说法，去年让新浪等三大网站赖以获利走出经营困境的是短信业务，同时，网站每得到一分短信收入，电信公司就会获得若干倍收益。我有时也傻呵呵地想：咱这哥儿几个发短信忙得把大拇手指都累弯了，但那些网站、电信公司的老板们却举杯喝着红酒，祝贺他们拓展市场的巨大的历史性的成功。

不管怎么说，阅读手机短信成为我们当下生活中最为重要的文字消费方式了，按照美国后现代主义学者詹姆逊的说法，这也是一种“巨大的文化变迁”，我非常赞同詹姆逊同志这一说法是缘于当下的实际情况，也缘于我的当下体验。最近好长一段时间里我对手机短信的兴趣要远远大于对电视和报纸的阅读兴趣。

比如今年天气开始寒冷时，一朋友发来的短信的“歌词大意”是：天冷了，多穿点儿，注意保暖，不要四处取暖。我这人一般人不太知道，一向是规规矩矩老老实实的，别说天冷不会四处乱串，就是天热得无与伦比的时候，我照旧欣赏孔子有关夏季着装的礼仪：他老人家宁肯捂起一片片痱子，也顽强地穿着衬衣衬裤。

我相信每一个人都和我一样，特别喜欢这样的温馨的富有人性感的短信的提示和问候。只要是有关人情人性的话题，我就自然地想到几年前以色列和约旦签订和平协议时，约旦国王侯赛因（愿他老人家安息）的讲话：从此以后，所有的约旦的母亲、以色列的母亲，再也不会为她们的孩子担忧了。这是把政治，把战争人性化以后的一个政治家的新的话语方式。

手机短信不是吗？用着最时尚最发达的媒体，以最富人性感的最有人情味的话语方式，很不麻烦地表达出来了，拇指一动，就能想到，对方接到短信后的表情，很生动很快乐的样子。评论家杨锦峰在短信上还打上了“^^”号，我怎么看都像是他在龇牙咧嘴大笑。

吃　相

我哥儿五个，小时候在吃饭时父母的要求是比较严格的，比如不许讲话，再比如只许在自己的“门口”吃菜。五个活蹦乱跳的半大小子，在饭桌前，边吃饭边乱讲话最容易打起来，且容易把一个好端端的饭局搅成集贸市场。另一个问题是，如果这五个小孩，再加上父母两个大人，一共七个，在饭桌上没有良好的习惯和秩序，每个人都不在自家的“门口”夹菜，而是满盘子扒拉，这顿饭所引发出来还不知是怎样的后果呢——那个时候，就说炒菜吧，满满一大盘子菜，没几块肉丁，这哥儿五个，哪一次吃饭，不是专门盯着那几块肉丁去的？并且还必须下手快下手早。

听过这样一个故事，说一个北方人为人特别热情，每每见到熟人、生人，都要热情邀请去他家“闯(chuàng，)门去”。一次在饭桌上，他正在说服一个人到他家去玩，恰好一盘菜上来，于是他无意中在这盘菜上用筷子画着去他家的路线图：到俺家应该这么拐一下再“拣直”走一段再那么拐一下。结果这盘菜被他扒拉得谁也没吃。

估计大厨会暗自嘀咕着：好端端的菜，又没下毒药，怎么没一个人动一筷子呢？

按我小时候受到的训练，吃饭要有吃相，像咀嚼声、吞咽声不能太大，要长辈拿起筷子以后我们才可以吃饭（这规矩现在还有人很好地遵守：领导没上桌之前这人是不会先动筷子的），等等。吃有吃相，坐有坐相，站有站相，睡有睡相，好像这个样子，才有人样儿。军人和模特儿，职业要求是昂首挺胸收腹提臀，没见过这两种人猫着腰俩胳膊乱甩、目光散漫地走在操场上和T型台上。常常在电视上会见到的镜头，女的，不论年龄大小，一律是先捋一下臀部，再坐下，之后是裙裾遮膝，两条美腿斜倾于沙发前而展示于观众——有时候我想，如果这腿很粗，像邮筒一样，那干脆在沙发上盘腿藏着吧——这是开玩笑，不要当真。还有，常常在火车汽车包括在办公室等公共场所里的长条椅子上，一些人不是两腿并拢地坐着，而是两腿大开，把旁边坐着的人都挤得没了地方不说，也常常春光外泄，有点儿惨不忍睹。我的一个朋友，右手的食指大半辈子几乎都在他自己的鼻孔里，我说他：你不能不抠鼻孔吗？他说他也不想这样，但他的鼻子常年患有鼻炎。幸好他没有痔疮，要不，他不用“肛泰”，能一天到晚把手指头放在什么地方啊！再说我小的时候，到医院看病，看见一个漂亮年轻的女护士站着，两只脚的脚尖并在一起，那时我太小了，不懂事，觉得那样子太好看了，就天天练习，结果在青年点儿里，女生都爱跟在我的后面走路，边学着我的走路姿势还边嘻嘻乱笑。有什么好笑的？她们都笑我是“里扣蹄”，现在我走路想改都改不过来了。

我觉得每个人都有自己的生活习惯，并且我还觉得这样的习惯不关乎理想信念不关乎个人的品质德行，比如说毛主席不爱洗澡邓小平一度嗜烟如命，都没有影响到他们个人作为人类历史上的伟大的人物。但有的时候，在一定的条件下，也应该注意自己的形象——换个角度说，是为了照顾和考虑他人的情绪，与人方便。说平常一些，叫别“影响市容”，说文气一点儿，叫助人为乐。比如，如果你的屁比较多，但在领导的办公室里，你大概不敢放肆吧，但在别人的家里，你为什么不憋着呢；再比如说，你的鼻子痒痒了，在饭桌上可不要乱抠鼻孔，如果乱抠谁都会想到你会乱甩鼻痂，可万一你失手了怎么办？

给他人带来好的心情，带来幸福的感觉，这在生活中是特别重要的，这是叫给予。给予是一种善意，一种善心。生活里没有善心的例子也不少，比如，一直靠垄断起家挣得脑满肠肥的手机通讯，到现在还是双向收费，就从不考虑世界上还有三分之二的人民生活在水深火热之中。再比如，最近我一直在研究汽车问题，好多厂家商家在广告上大肆宣传汽车保修一年，而有个材料专家警告说，出厂的汽车往往是在一年以后才开始出毛病的。进入了市场经济时代，人的吃相、站相、坐相、睡相之外，还多了个“商相”，但这“商相”和吃相坐相站相睡相可有本质上的区别。

吹　牛

老话说："听其言观其行。"说是要把一个人的言语与结果挂起钩来印证一下，才算是有点儿谱。比如有个化妆品的广告说："不想年轻都不行。"这话谁都爱听，但做起来就比较难了，无论是吃什么药抹什么样的化妆品，不想年轻，可能吗？还有个电视广告，弄几根筷子蹦蹦跳跳的，背景是"生活就是美"的僵硬无耻的旋律。我正在牙痛，或者是我刚刚被公司毫无道理地除了名，还能高兴得又蹦又跳，见谁跟谁说：疼得好，生活就是这样美？或者说，把我开除是对了，这样生活才是美呀。要是真的遭遇了这种倒霉的事情，难受还难受不过来呢，只有敌人才高兴呢。

我小的时候最爱说的一句话是："火车不是推的，泰山不是堆的。"我承认我小的时候幼稚：几百人上千人来推火车，能不动吗；现在的高度机械化，要是堆个泰山来还能说不容易吗。这不是我在抬杠，现在的好多时候好多人都有这样的本事。比如，如果有人从北京过来，这人还是你多年不见的朋友，或者是你的北京朋友介绍过来的朋友，他要把美国的自由女神像或者是中国的万里长城卖给你，并说可以把这两样东西的所有权的证书拿给你看，还保证你在若干年后会有无限的回报，你说你信不信，至少我是相信的。

因此有人说我是“弱智”，网上的说法是“呆瓜”，因为我很容易相信别人说的什么话。但是检讨起来，我自己也常常说不太准确的话。我在讲课的时候，常常说我自己的文章如何如何好，如何如何有影响，讲着讲着，我自己都觉得不好意思了。还有一次在饭局上，一些人议论起某个领导来，我就自豪地宣布：这人是俺家的亲戚。谁知道这个人恰好和我在同桌吃饭，也恰好我还不认得他的脸相，这时候他非常干脆坚决地否认，这让我恨不得钻到酒桌底下。事后我想，是我的爸爸妈妈在我小的时候常常提起一个名字，他们大概是重名了吧。还有一回，我曾经说某某是我的学生，但后来我听说这哥儿们在一次闲谈中，几乎是提名道姓地说我在沽名钓誉，想想也是，我这个样子，怎么配做他的老师呀！说点儿心里话，我这种失语还不是有意为之，尽管有点儿丢人现眼的，但尚未达到单位垮台、公司倒闭、几个国家打了起来的地步，顶多让一些人心情不好起来。这是自己过度欣赏自己的结果，吹点儿小牛而不是大牛，让我回忆起来都有点儿不好意思了，我要坚决改正。“错误和挫折教训了我们，使我们比较地聪明起来了”，这话是毛主席说的，因此我不再乱说谁谁我认识了，也不敢说谁谁是我的学生了。请同志们看我的行动。

二十世纪八十年代的一段时间里，在大街上，只要熟人见面，彼此都要问：你有角钢吗？你要盘圆（什么是盘圆，是不是这两个字，我当时和现在都说不准）吗？你有柴油和煤炭吗？那时我也干过这事，但我可以对天发誓，就是到今天，我也没有从角钢、盘圆、煤油什么的赚到一分钱，倒是让我破费了不少零花钱以及口水。那时我说我有盘圆，其实我是听一个熟人说他有盘圆，这个熟人大概也是像我一样偶尔知道他的朋友手里有这东西，他的朋友还是听别人说的。现在的情形大体和那个时候差不多，在大街上，在酒桌上，在闲聊中，好像大家都认识某些个重要领导，认识某个银行的行长，认识某些可大可小的人物。不是看电视认识的，是在地面上认识的啊，好像是认识了这种人，生活就能无限灿烂起来。平时说笑话吹牛逗个乐子，这不算吹牛，要是很正式地说些夸张变形的话，那就是吹牛了。我希望都能吸取我的教训，话说大了，有时候真的很丢人现眼的。

男人的拉链

我对拉链的注意是前几年春节我的羽绒服的拉链坏了，怎么也拉不上，只好掖着前襟冒着严寒出门了。但我觉得这样做的不止我自己一个人。比如说，在夏天，我就常常在大街上看见有的人光着膀子横晃；在早上，还有的女人穿着睡衣遛狗。有的朋友评价我是不太讲究“遗容遗貌”，搁在心里我也不服：我的内涵你们为什么谁也不去发现！类似的还有人说我的身体比较单薄，但那是看我的表面现象，在桑拿房里可没有谁敢这样评价我的。

我绝不是阿 Q 和堂吉诃德，但要是抓住我的部分疏忽和缺陷而以貌取我，那就有点儿冤枉我了。比如我曾经和万达集团的汤总、易而快公司的刘总到沈阳与东宇集团的孙总会面。在孙总的接待晚宴上，由于餐厅里热我就脱掉了外衣。汤总看了看我，说：“王老师，你的毛衣很别致啊。”这个时候，我才发现，我的毛衣的左侧从腋窝到底下的衣襟全部开线了，里面的内容一览无余。在家的时候我绝没有发现我的毛衣坏到这个严重程度，否则，打死我我也不会穿上这样的毛衣去丢人现眼的。况且在座的孙总还是一个衣着讲究相貌端庄的女性。那天晚上，大家多次为我的毛衣敬酒，并且认为，这样的效果是和当下流行的在牛仔裤上故意磨出大洞，在衣服上故意打上补丁有着异曲同工之妙。这次晚餐的气氛极好，初次见面的他们没有一丝一毫的陌生感，这样的结果能是简简单单的毛衣所能期望到的吗？显然不是，是又一次证明了我的个人魅力，有内涵的人就是与众不同嘛。

还是回过头来说说拉链吧，拉链是一八九一年由威特科姆·贾德森发明的。但我觉得，拉链虽然被人称为十九世纪人类最伟大的发明，但它也不是没有毛病的。比如说吧，拉链必须用手来拉，但如果忘了动手可怎么办呢？那只能让别人不好意思了。一次坐飞机，我正在打瞌睡，空姐把一个薄毯子盖在我的腿上，等到去了卫生间里，才发现我的裤子的拉链没拉上，心想大半天我就这样跑了半个城市还美滋滋的，怪不得空姐给了我毯子，那是帮我纠正问题。从卫生间出来回到座位坐下，空姐又来把毯子盖在我的腿上，等下飞机时掀开毯子一看，拉链还是忘了拉上了。因此就我而言我很希望能有一种不用动手的拉链，一旦忘了坏了也没什么关系，不至于在大庭广众之下丢人现眼的。

像我这样总是丢三落四的男人现在看来不是多数，

我注意到在一些很高雅的场所里的提示牌上，写着“衣冠不整者谢绝入内”。其实这是一种歧视。我在好多时候并不是想衣冠不整，而是我忘了，那么就不该用这样的态度对待我，这让我感到了委屈，怎么知道真理就不掌握在我的手里呢。其实，我也想利索一点儿，着装得体一些，可是我要是忘了怎么办啊。

我知道，遗忘不是理由。不知道哪条法律，就朝着哪条法律去整事，法官可不会因为你不知道而判你无罪。同理可证，谁也不会因为你忘了拉拉链而大大夸奖你一番。有一年，我到四川开会，最后一天是全天参观，晚上是送别宴会。白天里，四川的朋友着装随意，热情地陪着我们。晚宴前的半个小时里他们都不见了，到了宴会餐厅里我发现他们全部是西装革履。当时我纳闷啊：这可是四川最热的时候，并且这天晚上是要吃四川最有名的“麻辣烫”火锅，他们这个全副武装的样子，怎么能对付得了呢？我当时可是穿着大裤头、背心、拖鞋来到宴会厅的啊。我开玩笑地对他们说：还是你们四川人抗热啊。可他们却说：这是为了表示我们对客人的尊重。也是从那时候起，我真的开始注意自己的拉链了。

论上火

我不知道世界上有哪一种语言能像汉语那样富有弹性和张力。比如近年来时兴的“第三者”一词，貌似中正、客气，但用起来却很复杂，认真想想，每个人说出来这个词都各有所指。前几天，我所供职的大连作家协会会同大连人寿保险公司等有关单位搞了一个“中国作家看大连”的活动。消息见了媒体，诗人麦城对我说：“这说法不对，中国的作家来看大连，那么大连是外国了？”听到这话，我有点儿上火了。说是“作家看大连”，好像也不妥：一是不是所有的作家都被邀请来大连，二是这个作家指的是中国作家还是指外国作家，也不明确；说是“几位作家看大连”，也不怎么对劲；说是“中国作家看中国大连”，好像也挺麻烦的，没见谁能这样说话。上火一词，多见于民间说法，谁要是头疼牙疼肚子疼，便说上火了。延伸开来，还指一些难缠的事物所引起的人的情感上的波动。

火的使用和驾驭，是人类进化、进步的文明的量度，用之煮食物，用之取暖，用之照明，还利用它的一些天然本色，如它的亮度、它的色彩等等。人类对火的把握，主要用于生活的实际操作上：煮饭、烧制陶器。随后人类还扩大了火的功能：让火参与到人类生活的更广泛的领域里，像阴阳五行里的火，像中医里的火。按照中国古典哲学——阴阳五行学说的思维，火是世界构成的必不可少的元素；按照中医的思维，火是人的生命的运营状态，为阳气所化，为生命的动力。由此而来的，是对火的延伸的诠释，火成为人类精神和心理一种亢奋、偏颇状态的描述：上火、火气、发火、恼火、怒火。最早（大约在一百七十万年前）使用火的元谋人，不会想到他的后人会为火制造出这么复杂的张力空间。本来是肉体上和心灵上的疾患，却用一个“上火”全都概括了，提供的隐含的东西却很多。

控制火，在一般的物质生活领域，体现了科技的进步；在精神生活领域，也体现了文明的发展。火出现在人类生活里，有利有弊。有利的，发展之，弘扬之；有弊的，控制之，取消之。人类很早就知道扑火、灭火，《尚书·盘庚上》说：“若火之燎于原，不可向迩，其犹可扑灭？”在一定条件下，在一定范围里，火却对人类的生存和发展构成了威胁、伤害，火灾即是也，为了防范和减少火灾，人类成立了救火的专门机构。而为了对付威胁人类生存和发展的另一种火灾，人们也建立了相应的组织——医院、心理治疗组织。火的潜在的威胁，一般人很难给予高度重视，因此只有火灾出现了，才让人追悔莫及；但是人类精神心灵领域里的火灾，是更难让人回避的重大生活问题，它关系到人的身心健康与否，关系到人的生存质量。中国的古籍里，有关火灾的记载比比皆是。例如清人吴长元的《宸垣识略》就记载了这样一件事：明弘治戊午夏，一头熊从西直门溜进京师，守城的士兵竟没有发现。熊在城里自然伤了许多人。京师重地，大兵云集，还会有此等事情发生，朝野上下震惊。有人说：这不好，我们今后要严肃军纪，提高警惕，严防流寇盗贼再次入侵；也有人叫好：这是好兆头，它要我们以后不仅要加紧防范盗贼流寇，还使我们要防止火灾。话不错，可惜没人重视。不久，京城发生好几起大火，连司法部的房子都烧毁了。古人都知道预防火灾的重要意义，那时全国各地还建有火神庙，目的显然是为了让大家警钟长鸣。也是在古时候，人们认识到火之于人的身体、精神和心理的重要性。宋人江少虞的《宋朝事实类苑》里，有《论取火》一文，讲的就是要适时取火，遵循一定的规律，比如不能用巴豆木取火做饭，否则会“令人泻痢不止”。火也能导致人的精神、心理出现问题和疾患。按照中医的说法，人身之水火，阴阳是也，气血是也。阴阳必须和谐，否则就得犯病。比如《黄帝内经》上说：“夫百病之生也，皆生于风寒暑湿燥火（这是天之六气——引者注）。……诸热瞀瘛，皆属于火……诸禁鼓栗，如丧神守，皆属于火……诸逆冲上，皆属于火……诸躁狂越，皆属于火……诸病胕（fū）肿，疼酸惊骇，皆属于火。”这里有生理上的疾患，也有心理上的疾患。可见，在中国古时候，人们就已经认识到火对人类社会的利弊，还认识到火对人类的身体及精神、心理方面的影响。

实际的火大了，就会造成人类财产以及生命安全的损失，因此平日里要有忧患意识，要提高警惕；人的身心的火大了，即人们常说的虚火上升、肝火旺盛等等，也会对人的身心造成严重的影响。上火不是一件好事。领导对咱有看法，即使是错误的，咱也不上火，不理会罢了；出门让人偷了钱包，即使这个月的生活费用没了，咱也不上火，权当济危扶贫了；老婆看好别人跑了，即使那人品行实在不好，咱也不上火，咱再找一个更好的老婆算了；遭到别人暗算了，即使损失很大，咱也不上火，谁叫咱警惕性不高呢……我们一生会遭遇许许多多令人不安沮丧、灰心丧气、恼羞成怒、怒火中烧的事情，都不可上火，火同气，气大伤身、伤心、伤肝、伤胆、伤肾、伤肺、伤脾……什么都伤了，身体也就完了，身体完了，人也不在这个世界上了，生活还有什么意义？这好像是废话，但更是实在话，是实实在在的理。

遥想孔子

我不是素食主义者。许多好心人劝我，别顿顿离不开肉，到这个年龄，应该注意身体健康了。我才不管这个呢！我给自己不食素找了两个理由：一是小时候太胃亏肉了，那时在过年的时候才能杀年猪，才能大口吃肉，而平日都是素食；当下已经开始吃燕窝鱼翅的时节我还喜欢吃肉，尽管有点儿老土，但还是要把小时候没吃够的东西吃个够。二是，孔子也是个肉食主义者，这是我反复读《论语》才发现的。

在我的记忆里，孔子获得的各种荣誉称号数都数不清了，比我要多多了。历朝历代皇帝们给他的各种谥号又长又多，我记不住，写出来也太麻烦，能让我想起来的，有思想家、哲学家、教育家、史学家、文学家，等等，估计能有十几个。只要提孔子，就必然要说这个家那个家的，但我还想到了他还是别的什么家。孔子一生留下的几本书，没一个是他自己亲自动手写的，《诗经》《春秋》是他整理编辑的。他喜欢听音乐，也整理过音乐，但这都不是原创，因此他是个编辑家和出版家，也算个音乐家。他还是个商人，但孔子的经商理念在我看来比现在的商人要仁义多了，比如他坚决反对不当得利：不老老实实经商所得到的富贵，对他来说就是过眼烟云。同时他很懂得商机，很会做买卖。他的学生子贡说假如有块美玉，问老师怎么办？孔子急切地说："卖掉呀，卖掉呀，赶快卖掉呀！如果暂时卖不掉，留着涨价以后再卖掉啊。"孔子在言行举止方面是很有讲究的，因此说他还是礼仪专家。比如他上车，必然先端正站好，拉着扶手上车，不回头，不高声说话，不用手指指点点，很威严的感觉。联想一下现在坐小车的领导们，基本上都是按照孔子的这个方法去做的。这么一说，孔子就是个全知全通的专家了。现在，像孔子这样全知全能的具有一堆堆荣誉称呼、职位的人可不少啊，在大街上随便一个什么人递来的名片上，准保能写有一大堆头衔。我的一个朋友，最近接到一个境外机构的来函，说按照他的文艺业绩和能力，早就达到了博士水平，因此只要他寄去几百元人民币，就可以得到该机构授予他的博士称号。该同志水平如何这里不论，但高中都没读过，再怎么有业绩，也不至于一下子成为博士啊。孔子那么大的学问，都没有得到博士学位。好了，不开玩笑了，净说废话，编辑杜鹃好不高兴了，又开始删我的稿子了，还是回过头来说说过年吃肉和孔子吃肉的事情吧。

在《论语》里，关于吃肉的话题出现在不少地方，看来孔子比较爱吃肉。只要拿着十串以上肉干的人，都可以做他的学生，而且保证与别人有一样的学生待遇，这说明孔子开创了教育收费的先河，更说明他爱吃肉。另一个例子是，孔子听到好听的音乐是连吃肉的香味都会忘掉的。听音乐把吃肉的事忘了，但却在事后感到遗憾和后悔，不是说明孔子对肉的偏爱吗。孔子吃肉，还有一些规矩和条件。首先是座位要好(“席不正，不坐”)，坐姿要端正，还要不说话（“食不言”）。同时，颜色不好的、味道不好的、腐烂的、调料不对的、烹调方式不对的、放了三天以上的，都不去吃，可见孔子吃肉，是特别讲究的。最最重要的是，买来的肉，孔子是不吃的（“市脯，不食”）！最爱吃肉却不去买肉，那么他吃的肉是从哪里来的呢？显然是别人送来的，或者别人请客，为什么别人都愿意送他肉吃或者请他的客呢？我想大概他是文学名人吧。孔子不仅当过领导，还办专业补习班，做班主任，总而言之他还有一定的权力，还有一定影响。

吃肉的行家里手从来自己不买肉，荣誉称号多得如同恒河里的沙子，却从来不写书。莫非孔子的那个时代，文化上也有腐败现象？

李白的个性

在中国古代诗人里，我最喜欢的是李白。他的诗歌里有着狂野的思绪，有着酣畅的激情，有着大胆的想象，把一个真实的勇敢的性情和人生述说了出来。这让我想到，在人文伦理戒备森严、君臣父子夫妻井然有序的古代中国，竟也有如此之人，勇敢地张扬着自己的个性，彰显着自我，显示出人性的光彩。我辈岂是蓬蒿人，天生我材必有用，人生得意须尽欢……都是李白在得宠于皇帝时的真实表白。他这个时候的才气、智慧、能力、水平，都显出了高人一等，优越无比。这个时候，让他做什么恐怕都不在话下了。连皇帝眼皮下的重臣只配给李白脱皮靴：那是什么东西啊！

但李白也有消沉的时候。在不为皇帝重视的时候，他仰视着巍峨的皇宫，感到了百无一用是书生，只能是仰天大笑出门去——这个时候，大笑也是勉强的；出走后的李白也只能在醉酒中消磨人生。这个时候，什么理想啊抱负啊，都统统付之于滚滚酒的洪流之中了，像是喝点儿酒发发牢骚而已。其状可怜，性情、脾气竟如稚童一般稚嫩和无常。

但骨子里的李白，还是有着傲视一切的心气：自我感觉特好，感觉自己就是不一般，是天才。无论是穷是达，他都在天生般地维持着良好的感觉。自己的才气、自己的智商、自己的抱负、自己的水平，都远远在他人之上。

也许这就是人性，真的人性。它给李白带来了无比的荣耀，让他快乐地生活过，也给他的诗歌带来了不朽的英名；同时，它也给他带来了无穷的烦恼，让他远离喧哗和繁荣，远离了权力以及权力带给他的一切。设想一下，如果李白不是这样的个性，他的诗歌未必就有那样狂野的思绪、酣畅的激情和大胆的想象，未必能以他的天才般的艺术个性流芳百世；同理，在生活里的李白很可能是风顺平坦，没有大起大落，过上平平淡淡的生活。这是人生中的两难选择。

李白有着自己的选择。也许这样的选择并不是李白自己所能左右的，而是上苍赋予的。但我相信，李白对这样的选择，或者说上苍赐予的性格、命运无怨无悔，并将之发挥到了极致，创造了一个生命的奇迹。

性格即为命运。而命运，能把握吗？

王晓峰光荣入典

二〇〇一年的一天。在辽宁省文艺评论工作座谈会上，听李默然先生讲：这几年，他收到的邀请他加入各种名人专家大辞典的信函已有五十多封。就是说，如果他同意的话，李先生的名字和业绩会出现在五十多部辞典里。李先生是著名的表演艺术家，货真价实的大名人。和他相比，至少到现在王晓峰还不敢说是大连街面上的名人，但他在这几年也收到了好多邀请入典的信函。第一次接到这样的信函以后，搁心里高兴好半天：熬了这么多年，总算熬出个名分来。于是按照来函的要求，急忙填报各种材料，又急忙到邮局把这材料寄去。很快就接到第二封来函：祝贺王晓峰光荣入典，并希望他预定此辞典，优惠价是多少多少钱。同时王晓峰还被告知：既然已是名人了，就应该在他们那儿定做“中华名人”一类的牌匾，优惠价是多少多少。另外，王晓峰还被邀请去北京或香港或东南亚某个地方，参加有好多好多名人参加的世纪盛会，届时将有名人谁谁谁参加，可以和这些名人摄影留念，只不过，要交费用多少多少钱。

同事迟德顺，在歌词创作领域耕耘三十余年，生性好奇，还买回这样的一本大典。凑前一看，好大的一部书，比《辞海》还大，比《辞海》的字还小。如果这样的辞典再有第二部、第三部……的话；如果再加上各种名义的名人辞典、专家大典、精英总汇……我的天，这名人可就像恒河里的沙子一样了。但这都是正规出版社出版的正规图书，货真价实，绝非盗版盗印之物。这几年，仅王晓峰见到的这种大部头的辞典就有：《世界华人文学艺术界名人录》《中华人物大辞典》《世界华人精英大典》《共和国专家成就博览》《中国专家大辞典》《世界知名作家艺术家辞典》《中国专家名人辞典》《中华人物大辞典》《二十世纪共和国精英全集》《中华新世纪兴国英才传略》《中华人民共和国创业功臣大辞典》等等。

不是谦虚，王晓峰没有取得李默然先生那样的辉煌业绩，把王晓峰的名字搁在这里面连他自己也觉得不配。还有，假如入一部典就买一部的话，王晓峰他家那间小书房里除了这种辞典也就放不下别的书了，花了多少多少购书费还不算！

能消耗这么多的人力物力来编辑出版这一部部辞典，我想，制造生产名人是一个次要目的，赚钱才是首选。

业余爱好

我的一个朋友，男的，最喜欢看的是健美操，是电视里的女孩子穿着泳装跳的不叫课间操也不叫舞蹈的那种。我的一个同学，女生，平日里总喜欢说一些疙瘩话，逗得人哈哈大笑，她还不笑，还故意问："笑什么？笑什么？"比如她说，你真是我的偶像，接着就说，让我呕吐的对象；你真是天使，天堂里的狗屎；你真是神童——神经病儿童。差不多谁都会遇到一些这样的人：随身总是携带着有点儿幽默味道同时又不伤大雅的小爱好。

这样的爱好只是一种习惯，一种不经意之间流露出来的小的生活情趣，不算是业余爱好。我认为业余爱好有个标准，得能上得去有关部门发的表格里，比如过去的政审表和现在的招聘表里，大都有"业余爱好"的栏目，这里头可千万不能填写上"爱好抽烟""爱好黄色影碟"之类的。说太原有个工人，每天上班要跑步去，下班要跑步回，每天都是几十公里，穿裤头，光膀子。这个人要是填表，才可以在"业余爱好"栏目里名副其实地写上"光着膀子，绑着沙袋的长跑"，如果空格少，只写长跑也行。我弟弟非常喜欢钓鱼，那他可以填表了；我的另一个弟弟非常喜欢足球，他也可以填表——凡是球迷都可以填表的。

当然，有了业余爱好不是为了填什么表，也不是为了做给别人看的，而完全是为了自我愉悦，自我快乐，自我高兴。有了这个，好像生活就有了点儿味道，也有了动力。

前几天，一个老人找到了我，说，不久前他大病一场，自我感觉不行了，因此想到他这辈子还有两大憾事，爱好了一辈子文学，一是没能加入辽宁省作家协会，二是没有出过一本书。老人是大连作家协会的老会员，说了这话让我唏嘘不已，感动不已。一感动我就发誓，要帮他实现他的两个愿望。

我曾经在考大学填表时郑重填写过爱好文学。因此遇见喜欢文学的人真的有点儿像听到了《国际歌》。谁说过，说凭《国际歌》，就能找到同志和朋友。以后假如要找王晓峰的话，就说你爱好文学一定成。

这些年，我真的有好多这样的朋友。一个，爱写篇幅短小的文学作品，几乎平均每天在全国的报刊上都能见到他的名字。工作时他很忙，但下了班、节假日他几乎什么都不干，就在家里写呀写，写的时候他要抽烟，一根接着一根，十个手指头全是焦黄的，估计他的肺部和我的一样也是焦黄焦黄的。另一个，是司机，这年头，正儿八经单位的小车都很忙，领导哪有不忙的，于是司机也就忙。但他大半辈子忙里偷闲，搞文学创作，还出了书。写完了一篇文学作品，他就自个先反复欣赏，觉得不错，别人看了说不好，他还不高兴呢。太多例子了，不浪费于凌波的版面了。

这才是业余爱好呀。这样的业余爱好真的是让人肃然起敬的。现在的年头，能成人生业余爱好的东西太多了，都有点儿爱不过来了。但也应该有点儿分别，比如，爱文学，爱足球，爱钓鱼什么的，总比到练歌房里爱点儿什么要强多了。不是我在说气话，不是我在发火，我要是说气话要发火可不是现在这个样子。

不信排行榜

有朋友告诉我，中国小说学会这几天正在天津那里忙活着小说排行榜的事，结果如何，尚待他们忙完了才能知晓。不过，这个结果大家猜也能猜出八九不离十，无外乎就那么几个作家、几篇小说。这并不是说明忙活这个排行榜的人有先见之明，与广大的读者产生了共识，而是，现代小说从形成之日起到今天不到一百年的历史里，好的小说实在是数都能数过来，读者差不多都会知道。

那么何必多此一举呢？

这一两年，先后已经有了近十个文学排行榜公布于世，与读者见了面。像推举有能力有水平跨世纪的五十名中国作家的“梦之队”，“百名评论家评选九十年代优秀作家作品”“二十世纪中文小说一百强”“建国五十周年十部优秀长篇小说”“百年百优中国文学图书”“我心目中的二十世纪文学经典”等等。还有一些来自北京大学和不是北京大学的人，编出了一些百年文学经典名著之类的，大大的部头，也带有排队排行的意思。说起来，这些排行榜可有可无，不会左右读者的阅读，更不会左右文学的历史，但实在想做，整出一两个也未尝不可，最好特别慎重一点儿，弄不好会给现在和将来留下笑柄。现在这么一大堆文学排行榜，让人听谁家的？让人信谁家的？就像前些年，文学的评奖漫天飞，谁都敢招呼几个人搞评奖，把一二三等奖的证书撒得遍地都是。现在评奖的风头过去了，又来了排座次。热衷于此道的，数一数好像也就那么几个人：一些是过了气的“老”作家，自己写不出什么有影响的作品来了，但总怕被人遗忘；一些不甘寂寞、老想强化自己说话分量的评论家。他们乐不思蜀地评这个榜那个榜，套用过去流行的一个词，叫“用心何其毒也”：借着这个机会，来显示一下自己说话的分量和权威，重塑自己在文学上的龙头老大的形象，夺回已经失去的旧日的辉煌。

现在是什么年代了，谁还会相信这个？且不说读者看书买书不大会按照这样的排列顺序，他们心中自然有杆秤；就说文学的经典名著，也不是谁想册封钦点就能成的。已经上了大榜的作家、作品，有多少已经被人淡忘？有多少被人遗忘得干干净净？匆匆忙忙地拉起大榜，以为这样就能改变和造就历史，就能造就声势，重新唤起读者的注意力，这是不是显得天真了一些？没有经过时间的淘洗，没有经过历史的检验，怎么就敢如此大胆，怎么就敢断定自己有资格、有权力超越时间与历史、超越广大读者而妄下判断？

这还是一种精神和物质资源的双重浪费。有精力，有闲，有点儿经济基础，投入到文学创作之中，从而创作出一些受人尊重的受人欢迎的好作品，不是更有意义吗？人闲下来，无事可做，很可能弄出一些无聊的事情，也很可能无事生非，甚至混淆是非。

现在的评论没法干了

认识卡尔扎伊吗？阿富汗的总统。知道他多大岁数吗？1956年出生的。那年王晓峰也出生了。但人家进步很快，都当上总统了。而王晓峰是什么？才是个评论家，呵呵。王晓峰一看见卡尔扎伊出现在电视上就郁闷，人家都是总统了你怎么才是个评论家。

评论是针对文学作品、作家和文学现象发表的看法。王晓峰从前就是做这个的。最近却感觉到他的文学评论没法干了。理由N种：

一是，文学评论干得再好，他也当不了总统、首相、总理之类的。从古至今，没听说搞文学评论的能当上那玩意儿。但写小说的写诗歌的，却相反。最近正在为抗议新劳工法的学潮而挠头的法国总理德维尔潘就是诗人，据说“他会自文学始，也会伴文学终”。你想想，一边处理学潮政务，一边写诗，那才叫爽。伊拉克前总统萨达姆，据王晓峰的统计，已经出版了《滚开，魔鬼！》等六部长篇小说了，是小说家。据报道，国际红十字会派人去看望萨达姆时，发现这位昔日的伊拉克“君王”

还在狱中偷偷写小说。利比亚领导人卡扎菲也是小说家，写了不少小说。前年，长江文艺出版社还出版了他的小说集。

二是，文学评论干得再好，他也买不了房子和汽车。昨天大连春季房交会（不知道是谁发明了这样暧昧的简称）开幕，热闹非凡。但此间媒体披露，当下房价平均在 5000 元左右。按王晓峰月收入 3000 元计算，他不吃不喝 20 年，才能买个房子啊。但你看看卡尔扎伊，参加总统选举时候，竟动用了近 10 万军队和 1.11 亿英镑来保证安全。因为那时候，塔利班领导人奥马尔曾多次扬言要采取一切手段破坏大选。1.11 亿英镑和调动近 10 万军队的费用，合成人民币，能买多少豪宅和高档轿车。再说才刚挫败“颜色革命”的白俄罗斯总统卢卡申科，比王晓峰出生早两年，人家可是在 40 岁的时候就当上了总统。法国总理德维尔潘比卢卡申科大 1 岁。才从中国回去的俄罗斯总统普京，又比德维尔潘大 1 岁。年龄都差不多，可人家都是专机来专机去的，而搞评论的王晓峰，还在自费地开着夏利满街瞎逛。

三是，文学评论干得再好，也干不过现在的博导教授及其戴着博士、硕士帽子的一堆堆“虎狼之师”。当下的大学教授，已经不去卖茶蛋不去卖猪肉，而都改行写评论了。在大学里，有财政拨款，还能赚到高额学费，还有什么课题之类的经费，写点儿评论还不是轻松的事吗。就像卡尔扎伊动用近10万军队和1.11亿英镑来保障选举一样，谁能抢过他们。王晓峰这大半辈过来了，写了不少评论，从来没有谁给过什么研究经费的，偏居文联、作协的一隅，每日里精打细算，给谁写点儿什么呢，能写出几多稿费呢。

为此，王晓峰决定，还是去当教授或者去当总统吧。反正，在年龄上，他和卡尔扎伊、卢卡申科、德维尔潘、普京差不多。他实在想不明白，当下何处还需要那些不痛不痒的文学评论。

叫你“文学青年”你乐意吗

我有一本《钱伯斯世界历史地图》，是三联书店一九八一年出版的，首印两万册。该书前勒口有这样一行小字，“本地图集适用于大中学校的学生和对历史感兴趣的一般读者”。这说明当时确实有许多地理、历史方面的业余爱好者。过去出书，一般喜欢在书里写上类似的提示。比如一部长篇小说，常常有着“本书适用于高小文化程度的文学爱好者”的文字。现在出书，不管是专业性较强的学术专著还是一般读物，都没有这样周到的提示了。话再说回来，我翻阅《钱伯斯世界历史地图》，有点儿看不懂。作为中文、数学两个专业的全日制大学毕业生，我现在竟然连一个地图册都看不懂，真让人郁闷。不是我当时在校时学习不好（当时地理、历史还是我的长项），也不是毕业后我一直没有从事历史、地理方面的教研工作，而是我感觉，我现在的阅读水平下降了，这种状况恐怕不仅仅发生在我的身上。前几天，审阅某高校现当代文学的硕士学位论文，有一论文的“参考资料”里，赫然写着“生活·读者·新知三联书店

2006 年 1 月出版”，这哥儿们竟然连“三联”是哪几个都不清楚。

过去的人，好多的都有业余爱好。比如我年轻的时候，填写有关个人资料的各种表格时，在“业余爱好”一栏里，会毫不手软地写上“文学”两个字。那时谁说我是“文学青年”，我便牛 × 得不得了。那时候的人，有的爱好文学，有的爱好天文学、数学、中医学……下班后，真的是捧起了自己的爱好，孜孜不倦的，甚至一辈子都是这样。我中学时去工厂实习，开四轴镗床。师傅姓贺，爱好中医。我去了以后，他把镗床交给我开，自己在噪音极大的镗床边上，捧读起赵尔康的《中医针灸学》。我还知道，那时候自学数学的全玩什么“费马大定理”“哥德巴赫猜想”一类高难动作，且是夜以继日地研究。那时候的天文爱好者，也曾爆出过惊人的消息，说是发现了一颗尚未被人知的星星（这人是谁，现在我记不清了）。

人老了，总爱怀旧。我的上司姓张，也是诗人、评论家，他说，人老了有几个标志：坐着打盹躺着睡不着，过去的事情忘不了现在的事情记不住。我现在就特怀念过去，总忘不掉，这会儿我想我是老了。而老人也总看不惯现在的许多事情。你说说现在的人，要真填个表的话，业余爱好能填什么呢？看电视？游泳？踢足球？打高尔夫？桑拿（这里头有点儿黄的味道）？夜宵？时装？

K歌？我估计很难有人能填上数学、文学、天文学、哲学什么的。现在没人敢叫别人“文学青年”了。如果那样去叫，人家定会满腔愤怒：你才是文学青年呢！你爸你妈全都是文学青年！

我一朋友，最喜欢看健美操以及模特大赛里着泳装的环节，这哥儿们平日里绝不黄。我另一朋友，最喜欢给别人做足底——当然是给女人做。因此好多女人一听说他请客吃饭都婉言谢绝。想想也是，当下没有几人业余时间去爱好哲学、社会学、物理、化学……这样费力不讨好的营生了。所以对某种个别存在，我总怀着极大的尊重与敬仰。我有两个在机关工作的司机朋友，给领导开车之余，爱好文学。他们的创作，顶多能发表在本市的报纸副刊上，基本上还是填报缝的作料。但我就喜欢跟他们好！他们如果有什么事儿来求我，我都会全力以赴。你想想，大半辈子都这样爱好文学创作，虽付出多产出极少，但他们活得很充实、结实，这就很不容易。而且对他们来说，有这样的业余爱好，比有别的业余爱好要好得多了。

当下的电视里，央视青年歌手大赛、《梦想中国》选拔赛、《星光大道》、东方卫视的《加油！好男儿》选拔赛、湖南卫视的《超级女声》大赛……还有各地电视、平面媒体、文化公司、财团等参与的各种大大小小的全民选秀大赛正在齐头并进地进行，炒火了电视荧屏，也激活了百姓大众一夜成名、一夜暴富的星梦，让我吃惊的是，怎么业余爱好唱歌跳舞的人那么多呀。参加这类活动，必有天生“丽”质：相貌、身材和先天的发音系统。但在大赛的海选阶段，看见那些孩子在评委面前“遭罪”的样子，我心里就想，别人怎么着我实在无权干涉，充其量也就是闭掉电视，看看闲书消解郁闷。但如果我的孩子长得那么不“靠谱”，既没“型”又没“样”，还硬是要参加这类比赛的话，我一定先要亲手把他封杀了。一来咱不能给人家的收视率添堵，二来咱也丢不起那个人。要不，我就关他禁闭一年，让他在家里好好去爱好文学。唱歌跳舞，做个业余爱好本也不错，但未必有了这样的爱好就一定会成为当红歌手。

过去，爱好文学、历史、哲学、天文学的人好像比现在的多；现在，爱好唱歌跳舞的好像比过去的多。百姓大众的业余爱好，反映了一个时代的风情！

教授VS学者

央视十套的《百家讲坛》当下受到许多观众的追捧，也捧红了好几个教授。教授本来是在教室和书斋里研究学问和教授学生的，上了电视，就把常识和知识传授给社会，传送给更多的人。在媒体上不能做学问但可以成长为明星，从而成为明星教授，这显然对教授对社会都有好处。易中天教授十年前就写过《读城记》《品人录》等著作，算是畅销但还没火；现在写了《易中天品三国》，书稿据说能赚到500万——这可是目前为止在文化领域内单本图书最高的稿酬，建议易老师拿到稿酬时应该给央视十套提点儿成。在央视十套也讲过课的阎崇年教授把讲稿收拾成《正说清朝十二帝》，据说也曾占据各大图书排行榜，重印17次，卖了正版35万册，盗版40万册。这也是强势媒体央视的功劳。

并不是什么人上了央视讲课都能受到欢迎。演艺界的明星去讲三国、清朝的事，没人能信，还会产生极有反讽意味的收视效果。在吃喝穿玩等方面，弄出个时尚和流行，那些明星在行。文化上的事，教授来讲就比较贴切；教授能把文化上的事弄成时尚和流行，也没人觉得不妥。

文化层面上的流行和时尚，不能太深奥，不能太理性，要不，一般人听不懂，也不需要。如果把这样的讲课看成是搞学术，看成是做学问，那就有点儿唬人了。央视青年歌手大赛里的“国旗是什么颜色和样式”“撒哈拉沙漠在什么地方”等好多问题，仅仅是常识，不能算文化，也不能说是学问。这样的问题，好像没必要劳教授的大驾，就是小学生，在央视直播前温习一下事先准备的标准答案，也能像余秋雨教授那样，抢尽青年歌手大赛的镜头。我一哥儿们，三十年如一日，专门挑《新华字典》和《现代汉语词典》的错别字，手稿一尺多高。但至今无人喝彩。我想主要原因是他是在常识、知识的层面而不是在学术层面上说话。因此字典和词典只要重印再版，那哥儿们就懊恼好长时间。

我一直都特别喜欢余教授的历史散文。我曾经写过评论说他的历史散文开了这种文体的先河。现在有太多太多的人来写这样的文章，文学界有人在写，史学界也有人在学习着写。说余老师是作家，还如何如何知名、著名我觉得都不过分。但在这次歌手大赛的字幕上把余老师打上“学者”字样，我就不高兴了：央视是不是弄错了，余教授原本是作家呀。要是让一个著名学者在电视里讲小学生都知道的“学问”，这不是让我尊敬的教授出丑吗?

我的想象里，学者该有个学者的样儿。因为学者是有学问的人。这样的人有深奥的学问，有独特的思想。中国历史上学者还真不少，我就不一一点名了，他们都不是写出一两本畅销书就成为学者的。我现在已经出版了四本书，不是谦虚，我从来不敢说自己是学者，但却敢说是作家、教授——尽管我的职称，到现在还是助理编辑。

写过畅销书《潜规则》的吴思、写过《帝国政界往事》的李亚平，在大连做讲座时说自己的书是通俗历史读物。他们的平和谦虚让我敬重。我也喜欢易教授、阎教授的书。在这种书里我了解了好多历史常识和历史知识，也让我借古知今，知道该怎样活着、怎样去做人。这样做和余教授一样，把文化历史上的事做成流行和时尚，是滋润修补心灵、普度众生的大好事。这是在普及学问，不是做学问。科学家也常常写一些普及科学常识、科学知识的科普读物，但没有谁把科普读物看成是科学家的科学研究专著。

现在的人，好像都敢说不着边际的话。比如前几天教育部有关负责人说，大学生是普通劳动者。我不明白，如果大学生是普通劳动者，那么工地上的小工、饭店里的服务员、保姆、修皮鞋的、磨菜刀的、乞丐……去做什么呀？去做学问吗？再比如说，作家、教授都是学者的话，那么学问、学术都跑到哪里去了呢？能在热热闹闹的央视荧屏上搞研究吗？

回忆过去的大学者的治学经历，我有的时候在想：真的学问和学术，大多是在书斋、图书馆里；真的学者，肯定是寂寞的。

北大精英好大嘴

看见或听到熟人的孩子考上北京大学，王晓峰的心里就不仅仅是敬佩了，还塞满了敬仰。北大是什么地儿呀，假如一个弱智沾了它的边，也会发出圣光来。一九七七年参加恢复高考的第一次考试，王晓峰在入学志愿一栏里绝不敢填写“北京大学”，因为他觉得，以他的智商和才学，实在是不配。这么多年来，见到和听到走进、走出北大的人，哪怕是函授、进修、访学，甚至是到北大校园旅游的，王晓峰都诚惶诚恐，心里头激动得要命。

北大名头太响了。

在当下文坛上好多纵马驰骋、牵一发而动全身的，常常是在北大待过的和现在仍然在北大待着的人。这几年做出不少耐人寻味的事情，让王晓峰不但敬仰更是景仰了。

一个是“经典事件”。北大的教授谢冕，伙同一些北大人，几年前一气编了两大套洋洋洒洒的巨大的书，一套是《中国百年文学经典文库》，一套是《百年中国文学经典》，分别在北京和深圳出版。书名差不多少，立意也都是向读者推出经典。两大套经典中，重复的有之，不同的也有之，就是说，在这一套里是经典的，在那一套里就不是经典了。这就好似一个人，说某某东西很美，随即转过脸来，又说这个东西很丑，王晓峰觉得这是在自己抽自己的嘴巴。那么，干什么要做这样蒙人的把戏呢？当时有人对此深表怀疑并提出过尖锐的批评：是不是为了挣那几个“编选费”？这种怀疑和批评随即遭到激烈的反驳。其中观点之一是：并不是谁都有资格来说我们的。王晓峰很伤心，那些有资格指认经典的人，自己常常看走眼不说，还容不得别人说说反对意见。联想起黄宏和宋丹丹演的小品《超生游击队》。“宋丹丹”批评“黄宏”：“撒扬娜拉”是再见的意思都不懂！但几年前谢冕教授却在一本解读经典一类的书里告诉读者，那是一个美丽的女孩的名字，被一位中学老师指了谬。不懂“撒扬娜拉”并不等于没有资格指认经典，这道理王晓峰懂，问题是，认定经典时心中最好有点儿恒定的标准。要不，读者面对两大套经典名著，该信哪一个？

另一个是“评奖风波”。去年《读书》杂志社组织的“长江读书奖”的评选，身为专家著作评奖委员的北大教授钱理群的文章赫然上榜。“长江读书奖”结果出来后，在学术界引起轩然大波，许多人认为，包括《读书》

杂志的负责人、又是评选学术委员会的召集人的汪晖等人的专著、文章获奖，是看中了那高额的奖金，有悖于学术公正，是一种学术上的腐败。当然，也有好多人不同意这种看法。王晓峰也不同意不公正一说：钱教授只负责学术专著的评奖，而不负责学术文章的评奖，因此，他的学术文章获奖与他本人毫无关系。这几年，王晓峰也见识、亲历过大大小小的评奖活动，对评奖委员的请客送礼、电话感谢、托人求情、发誓许诺、表情意送秋波——世界上的公关招数好像都用上了——见怪不怪。王晓峰想都不用想，就会坚定地认为：钱教授当然不会这样，甚至在评委会开会的前前后后，为了避嫌，钱教授对那些他所熟悉的学术文章的评委们，很有可能采取视而不见、听而不闻的态度。目的为啥？当然是为了公正。钱教授这几年也十分公正地评价、奖掖、赞美了好几个年轻人，什么像鲁迅一样的思想“精神界之战士者”，用语之夸张，像是文坛上只有这几个人了。

再一个是“下岗事件”。被一些人称为北大怪才的余杰，好像是写“抽屉文学”起家的。是猫在抽屉里两耳不闻窗外事地写文章，还是专门写一些不易也不宜发表的文章，不知道。王晓峰不是怪才，也不是才，因此他写文章肯定不会针对抽屉。后来这小余子以笔作枪，专门和文坛上的大人物较劲，毛手毛脚的。北大的研究生毕业了，原本与他签过就职协议的中国现代文学馆就把他拒之门外，气得小余子网上网下发表言论诉说不白之冤。一个北大的高才、怪才，没毕业就横行文坛，文章也多，著作也有好几本，毕业时竟被专业对口的单位不要了。问题出在哪儿呢？教过小余子的北大老师大约都像谢教授、钱教授那么学识渊博，不会把他往歪道上领；小余子在校期间也才华横溢，不负老师们的教诲。《文学自由谈》上有文章分析说：这“只能归结为他的生猛”。青春朝气被说成是生猛，悲乎哀哉。还有人撰文说，余杰让余秋雨忏悔的文章，是抄袭别人的。观点相同，例证相似，就是抄袭？王晓峰说不准，不敢乱说；这是不是小余子无法就业的原因，好像也不确定。

这几个北大人，差不多涵盖了老中青三代，敢编书，敢拿大奖，敢写大文章。文坛上大名大利的事情，实质也是个话语制高权。话要先说，事要先做，遂领时尚之先，遂一锤定音。至于是非对错，暂且搁置一边。王晓峰想，我们需要如此敢想敢做的人，要不，文坛就会冷清了许多。

编辑 早安

想到这个标题，是因为我在周末的一大早写了这篇有关编辑的文章，于是很想大喊一声：鼓德猫宁（Good morning）。这几天我的脑子里一直盘旋着“编辑”这个词，起因是四川省作协宋主席几天前来过大连，我参与了接待。四川省作协有一评论刊物《当代文坛》。二十年前我的第一篇文学论文《当代小说情节的强化与淡化》就发表在这个刊物上。那时我刚刚尝试写文学评论，漫天投稿，大都石沉大海，因此特别苦恼，不知道该如何向文学发展。当我把那篇论文寄向《当代文坛》不久，便收到盖有编辑部公章的回函，说要刊用。我将那页小小的纸笺反反复复地看了几遍，只是遗憾没有编辑个人的名字。这篇文章的刊发对我以后的文学评论写作产生了致命性的推动作用，我很想知道恩人是谁，曾专门写信询问责任编辑的名字，没得到满意的答案。后来，我出版第一本文学评论集《王晓峰文谈》时，第一个想送的便是那个不知姓名的编辑，于是便打一包裹，写上“《当代小说情节的强化与淡化》的责任编辑收”。只是不知他收到没有。四川的宋主席来大连，我便说起了这段积郁二十年的情结。

我不是什么文学大家，说起这样的小事似乎有点儿浪费报纸版面了，请原谅。要知道这二十年来，在我的内心，一直有一个形象，默默地伴随着我，感动着我。这是一个老者的样子：花白的头发，一身不合时宜的衣服，满腹经纶的神态，默默的、甚至还有点儿木讷的样子。我不知道这是不是文学编辑、特别是现在的编辑的形象。但我却喜欢这个形象，至少对我个人，编辑在我二十多年的文学评论写作生涯中，有着太多太大的作用。其实对所有的作家来说，文学编辑都有着十分重要的作用。文学史，其实是由作家、编辑、评论家构成的历史。但遗憾的是，我们的文学史，基本上看不到编辑的名字和影响。你知道冰心、茅盾、巴金、沈从文……也可能熟读他们的作品，可你知道他们处女作的编辑是谁吗？知道他们当时如何发表的第一篇作品吗？文学编辑是幕后角色，默默的，很少有聚光灯跟随，但他们在统领、引导、激励和组织文学创作上，功不可没。

发表那篇文学论文不久，我就调到《海燕》编辑部当小说编辑。那篇文章在这个过程中也起到了一定作用。后来我又到文联做文学组织工作，一直到现在。二十多年来我在文学组织工作的岗位上，一直觉得自己在扮演着编辑角色。因此，我总是热心地对待那些文学作者，特别是年轻一点儿的作者，因为他们会让我想起自己曾经也是一个文学青年。由于写这篇文章的立意不在于表扬自己，所以这段工作经历我就不细说了。但我相信并且坚信，一个文学爱好者在成长过程中，如果遇到一位有事业心的编辑，那将是十分幸运的。

现在，我有这样的感觉，有些文学编辑，不像以前那样，把培养、扶持文学新人作为自己的工作重心。也许是受了点儿市场经济的影响，也可能是和文学发展的总体格局、体制的变化有关。但我也隐隐有点儿担忧，文学的发展，特别是文学事业的兴旺，和编辑的关系实在是太大太大了。文学编辑，有点儿像一个工程项目的甲方。甲方如果不想好好干，或者漫天要价，或者根本瞧不起乙方，乙方自然也干不下去。没有乙方，甲方的意义和价值，就缺失了一大半。作为乙方的代表，作为文学青年的代表，我二十年来一直把编辑视为衣食父母，常常在写作之余，还梦想有很多很多的钱。有钱干什么呢？去买两碗豆浆，自己喝一碗，另一碗，当然是给编辑。我这是在模仿网上曾经流行过的文字接龙："等俺有了钱，买两碗豆浆，喝一碗，倒一碗。"开个小玩笑。

至今，我仍然无法知晓给我发表第一篇文学评论的责任编辑的名字，但在我心里，永远有这样一个让我终生难忘的形象。

不懂就不要乱说话

今天是中考。天阴阴的。记得前几天是高考，那些日子也是阴阴的。一年一度的高考、中考成了全社会的焦点、热点，上上下下都在为高考、中考鼓劲加油，帮着做这做那的。但如果参加高考、中考就像逛商场、逛早市一样平淡而平常，那会怎么样？会不会以后每逢高考中考，夏日的阳光还会明亮充足呢？我不太懂教育，也不懂气象，所以我不乱设想乱说话。但当下有许多敢乱说话的人。比如有人说，中医是伪科学，骗人蒙事，偶尔治好病也是误打误撞。这我不同意。我以为说这话的人根本不懂中医，说的是混账话。中医是在中国传统哲学的背景下认识甚至人工改变大宇宙（自然）和小宇宙（人体、人“心”）的一种医学思维和方式。其科学价值及认识功能非我辈浅薄之徒所能认识得了。甚至我认为，否定中医，就等于把中国人万千年来形成的科学的、独特的认知世界的方式和表达自己的方式全盘否定掉了。因此有时我赌气地想：这种不懂就乱说话的人，小心要口舌生疮，要胃脾之气紊乱，还一定会心神不宁。

我的同事小钱看我如此激动就笑，之后就帮腔：那些人长的一定脸形如肾——本山大叔说此形为猪腰子脸。

中国人有许许多多的习惯和风俗（这是德国社会学家韦伯所特别看重的两个概念）传至今日，成为我们认知世界、生活和自己的方式，成为我们思考与表达这种认知的方式，成为我们日常社会行为的准则，按韦伯的话来说，这些“正确”“有效”的“意向”“浮现在”我们的“脑海里并指导”我们的“行为”。《红楼梦》在中国没有谁不知道，红学也是中国学术研究里的一门显学，让许许多多的人一生吃“红楼”，并评上教授、研究员什么的。但我认为，如果不熟悉不懂中国玉文化，就无法解读、理解《红楼梦》。比如对玉有了切肤之感，有了深入的体悟，才能感悟出千百年来中国人对玉的喜爱和痴迷的深层缘由。如果不知道这些，我就不信你还能看懂《红楼梦》。再比如说，中国人喜欢佩戴平安扣。平安扣大都是玉石琢磨出来的。小小的平安扣里蕴藏着中国人深厚的深思妙想——对宇宙、自然宇宙、内宇宙的认识。平安扣我认为来源有二：一是从玉璧、玉环、玉瑗而来，把这些璧类玉器打磨成小型的，佩戴也方便，就成了平安扣，它和璧类玉器一样，都有“礼器”的特定文化内涵；二是从铜钱而来。过去，中国人喜欢佩戴铜钱，这样的习俗十几年前还常见于孩童身上。更重要的是，平安扣是一个玉质环和一个中空圆构成。玉质环处在无限大空间里，暗喻大宇宙；中空圆则是小宇宙、内宇宙；只有大小宇宙和谐统一，你的内心才能平静，人生才能平安。中国人喜欢玉，喜欢用玉表达情感、态度，因为玉温润、光泽内敛含蓄，不像钻石，光泽贼亮刺眼、外向，引发感官与内心震荡。这样的识见，这样的思维，如果体现在文学作品里，如果不知道不理解，就无法解读了。

这话也可以反过来说。如果要使自己的作品体现出中国的味道，那就必须深深地了解、理解、把握这样的习惯、风俗。当代作家叶广芩有一部中篇小说，叫《逍遥津》。内中说，作为京剧名角的弟弟晚上唱堂会时遭到了侵略者日本军官的污辱，此时姐姐在灯下缝补旧衣服，突然被针扎了手，便内心惶惶，感觉弟弟出了大事。缝衣服扎手，意味着不在身边的亲人会出事，这是一个古老习俗。这习俗是怎么形成的，等我以后有时间好好研究再说，但我知道这是一种从古至今中国人——特别是母亲的一种禁忌。看了这小说，我突然想到，现在没有谁去穿真正的缝补过的衣服了，这样的禁忌差不多成了一种历史记忆，小一点儿的人，如“80后”，大概没人能知道或体会出其中的人生况味。这是没办法的事，这也是社会在向前发展的一种必然。但问题是，作为一种习俗，作为中国人对亲情的一种独特的表达，或者说作为一种知识、学问，却不应该随着社会的进步而被忽略和忘却，最起码说，得知道你的先人是怎样生活的，这样，你的生活才有了更好的参照，才会感知到你的生活怎样才更有意义。

不知道、不懂都不要紧，去学学。不懂中医的你到中医院去学，旁听也可以，或者去拜一个老中医学徒去。但千万别乱说话，因为你一说话，就让人感觉到你的无知和浅薄。万千年来，中国传统文化的博大精深凝聚起中国人，跌倒了就爬起来，一齐往前走，走到了今天。其中也包括你，怎么你就敢胡乱说话呢！

语言的限度

语言是一种交流工具。它的首先是要让受众明白，否则等于没有交流，或者说是白交流。就像你一人去了埃塞俄比亚，见到的人都不懂汉语。你可嗓子喊，周围的黑人只能大眼瞪小眼，不明白你要说什么，想要干什么。你的话语在那里没反应！语言除了要让受众明白以外，还讲究怎样把“话”说得动听，让受众有耐心、有兴趣把你的“话”听下去。这便关涉到语言的艺术，关涉到语言的美感。

语言有多种样式。文学是一种，电视是，书画是，舞蹈是，玉器也是……从理论上说，世间万物都有自己特定的语言系统来与他者进行交流。最近我看了不少玉器方面的书，在漫长的近一万年的时光里，中国人以特有的聪明才智，创造了独有的玉语言系统。这个以料、器型、纹饰等方面构成的玉语言系统，展示出中国独有的玉文化观。没有这样的语言系统，你就无法感知玉的美感。这些书，现在在比较大一点儿的书店的书架上还有，不信你去看看，大都是号称玉器专家（有的还是大家）者所编著的。我承认玉的语言是一种很专业性的语言，就像文学、绘画、舞蹈的语言一样，得经过一定的专业训练，才有可能熟悉和使用。但从另一个角度来说，玉的语言和文学、绘画、舞蹈的语言一样，必须面对更多的受众，让更多的人理解和接受。我搜罗的几十本有关玉方面的书，都不是那种专业性很强的论著、论文，而是玉的常识、知识的普及读物，读过之后却常常不明不白。你写的东西别人看了一头雾水，你想干什么呀？光想着赚稿费吗？我不承认我天生愚钝，不会看书。别说你这些书，就是中医学——包括什么“濒湖脉学”，也包括阴阳五行、望闻问切，我也曾读过而且也读懂过。我有点儿抬杠了，我这人有时说话好激动。你读完这些书，分清什么是和田玉、新疆玉、昆仑玉、青海玉、岫玉、独山玉、俄罗斯玉、阿富汗玉……我可就服你了；你要是能分清什么是白玉、墨玉、碧玉、青玉、青白玉、黄玉……我可就要服你两次了；你要是能从中读到而且明白各个时期的器型、纹饰、沁色、鸡骨白、包浆……那我就更服你了，服你无数次了。一朋友让我推荐一本能让他看了就明白的玉书，可惜这几十本的书里，我绝对挑不出一本。所以，谁要是能推荐一本这样的好书，我就更加服你了。

可能有人说，有关玉的专业知识，也就能写到这种程度，明白不明白，全靠个人的悟性。几十本的书都把玉的知识弄个东西不分，悟性再好，也悟不到哪里。你说舞蹈的专业性强不强？当下舞台上、电视上大量出现的当红歌星、影星演出时的歌伴舞，使舞蹈成为了流行文化之中的重要元素。但是究竟有多少人真正理解这种语言，我说不好。也可能大家都不熟悉这种语言，你就可以瞎蹦跶而别人也看不出来。最近这几个周五的晚上，东方卫视有一档节目——《舞林大会》，把文体界当红或退役的明星组织起来，PK 一把舞技。这些明星基本上都是业余水平，有的比业余还业余，跳起来大都笨手笨脚。多亏他们的舞伴绝对专业，评委点评与评分也绝对专业，才没让他们把好好的舞蹈艺术给糟蹋了。这档节目之所以能让人看下去，我总结是，东方卫视智慧地利用了现代艺术表现手段，并利用明星们的影响，丰富和强化了舞蹈语言的大众亲和力，即把极专业的舞蹈语言变成一种大众可以接受并且让人感到美、感到有意思的语言。那些明星在舞蹈表演中的磕磕绊绊，与专业评委的专业点评及舞伴的专业伴舞形成了一个巨大的反差。这种反差形成的巨大缝隙就是娱乐，就是好玩。

但如果那一堆堆让人一头雾水的玉书也把娱乐性作为玉语言的首选，这和《舞林大会》中明星们对舞蹈艺术的解构也就没什么区别了。你是玉方面的行家、专家，我承认；但你千万别把自己弄得连玉的常识和玉的艺术都不明白了，你都不明白，我们读者怎么能明白呢。

说话还是要真实

元旦那天晚上看一电视片，讲某地一特殊教育学校校长的故事，说她把全部心血都倾洒在特殊教育领域。看片时我好感动，边看边哭，真有点儿不好意思。那校长每日所面对的，是那些智障的孩子，有的孩子，还兼有严重的残障。校长及该校的老师，每日不但要教授知识，还要用大量的智力和体力，来为学生做康复训练。校长和老师们，付出自己的爱心、善良，为的是让那些残障的孩子，获得“活着的尊严”。这样的理念，我敢说，是最先进的人本思想。有一段时间里，因为某种缘由，我常去大连的一家精神病医院。曾见一中年男子，手腕尚有捆绑的印痕。我知道，这人已无数次地出入了这里，好了出去，犯病则被社区的人、民警押解进来。为此老婆与他离婚了，家也没有了，只好和七十多岁的老母亲生活在一起。他犯病时按民间说法，叫“武疯子”，砸东西，打人，住院治疗一段便会像好人一样。那日他见了我，说：大哥来了！后来我们聊天，他说他最对不起的是他七十多岁的老母亲："我其实也无数次地想死，活着被人瞧不起，还给母亲、社会添麻烦，活着真没意思。但有一天，在五四广场，在一个聋哑学校的门口，我听见了二胡的声音，看见一个很小的孩子，眼睛瞎了，腿也不好，在拉一个很美的曲子。一瞬间我感动了，他都那个样子了，还能活下去，我为什么不活着呢？"我调侃他："于是你就不自杀了，却砸你家的东西？"

人都有活着的欲望，且要有尊严地活着。

假如大连的这个病友的母亲，就是电视片里的那个校长，会发生什么情形呢？

一种情形是，校长还是把全部的爱心都给了学生，这个病友，会一次次地犯病，且病一次比一次严重；

一种情形是，校长把全部爱心用在这个病友身上，让她自己的孩子逐渐康复；

再一种情形是，学生和孩子都得到了校长的精心照顾、教育及康复训练。

谁都会觉得第三种情况是最圆满的结局。但在电视片里，实际情况却是第一种。那校长的无私奉献，可以说，是以牺牲家庭利益为代价的。比如她的正上大学的女儿，是刚刚二十岁的花季女孩，患了胃癌住进医院。医院定下了手术日期，"狠心"的母亲，竟因学校的事情——电视片里也没交代是发生了何等重大的事情，狠心地推迟女儿的手术时间——据说，那可是女儿在与死神争分夺秒的时间呀。再比如，与妻子生活了二十多年的时间，做丈夫的，竟然不知妻子工作的艰难，不知道妻子如何工作，不知道妻子为工作付出了怎样的代价。他仅仅是抱怨妻子对女儿从小到大，给予的关爱太少，也许，给他的关爱也不会太多。他甚至还怀疑妻子有了外心。也就是在女儿这次手术之后，他跟踪妻子，到学校了解访问，才明白了妻子大半辈子的所作所为。

这可能吗？一个母亲，在女儿的生死关头，怎么会有那么可怕的选择？一个丈夫，在二十多年的时间里，在妻子不能很好地照顾家的情况下，仍不知道她为工作所做的努力，所付出的代价？

有点儿离谱了。

人的精力是有限的，这不假，但绝不可能有限到置女儿的生死于不顾的地步，况且电视片并没交代出学校到底出现了什么样的不可抗力；也不至于有限到丈夫在二十年里竟然不知妻子为了什么而“冷落”了家。

离谱的事情就偏偏出现在这个电视片里。

这个电视片，主旨没错，讲一个无私奉献的人的故事，也的确很感人，连我都给看哭了。但冷静一想，电视片讲的是一个可歌而不可敬的故事。自私一点儿说，假如这个女人是我的老婆，或者是我的母亲，我都能杀了她。一个对自己的骨肉都冷冰如霜的人，怎么能对那些特殊群体有着那么伟大而无私的举动？

从人情上、人性上讲，校长不可能做第一、第二种人。

那么电视片却偏偏这么去说，为什么？我猜想这电视片的编导本意是想把故事说得更动人一些。但他偏偏忘了，这样去说，恰恰假了，像编的一样。

“真实”这词，在当下的文艺界里，已经很难听到和看到了。因为这词太老了，没有时尚感，提起它，就让人联想到陈旧、落后。二十多年前，我曾写过一篇文章，叫《真实是文学的生命》，后来，我却见到另一篇文章《真实是文学的生命吗？》，这反问真的让人心惊肉跳。想想也是，真实是文艺创作，无论过去和现在，绕都绕不过去的关键词。无论怎样去理解真实，但真实与否，还是衡量文艺作品成败的关键所在。一个善良的女人，对那样的一群人，行动不便且智力发育不全的人，那么充满了尊重、爱心，那么她对自己的丈夫和女儿，绝不会那么狠心、冷酷！

有话能不能好好说

我小的时候，妈妈总说我不会说话。她说我说话硬，不会拐弯，不能柔和，一句话就能把人顶到南墙上。长大以后，我便为不会说话付出了一次次惨重的代价。在年轻的谈情说爱的季节里我常常说“你过来，不过来就拉倒”，而不是说“我想你爱你”什么的；工作这么多年，也不会说点儿领导喜欢听的话，还动不动觉得比谁高一大截子，你说这种人怎么会有资格去和领导混呢。

在我的印象里，香港人很会说话。一个香港的足球解说员在评论实德队与城南一和队的一场球赛时，看到阎嵩浪费了一次上好的进球机会，大声疾呼：“踢得啰唆！”一香港电视剧里，男的第一次到女的家，惊讶地说：你家的书真多！女的却回答：我识字呀。香港的作家董桥，是我目前见到的使用汉语的人里最会说话，说得最好的一个。他说话不温不火，但机锋深藏。都说香港没有文化，但像我这样自以为有文化的人，无论如何，也说不出人家香港人说的话那么中听，那么好玩。

说话是表达，会说话的人会给人留下深刻的印象。

伊拉克战争前夕，白宫发言人弗莱舍说，关于大规模杀伤性武器，布什说你有，布莱尔说你有，萨达姆你自己说没有，成吗？这样的话语里就透露出蛮横和不讲理。央视评论员这样解说美英联军顺利进入巴格达：巴格达像是在主动地有组织地撤退，但他们显然忘了通知常驻联合国的代表阿尔·杜里，弄得可怜的杜里面对着镜头，只好说："游戏已经结束。"这是很聪明的说法，不说战争，而说是游戏，游戏自然就不会有胜败之分。这样的人都是很会说话的。

有不会说话的，和我差不多。慕容雪村的长篇小说《成都，今夜请将我遗忘》里，有这样的叙事，说一对青年男女逛街，女的是"面目姣好、身材性感的大美女"。女的走得很急，男的不满地问为什么。女的张口就来："去撒尿！"这样说话说的是真话，心里话，符合生活真实，但还是恐怖了一点儿吧。

我的一个朋友，哪儿都好，但我就不愿意与他见面。见了面，他都是这样问："老王，最近忙不忙？"我和张国荣同年出生的，人家都叫他"哥哥"，而我却被人叫成"老王"；一被人叫做"老王"，我常常是害臊得晕了。

这都说了实话，实话实说，但让人听了，心里觉得不好受呀。

还能说点儿别的吗

其实，我对名人尤其对明星的“宫闱秘事”也有一种好奇心，我也想知道他现在又与谁谁好上了，想知道她现在又怀上了谁谁的孩子，想知道他爱吃什么、爱穿什么、爱玩什么，想知道她是什么血型、什么星座，总之，他们的生活的一切琐事、不能公开的事、见不得人的事，我都保持着浓浓的兴趣。只可惜我的工作很忙，家务负担很重，一天下来，剩下一点儿可怜的时间还要看点儿报纸、读点儿书、听点儿音乐、写点儿文章，因此，对名人尤其对明星的隐私我只好敬而远之、不敢过问了。但是，打开现在的有些报纸杂志，这些东西用醒目的大字标出，还老上头版头条，还不惜版面。在我有限的统计里，有一些专事“文化新闻”的报刊与栏目，所刊发的，几乎全是这方面的内容，尤以歌星、影视演员的奇闻秘事为最。

想知道名人在光天化日之后都干了些什么，想探听他们的一些隐私，我也有这样的心理；既然是公众人物，好像他们就必须得把他们所有的生活细节都暴露出来，否则，他们就有点儿对不起观众。有些文化新闻报道，就拼命地收集歌星影星的隐私，除此而外，文化上的事都不叫文化新闻了。我知道我的这种窥视别人隐私的心理，一方面不太健康，一方面也有悖于人权有悖于伦理道德——起码也得考虑人家愿不愿意，考虑人家想不想暴露自己。因此我很希望个别的新闻记者和编辑以我为鉴，别让人觉得咱们格调不太高雅，净往人家隐私上瞄。

现在的新闻记者和编辑，可比前些年的社会地位强多了。有一天中午几个朋友和我正在吃快餐，瞅着一位特别眼熟的人，边进门边随手将记者的胸章挂在脖子上，想必是为了吃饭更方便一些，这充分说明咱们记者还是好使。记不记得有个诗人叫汪国真，红透半边天是新闻捧的，灭他也是新闻干的。还记不记得毛阿敏，前几年出事，没一家报纸不登她的“丑闻”；现在人家卷土重来，好多报纸又雀跃欢呼。这分量你说重不重。现在大概没谁不看报纸，它是让人开目明心长见识增学问消闲娱乐的主要渠道，往往它说是啥就是啥，谁也不可能逮什么就去考察落实一番，时间一长，就是把五说成了十，好多人也就把五与十的观念给更新了。我一直在想，如果我们老是对名人的隐私抱着浓厚的兴趣，长期下去，大家能不能都不去听歌看电影看电视了，而专门寻找人家不愿意让咱们知道的事情？这好像有点儿不大对头吧。

现代文盲

二十世纪的最后十几年里，我多次被有关媒体告知：进入下个世纪，文盲的标准不再是不识字，而是不会英语、不懂计算机、不会开汽车。这“三不”都是我的长项：英语早年我学了一些，现在几乎忘得一干二净，除了那句最好记的骂人话——我爱看影碟，影碟里的那句骂人话基本上是原版的；电脑我有，但除了打字我什么都不会干；开汽车是我小时候就有的远大理想，但长了这么大，别说是开，就是坐小车的次数都能数得过来。于是就很害怕，害怕我在进入下个世纪被时代的潮流抛弃。怀着惶惶不安，终于平安过渡到二十一世纪。在二十一世纪的第一个春天里，我突然想到，我现在究竟是个什么样子：是现代文盲，还是现代非文盲？一想到进入了二十一世纪我还是“三不”，就恢复了我在二十世纪的惶惶不安。在这样的心境下，我给自己找到了还可以进步的理由：现在社会的现代化程度一天比一天高起来，我也照样会现代化起来——不会英语，会有高水平的同声传译的机器；不懂计算机，会有高智商的傻瓜电脑；

不会驾驶，会有全能的自动汽车。问题都好解决，关键是要有购置这些东西的资金。

但再想一想，问题的关键还有，我必须读懂这些现代化东西的说明书。那种开箱以后只要接通电源一按电钮就万事大吉的机器，而没有任何令人讨厌的说明书，我猜想起码我这辈子是赶不上了。现在的任何一件现代化的东西，哪一种没有详细繁杂的说明资料？前不久，我添置了一台小小的打印机，开箱一看，我大吃一惊，随机携带的说明书竟有两大本，估计字数起码在三十万以上。就这么一台小破打印机，说明材料就编印成了大学教材，那么那种同声传译机、傻瓜电脑、自动汽车的说明，还不非逼我读成了硕士、博士！偏偏我这么多年来，一直与文字打交道，几乎患上了文字厌读症，一看这么多的文字就头皮发麻、心跳过速。有几次，我曾拿起一些东西的说明书，真心想学习一番，一看就扔下，原因一是太长，二是专业术语太多，看不过来也看不懂。有人告诉我，现在不会读、读不懂说明书的人，就不能算是现代人，就是一个现代文盲。我只好不当现代人了。

还是当一个现代文盲、当一个现代懒人舒服。遭遇大事小情不用动脑筋。我家里的现代化的电器（一般档次的）比较齐全，从大一点儿的电视机到小一点儿的手机、剃须刀。各式各样的说明书装满了两大抽屉。从此以后一律不看，爱谁谁。每每添置一件东西，只要有说明书，就扔至抽屉里，插上电源，按按电钮，能用即可。我估计我的做法厂家、商家非常喜欢——不按照说明书去做，容易把东西烧坏，烧坏了，你就得再去买新的，有利于商品流通。遗憾的是，我很幸运，到目前为止，还没有哪一件东西被我胡乱摆弄而一命呜呼。

文字的现代化生产

出版的最初涵义是把图书报刊画报编辑制作出来；二十年前出版的内涵是把唱片、歌带、录像带、CD、VCD、DVD等编辑制作出来；出版的当下内容，我想，也应该包括互联网上的文字图片，婚嫁影集和影带，成长日记等等。只要你睁开眼睛，迎面劈头扑来的，首先是纷纷而至、无法抗拒的出版物。

出版物携带着永远读不完的文字，就像显微镜下的某个苍蝇的一条腿上，寄养着上亿个细菌。文字是我们生活里的细菌。有人说，现在文字太多，而好多人却疏于阅读，遂就读图。照片是图，影像是图，书上、报上、网上、家里的墙上，无处不图。但图也是文字。汉字最早的样子是图；现在我们读图，哪怕是轻轻一瞥，就会以文字方式在脑海里轻轻一画，全都是文字。

每一点儿时间，每一寸空间，文字都像空气一样，紧紧贴近和包裹着我们。谁都不可能接纳触目而及的所有文字，文字的过剩，绝不是少量的过剩。

不知道为什么要阅读；也不知道阅读多少文字才算

对周遭有了了解和认识；更不知道，是否有人进行科学研究：人类的眼睛、大脑以及感知、记忆，对文字的每天的最大承受量是多少。面对着泛滥成灾的文字，究竟有多少被真正地留意、注目和铭记？究竟有几多的激励、启发和惩戒？没有谁说文字泛滥是浪费，文字的浪费。把文字视为资源的话，就是资源的大浪费。

浪费了的文字从现象上看是我们的过眼烟云。但我们还是拼命地制造和生产。为什么？在如今文字好像是情感，是工作，是效益，是名誉，是地位，是生活、生活的一切。因此，生产文字使之成几何级数疯狂繁殖，是在抢占话语高地的制高点，是在争夺话语霸权。商家、作家、媒体、期刊、网站，莫不如此。

于是就得大批量生产文字。过去，是不发达地生产，手抄、木版印刷；现在，是现代化生产。

上海的一位先生，工作繁忙而无暇回家，便夜夜写情书给太太，还把这些文字出版成书，仅仅印一册，献给他的妻子；而大名鼎鼎的金庸的书，据有人统计，目前印数已逾一亿册。一册也好，一亿册也好，都载负着需要被阅读的文字。我也是一个文字生产者。在我不太长的文字制作生涯里，我的文字生产总量也有一百万之多。和同行比较，这个数字是让人脸红的。就以这个为基准，成百万上千万个文字生产者制造出来的文字有多少，电脑恐怕也计算不出来。文字的媒介——媒体、互联网、期刊、书……就像蝗虫一样把这些数量巨大的文字塞满了生活的各个角落。没有谁能有精力和体力接纳他的目所能及的所有文字。可怕的是，不知从何时开始，阅读成为我们生活的必需，也就成为我们生活的负担了。

这就要打开文字的搜索引擎了，还要配置性能卓越的过滤器，来净化我们的阅读生活。

假如都是假的

有时我想，没有假的哪来真的，就像没有毒草就不知道鲜花一样。据说人要是老喝纯净水，身体会更不健康，因为纯净水里纯净得连人体必需的微量元素都没有了，所以我叫纯净水为假水。有比较，才有鉴别；有了假钞、假烟、假酒、假服装、假配件、假警察、假领导、假大夫、假笑、假话……才让我们更加感到真的可爱和可贵。有首歌唱道：没有天哪有地。改点儿词，就成这个样子：没有假哪有真。

对于假的东西，人们都保持了相当充分的警惕性。到了商场去买粮食、买烟酒一类的，谁都会问："是不是真的？"不喜欢假的，是我们的常情常理。但是也存在个案：偶尔也有人专门买假烟假酒——好像是为了办事送礼；还有人买假货，图的是便宜——比如盗版光碟、盗版图书；极个别的人属于专业买假——像以前的王海一类的，他说他们这样是为了打假。

人类作假手段的发展远远高于防伪技术，于是真的就像假的一样，让人真假难分。随手翻检古籍，假话随处可见。比如《明史》里太祖“大圣至神”，仁宗“英明神圣”等等，都不像真话，但不好说假在哪里，毕竟人家是皇帝。这还可以让人想到造假不光是现在的事情。再比如领导要求我们应该这样那样，他自己却不这样那样，这是说假话、办假事、做假人。假与真，常常鱼目混珠不说，有时，还有其可爱之处。我有几张盗版CD，音色音质在我听来相当不错；我还有几张正版CD，一放起来总是断断续续，像是机器出了毛病。一位自称是行家的人说：“你老听盗版光碟，弄得机器都不吃正版了。”我的一位朋友，其女儿在学校受到老师批评，到药房买一瓶安定片，全吃进去竟也平安无事，医院的大夫讲：“多亏买的是假药。”

把假做成真的，比真的不差，比真的还有用、耐用、便宜、风光，这在现在不是什么问题。但这不等于我们就可以随意造假和买假了。人类的生活，是双重的日子，物质上的，还有精神上的。设想一下，你家里的一切东西都是假的，包括你的家庭成员，你还能整天精神振奋、心情愉悦吗？那你会过着什么日子？除非你也是个电脑仿真人。

我还常常想：打假很难，是因为我们对于假的有所需求，还因为生活里的假，不独是假种子、假化肥……还有喝假酒时说假话，甚至不喝酒时也说假话、做假人。

白话

不管时间都去哪了，生活还是在日出日落之间展现出斑斓变幻的时尚潮涌。面对着时尚之中的细节做点儿品评，也算在不知道时间去哪的时代，有了自己的声音吧。

时尚生活

我小的时候，那正是二十世纪的六十年代，最大的理想是天天吃炒鸡蛋。妈妈端着炒好的鸡蛋，把扑鼻的香气留给了站成一排的充满期待的我们弟兄几个，却把鸡蛋给了爸爸。爸爸是当家人，是家里的挣钱机器，是顶梁柱。当时我在心里头发誓，将来我当上爸爸，就一定要天天吃炒鸡蛋。

现在我儿时的梦想，早已有条件实现了，但我却不能天天吃炒鸡蛋。老吃那东东有点儿腻歪，还有点儿不上讲究——按照文雅一点儿说法，是不讲究生活品质和生活品位。比如在什么吧里，在什么酒店里，人家问你：吃了吗？你说，吃了，吃的是炒鸡蛋。这样的回答总不如说刚刚喝了燕窝、甲鱼汤来得爽。在成功人士的时尚生活词典里，没有谁会把炒鸡蛋看成是生活品质和品位的象征，倒是在写字间宽大的老板台上，在许多男人的皮包和女人的手袋里，常常有着中文和英文标签的药瓶子。最近有那么几家媒体联合搞了什么代表成功代表时尚的代言人的征集活动，我估计能获得三等以上奖励的成功人士都得带上药瓶子，表演几下，他们就应该赶紧往嘴里塞药片。

回忆起来，从前流行过喝红茶菌，打鸡血，还大规模流行过一种西方来的包治百病的什么药。最近的有深海鱼油，一阵风一阵风地刮着。尽管都没什么下文，但我想这样的风行与流行的构思和立意都不错：是为了我们的身体健康，是为了我们的生活更加美好。有项调查显示，目前在我们的城市里，最具活力、分布最广的绝不是大大小小的生活超市，而是星罗棋布的药房。与之相映成趣的是，我们平日里，看到较多的是药品的广告，治疗从最尖端的艾滋病、癌症到最普通的打喷嚏流鼻涕，从最说不出口的性病到最具艺术荒谬感的肾虚，好像这个世界上没有治不了的病。但我一直在纳闷：一是我们现在是不是都有病？二是我们是不是得天天吃药，就像我小时候天天向往吃炒鸡蛋一样？

就说肾虚吧。有了这些广告的影响和暗示，我觉得现在的男性，好像是集体肾虚。最近几天，广告上又说，女人也需要补肾了。早年我学点儿中医，因此我知道中医上的肾和西医上的肾不是一码事。西医上的那个肾，只不过有点儿过滤的功用，好端端的补它作甚！肾虚是不是成功男人和女人的首选，我有点儿说不好，看现在的情形有点儿像。我特别想到了庄子的一句话，改着说，你不是肾，怎么知道肾就不虚呢？但不管怎么说，既然流行肾虚，我们还是要去补的，要不，就不是与时俱进啊。

过去，我们最习惯的见面话语是“吃了吗”，这是在饭吃不饱的时候得到的让人温暖的一句话；现在，如果有谁还这样问你的话，你一定要这样理解，他是在关心你吃没吃药呀。前不久，我在单位里犯了一个小得不能再小的错误，被一个好心的同事通报给领导了。领导当即找到了我，亲切地问：“你没吃药吗？”这让我无言以对：如果承认吃药了，就说明我神经系统已经有病；如果承认没有吃药，还是说明我有病，得赶快补上。这是一种现在最流行的问法。如果有人这样问你，那他绝不是在关心你吃没吃炒鸡蛋，也不是在关心你补没补肾，而是关心你的神经系统是否出了问题。

也许，我们的神经系统真的需要特别的呵护和保养了。

旅　游

这些日子我的耳朵已经被“行走”的喧闹磨起了茧子。说是一伙又一伙的作家（或者不是作家但能写字的人），背起了行囊（里面却没有装着越野爬山必备的干粮、水什么的），到这地儿到那地儿去了，回来每个人都要写一本书。本来就是一趟安逸舒适的旅游，有组织有预谋的旅行，吃好菜喝好酒，再听听接待方精心准备的风情简介，再走走有点儿夹道欢迎般的名川大河、名胜古迹，这节目基本上算是告一段落。和自费旅游、公款旅游也没有什么区别，怎么偏偏要起一个“行走”的名字？这样行走的结果，怎么还会像模像样的叫“行走文学”？

许是学问不广道行不深，我从没听说这种旅游还能整出个“行走文学”。当年徐霞客、马可·波罗，还有那个发现楼兰古国的斯文·赫定的《亚洲腹地旅行记》，这些老前辈不坐飞机也不坐越野大吉普行走上千上万里，怎么没人说他们是“行走文学”？再往远了说，屈原、李白……这些在中国文学史永远抹不掉的大文学家，哪个不在行走？不行走的话，哪会有千古辉煌？再往近的说，贾鲁生写丐帮，邓贤写金三角的“国军”残部，余秋雨的那些历史文化随笔，不行走能写出来吗？怎么没人叫他们是“行走”作家？凭什么就那么几个说不上名字的什么人，一行走就成了文学，好像还是千古绝唱，弄得大家都跟着起腻。

文学这地方，自来就不省油，聪明人好像特别多，跟着起哄的人也特别多；过了几天平静的日子，就要弄出个声响来。从当下往前看，行走文学之前叫身体写作，用身体（的哪一部分）怎么写作，一般人不太能看出来——也许这也是文学的陌生化；身体写作之前叫私人写作，文学创作本来就是个人的写作，要是集体写作那是“文革”的事情。我不是在抬杠子，净整这些本来很明白的却要把它变成不明白的事，是想干点儿啥？

我知道第一个喊出“行走文学”的是北京的一个出版商，接着就是好多媒体的大规模的跟进，像有人领唱的大合唱一样。但到目前为止，我没有见过很系统化的很有说服力的论述“行走文学”的文章，也没有见过让人读了爱不释手的“行走文学”。我敢确认这些“行走文学”的台前背后的组织者大部分是出版商人，因此我可以断定“行走文学”本身就是一个不大不小的“阳谋”：对冷清的图书市场的一次商业计划的启动。但我还一直猜测那些媒体跟着起哄是图个什么。说是图书商人为了图谋利润而弄出个“行走文学”，但媒体只能是为了个新鲜话题——不管它是大帽子还是小鞋子，最终还不是图个发行量？猜不好，顶多算我瞎猜。

我向来视文学为我心中的圣地，是我生活里的唯一唯二。因此我就觉得，文学自古以来都是人类的心灵的行走，是人与人、作家与读者的心灵的沟通和交流。那样走马观花地走草原、走黄河、走西部……能看点儿什么，感动到哪里？这也能算是文学创作？我真不敢相信，我宁愿相信这是一次热热闹闹的旅游。要是旅游的话，不管它是私款还是公款，如果敢花的话，就别扯什么旗号了。

读碟心情

在全中国人民差不多都有电视机的时候，我却没买电视机，因为我知道我自己天生是个意志不坚强、难于控制自我的人，我怕整天沉湎于电视机前而影响到我的读书和写作。在我有了电视以后，我却发现我所见到的电视节目很难吸引我的注意力。这样，在我的业余生活里，看电视排在次而又次的末位。但我却不可救药地迷上了看碟，电视机与 VCD 机配置成为我家的强档电器组合。

只要是惊险刺激、悬念丛生的战争故事、灾难故事、警匪故事，我都爱看，但有一条，必须是好莱坞模式。这完全是个人一点儿小小的业余嗜好，不带偏见不沾歧视，相对于大陆、港台所出版的上述题材的影碟，我似乎是本能地、发自内心地热爱好莱坞，热爱这些胡编得有鼻子有眼、比真事更像真事的影碟。当你看到一个四十多岁的人还像年轻人那样穿梭于大连的大小音像市场、商店时，看见他流连于哪怕是被人称为“烂碟”的摊位，每每总要疯狂采购一摞子影碟，那就是我。一个没出息的我。

我实在不知我这是不是一种不良嗜好。我看这些影碟时好像从没有特别的企划特别的目的，完全是为了放松，完全是为了让影碟娱乐我自己。这么多年，我一直在和文字打交道，上班如此，下班也如此。阅读文字作品对别人来说可能是消闲，而对我而言，却是沉重的负担。即便是最易进入或是最不易阅读的文字作品，我都会本能地强迫自己用理性来调节阅读。并不是完全没有阅读上的快乐，但这快乐常常是最珍稀的新疆野驴（比大熊猫还少，还不为人们重视），稍纵即逝，职业化的阅读使我的阅读生涯干朽晦涩。唯有影碟，那些我喜欢的影碟，才痛痛快快地打开、调动我的全部感官，才让我没有任何先决条件、没有任何负担地进入梦幻工厂所制造出来的梦幻天地。

这可能就是好莱坞的最本质的东西。我曾听说，好莱坞是制造梦想的地方，想想也对，也不对。好莱坞所有在市场上推广得业绩骄人的影片，我觉得都是人类的梦想和虚构，哪怕是最最真实的战争片；但是激活好莱坞梦想和虚构的是获得最大的经济效益。因此这些制造出来的梦想和虚构必须尽可能满足影迷（包括非影迷的）的视听心理，毫不讲理地把你置于一个又一个必须接着看下去的境地之中，不用你去思考，也不容你思考。我就是被好莱坞捕获的不想动脑的可怜的人。

但我的确在其中休息了，娱乐了。之后，我知道，我还得重振旗鼓地投入到工作之中——那种该死的文字阅读！

踢不动的足球

我不是球迷，因此看足球比赛，不是场场不落，只选个别场次。国内的甲 A，我只看过万达——现在为实德的比赛，其余的从来不看。而意甲、德甲、英超之类的，假如我闲着无事，电视里又没有让我惊心动魄的译制片，我才会十分投入地欣赏贝克汉姆、因扎吉，还有那个中场天才、头上没长几根头发的法国人（名字我记不住）……的艺术表演。我一直想，我们的球员，为什么不能像贝克汉姆们那样踢球？为什么头发都那么茂密那么考究，但面临媒体的采访，大都是不连贯的话语和没思没想（有点儿像他们踢的球一样）的回答？我还想过，我之所以看实德队的比赛，是不是仅仅因为我生活在大连，而生活在大连，我就得拼命地装出我本不具有的城市荣誉感？

因此说，我不懂足球。不懂足球的人恰恰可以随便说足球，正像不懂文学的人可以随便说文学并把自己看成是作家、评论家一样。

这次世界杯外围赛的第一场球，我看了。结局也在预料中。以后小组赛的几场球，结局也不会有悬念。小组赛以后和再以后，我们的真正对手是谁，连我这个准球迷也知道；我还知道会有什么结局。从精神状态心理素质到技术能力艺术水平，我们不如人家。不如人家的结果是什么，不言自明。我是悲观主义者。

说不好我为什么如此悲观，我们人多，按老话讲就应该力量大。我们的球员是从一个亿的人群（半个亿也可以）里选出来的精品，而他们只能从万八千个人里（把老弱病残的全部计算在内），扒拉出球员。我们有数个亿的球迷和准球迷，其中很多的为了足球可以撇家舍业甚至以身殉球，为足球无私地热情、痴迷和忠心耿耿。我们的球员收入和国外的横向比较可能不算太高，但若以可比价格计算，以球迷的人均收入计算，就不能说不算太高。这还不算来自各级领导的高度重视、高度关心和高度爱护。有来自社会各个方面的高度期望、高度热心和高度关注，歌声和掌声、鲜花和美女，我们样样不缺，不缺得有时还显得过剩。足球却踢不动了。

我不喜欢球场上磨磨蹭蹭无精打采的状态，我们的绅士风度都留在球场上了，而球场之外就未必这样绅士。我不喜欢那样不能传切盘带、不能配合自如、缺乏艺术与美学的场面。我不喜欢后卫进球而前锋闲着无事，就像饭店里小姐上灶大厨跑堂一样，同是性质极为恶劣的现象。我不喜欢本该司职中前场却很少传球到位，低级错误再犯屡犯，却常常激情四射地大放空炮。我一直希望这是因为我们没能发挥正常水平、没有进入正常状态。可是一想想，在这以前我们是这样，还是在这之前的之前，我们也是这样。什么时候，我们在球场上才能思如泉涌，力如山崩？

这是不是说明，当下足球的负担也太重了？

我不喜欢米卢的足球即游戏的说法。抬个杠子吧，政治是不是游戏？经商是不是游戏？战争呢？人生呢？韩国球员在球场上见了日本人，恨得刺刀见红，好像不是游戏的态度。“游戏说”不太适合中国国情，比如，这次才是个小组赛，我们准备了那么长时间，有点儿卧薪尝胆了。我们的领导显示出前所未有的热情、姿态和心胸，动用了多少精英耗费了多少脑汁和金钱，打磨出多少措施和办法。这一切，难道就是为了跳一次皮筋，打一场电游？我们的民族精神气节、文化品格、道德修养，我们的前途未来、综合国力、经济财富，我们的环境安全、绿色消费，全国人民的殷殷期望，各级领导的殷殷教诲，父母双亲和妻儿（包括未婚女友）的殷殷爱意，等等，不都系在足球上，系在那不算太宽不算太长的绿茵场上？

真是动一脚而牵全身了。

这球还怎么踢？

于是我很想关上电视：让他们自己去玩吧，玩好了，我们再去检查指导，就像我们对犯了错误的孩子一样，关他几天禁闭。理由是这样：溺爱是不会成材的。

说西餐

我们周围所有的事物、行为（包括我们自身）都沾有文化色彩。比如吃饭，就有西餐、中餐之分。这说法也有一点儿问题，你说西亚国家的餐该叫什么？非洲的餐是“非餐”吗？还有点儿问题，西餐是欧洲的餐还是美国的餐，还是二者兼有且还广一点儿，加澳洲，再加点儿别的什么国家？想不好这些，但吃饭时，偶尔还盘旋着这些古怪的念头。大体上分出中西餐，也许还有道理。用餐时，我们使用筷子，西人则使用一大堆各有所用的银光闪闪的刀、叉一类（活脱是古代兵器的微缩）；喝汤，我们用碗、用钵，西人好像多用盘子；另外，我们、西人之外的一些人用餐时只用手抓，这就是文化。考察这些行为，要涉及民族、国家的历史、习俗、言说方式和思维方式等等，于是文化就物化在人们的日常生活中了。

我儿子自小爱吃西餐，或说西餐中的快餐，像什么基、什么堡、什么饼一类的。一去这店那店，和进我们自己的馆子、饭店感觉不一样，首先是有点儿“洋味”，气氛、味道均是。再是人满为患，孩子居多，年轻人也不少。像我们不大不小年龄的以及上了年纪的人，也有一些，但都是陪吃一类。我吃西餐一是吃不惯，二是吃不饱（但我绝不是大肚汉），陪儿子吃那基那堡那饼，感觉照旧。想想也埋怨我爹我妈，在我小时也没培养出我的吃西餐的肚子——我刚会吃饭时是咱们国家的“大跃进”年代。再想想将来这些吃西餐的孩子们长大了，家里家外吃饭聚餐，都用那微型兵器；逢年过节，也不回家吃饭，只打个电话，向老爸老妈“哈罗”一声，心里就有点儿疼。

中国人吃饭，讲究家庭、家族、朋友、同事的亲和关系，重点是吃，目的是为了亲和、亲密，同用一个碗、共用一双筷子。假设一下，中国人某两口子吃饭时坐好，各自伸手做一“请”的姿势，再各吃自个“门前”的，这总让人感觉不对味儿。老辈人留下的习惯（文化），有好有孬，好的我们今天也别丢了，比如过春节，该回家吃老人的还得去吃。

话说回来，平时我们忙，不愿在吃上浪费时间精力，也好也不好。你想想，你省下做饭、吃饭时间去赚钱，可赚了钱为了啥？不还是为了吃好吗？人吃饱了，有体力，有精神。过去流行一句话，说是毛主席说的，“身体是革命的本钱”，这话和吃有关。于是我们吃时，要讲究点儿我们自己的文化，包括我们饮食文化中非常讲究的营养。最近，看了一本书，说西方不少人鄙视他们的快餐，称之为垃圾食品，因为这类快餐取料的鸡、牛之类的，是人工催长的，用化学药品，这就不算绿色食品了。现在的孩子吃了垃圾食品，会不会影响点儿什么，我没调查过，不敢瞎说，但有一点我是明白，亲朋好友在一个碗、一个盘子里互相吃的亲情友谊，好像西餐文化里并没多少。

说美容

美容这词，只是在近十年间才为我们所熟知。过去是搽雪花膏，搽手油；之后才有了化妆，有了把嘴唇、脸颊、眼眉涂一涂，描一描，现在看来手法和用料都颇为原始。十几年前就在大连的街头，一个穿着紧身裤、脸上画得又分明又突出的女孩——据说是省里来的歌舞演员，竟遭到好多人的驻足围观看新鲜。再有几年，大连的女孩子勇敢地把自己打扮起来，也无非是把脸上的粉涂厚了一些，把眼影抹重了一些。按照我的记忆，那时满大街上的袅娜而俏丽的身影，真有些惨不忍睹。那时也有些不无恶意的调侃，什么“像墙皮一块块往下掉”（形容脸上的粉涂厚了），什么“大熊猫一样”（形容眼睛画得像大熊猫的眼睛），现在再去大街上，你会觉得这种现象基本灭绝了。

看来，真正的美，也必得有一个实习和学习的过程。

一座城市是否具有时尚文化特征，要看这个城市的女孩。北京的女孩扮相凝重、严谨，得到了皇城文化的熏陶；上海的女孩扮相细致、新潮，那是大都会商业文明使然；沈阳的女孩扮相随意而粗粝，那是钢铁、焦炭的濡染，每逢大风卷着黄沙、尘土和工业粉尘，沈阳的女孩只好用纱巾裹着头，美，就被罩在云山雾海里了，让人感觉有些惋惜。这时候，美容就有点儿像是多余的了，环境对美至关重要。有专家说，美是和谐。打扮得漂漂亮亮，得和环境和谐。有了绿树花草，风和日丽，或是窗明几净，厅堂开阔，美了容的女孩，也就与四周成了一道迷人的风景。美还得和自身和谐。北京女孩说话有一种凛然大气，让你听了自觉矮三分，这就不太美了；上海女孩说话，叽里呱啦一大顿，让你感到在嘲弄你；而大连女孩说话，音色音质又壮又粗，让你想到了僻野的村妇。这都不能算作美。

有时我也想，美恐怕也是一种习惯。比如大连方言，语调缺少韵律，语汇又偏多粗蛮，常习之，以为习惯，也就不以为然了。一想想满街的俏丽佳影，和着绿树鲜花，说着粗蛮话，我在心里就有些后怕。你说，这样的美是不是也太残酷了一点儿。

很可能这想法是庸人自扰。美不是也由粗糙、稚嫩走向细致、成熟吗？过去是搽（雪花膏、手油），再是化（妆），再才是美（容）。许多时候，在我们不经意间，生活就有了一个根本性的转变。我当然为这种转机而祈祷，盼着它的早日到来。

说收藏

搞收藏的人自古有之。比如藏书，对于源远流长的中华文化的推进与发展，功不可没。现代人收藏好像比过去范围更广，藏品也五花八门，字画、石头、邮票、瓶子、玩具……有报道说，国外友人收藏坦克，闲来无事时，也把这庞大的铁家伙开到大街上炫耀一番。

现代人收藏的目的大约有两种，一是囤积居奇，这是投资的一种方式，以期未来有较好的商业回报；二是纯粹的爱好，对藏品收集、整理甚至是研究，从中得到精神上的愉悦和满足。当然，二者兼而有之的也大有人在。热衷于各种收藏的人，推测起来恐怕是数目惊人，可纯粹的爱好式的收藏并不占多数。

我知道形成收藏热潮的内在动因究竟是什么。看报纸有种说法，说这股收藏热情是现在投资走向的转移，从而形成了我国继股市投资之后平民新的投资热点。我怀疑说这话的人是别有用心，或是藏品的获利者、操纵者。想想几年前的宠物热，那时一只小破狗的价格也上到了天文数字，现在怎么样？再想想几年前的君子兰热，多少家庭在它上面大跌跟头。投资必有风险，或赢或输，不可能全是赢家。都想去发财，也不想想谁会破财呢。况且，由于不明原因而鼓噪起泡沫般的价格时，命里注定的，它还要无情无义地跌落回去。把钱装进坛里罐里，然后埋在自己的小院里，这是老古板、死脑筋；把钱存在银行里，然后拿个存折，每日惦记着利率的上浮下调、计算着自己的盈亏，这是小心眼、老实人；而把钱扔进邮市里、破烂市场上……弄回一大堆中看不中用、价格和价值没个准的藏品，就能算是新潮和敢冒风险吗？

收藏本属消闲文化范畴。读书看报、旅游、餐饮、娱乐等等，消闲的内容多着呢。就消闲文化的本质来说，它是一种消费行为而不是一种以盈利为目的的商业行为。消闲得有闲，也得有钱；但忙里偷闲或省吃俭用也能消闲、悦心愉情，就算达到了目的。如果能探出藏品中的玄机，能写点儿研究心得，也算是进了一种境界；假如偶有经济上的回报，结结实实地赚了一小笔或一大笔，也可算是一种收获——但我感觉这种情况不会太多且不太可能人人有份。

当前的收藏热，总给人一种梦幻般的感觉，不太真实，又不知对与错。就我个人而言，有邮品，但不多，没多少商业价值。还有别的，比如烟标，都是些不上讲究的东西，但是我喜欢这些。闲来无事，翻检它们，有时比看一些蹩脚的电视连续剧更有好心情。

说洗浴

过去我们说洗澡，是在一个大池子里，熟悉或不熟悉的人，互相挤着，互相聊天，又互相搓澡，在热雾之中，彼此其乐融融。现在再说洗澡，好像没了先前的内容，很大程度上意指桑拿，即蒸了之后还要有专业人士给搓澡。于是街面上林立的“澡堂子”门脸一定要富丽堂皇，门头也是“洗浴中心”或“桑拿中心”了。如果这时谁要再说去澡堂子洗澡，就会被人以为是从十八世纪来的。

那时我不太愿意去洗澡，一则澡堂子人太多，二则汤水也浑。但那时又不能不去，现代文明的标志之一就是要讲卫生，要爱清洁。

有人说洗澡也是一种文化，即洗浴文化，说有些民族一年里只在特定的节日中才在某条河里洗澡，可洗涤晦气，干干净净迎接以后的日子，这观点我也认同。想到我们过去的澡堂子，有床，有茶水，泡洗之后，躺在床上，喝着茶水（南方的澡堂子还兼卖点心），通体舒泰，逍逍遥遥的，文化味儿也就出来了。再和邻床刚结识的人聊些家长里短的，也就其乐融融了。

现在这种文化味儿有点儿变了。很敞亮的池子里，设施又全又干净，但没了旧日的喧哗，也没了旧日的熙熙攘攘的雾中身影，常常是在“小费随意”或“拒绝小费”的标牌提示下，冷清的几个人很浪费地享用着这么大的空间和那么多的资源。这是一种时代的进步，又是一种时尚。如果有钱亦有闲的话，这里会向你提供你所需要的一切周到和体贴，包括热情。一次和一个不太大的老板吃饭，饭后他很大气地说：“我每天晚上都要洗澡。”并且，盛情邀请我们一齐去“桑拿”。我这才知道，现在的“桑拿”，还可以谈生意、谈友谊或是谈什么什么的，条件自然是，得有人请你并为你买那并不算便宜的单。

这时“桑拿”的文化味儿就有些富贵之相了。和平民时代的澡堂子（文雅地说“浴池”也就到顶了）相比，现在的“洗浴中心”也是尽可能地利用现代科技的成果，让我们在洗的时候更方便、更舒适、更卫生、更文明……也更费钱了。让人舒心是太应该了，都什么时代了，洗澡也应该变成“洗浴”了。问题是，这个本是人人必需的生活设施，对于目前的许许多多人来说，显得有些太贵族了，且原本有的洗澡的温情，也流失了很多；原本有的热闹，也少了太多太多。

说电视

我常常觉得，电视是目前我们生活里的最大祸害之一。这个说大不大、说小也不算小的盒子，凭什么让我们天天像着了迷一样坐在它的面前？凭什么让我们听从它的劝导去干这干那？凭什么让我们哭一程笑一程？我曾天真地想要发动一场“拒绝电视”的活动，让所有的电视在同一时间被关闭几个小时或几天，但如果这样，我们的生活会多了什么或者少了什么，我实在是想不好。

我对电视的怨恨主要是因为它已公然而蛮横地左右和主宰了我们的一切。我们想吃什么想穿什么想玩什么是我们自己的事儿，用不着谁像导师一样来指手画脚。但在电视面前，我们所有人的个人生活统统成了公众的话题，并且，这样的话题显然有着标准的事先拟定好的答案。你刷牙，就有人推荐 ×× 牌牙膏；你穿衣，就得穿 ×× 牌衣服……更可怕的，是在这个过程中，你已经没有了自己的思想、自己的话语、自己的个性了，一切都是现成的、最好的，你还犹豫什么呢？还有——这是个有观点不太好说的心理活动，满荧屏的身段、风韵，会不会让你觉得你或你的家庭惨不忍睹，之后你会不会不舒服，不舒服之后会不会……我不敢再往下想了。

我有个朋友，所有的电视节目一律不爱看，只爱看健美操，从中央台到地方台的，只要有就看，看一遍又一遍没个够。我的儿子，在不会说话时就爱看电视里的广告，一有这档节目就目不转睛，结果牙牙学语时竟满嘴广告词。一位女同事就爱看肥皂剧，明明戏假到难以置信的程度，她看起来还是无休无止。想想看，我们一天、一个月、一年泡在电视里的时间有多少；而我们，还会有多少个一天、一个月和一年。在电视面前，我们像是有选择的权利，按一下遥控器就能换一个频道，可换来换去，也就那么些东西，而你，还是未能离开电视。

于是，我们都成了电视植物人了。就这样日复一日、年复一年地浸泡在电视前，容不得我们有太多的想法，也容不得我们有超出电视所规范的范围之外去做点儿什么。看了大半夜的电视之后，也许我们会发现我们一无所获，而电视，只是圆别人给我们虚构的梦幻。

说 炒 股

把从事股票交易说成“炒股”，显然有些意味深长。也许将来所有的人会把股票交易看成是生活里最平常、最普遍的一桩小事。但在现在，炒股仍旧是都市里一道迷人的商业风景。

依然能记起前几年股市中长长的人流。我们对股票的渴求，像“文革”时期对粮票、布票的渴求一样。有关股票的种种传闻，就那样不胫而走，令人兴奋，令人刺激。那些传闻制造了近似于天方夜谭般的神话，说某人一夜之间因股票而暴富，说某人不情愿地被摊派了某种股票而几年后意外发现自己发了大财。没有谁会怀疑这些传闻的真实可靠性，但这些传闻，却让我们的欲望，得到了虚幻的满足。如今的时代真是个不朽的好时光，当我们所有的欲望全被激活乃至释放出来时，我们没有谁会掩饰它们，并且，也不会以它们的存在而感到耻辱。渴望发财，渴望在挥手之间就让自己的生活更充实、更滋润，想来也是人之常情。经过了三年自然灾害，经过了“无产阶级文化大革命”，我们的确穷怕了。

于是股市里人如潮涌，于是有了炒股的“炒”。

但我对股市有着至今未能褪掉的厌恶感。在我长身体学知识的重要的少年时期，我的大部分经济生活的认知来源于一部长篇小说，茅盾的《子夜》，这是当时被允许阅读的极少数的文学作品之一。从中我知道，股市是资产阶级腐朽堕落的象征，是人剥削人、人欺诈人的重要方式之一。面对着时下我们所欣赏并踊跃进入的股市，我仍旧会联想到《子夜》里描绘的乱哄哄的场面，那些家破人亡、妻离子散的故事。

而在前不久的 MBA 学习班上，我被老师告知：股票是市场经济里资本运筹的一种方式。当我们的社会开始步入市场经济时代时，我们必须有足够的勇气与信心来迎接生活的新的挑战。我说这话的意思绝不是希望我们都去炒股，而是，那些我们习以为常的过时了的好多东西，在今天未必适用、未必就是那么美好。

就是在昨天的晚上，我见到了多日未见的一位朋友，一个有着近十年“股龄”的文学的朋友。他对股市的分析头头是道、滔滔不绝。他置身于股市很超脱，吞吐之间那从容冷静的精神头，让我感到他身在股市心在股市之外，极有“禅”的味道。这让我感到意外，感到喜出望外。

说装修

现在再说装修已经不先锋了。分的房子、买的房子都得装修，否则就有些说不过去。于是有些房地产商，建了毛坯房也就算完了，一则他省了钱，二则也省了住户砸这补那的，又费事又浪费了资源。装修一般要请人，或是装修公司的或是街面上游动的揽活工。装修还得花许多钱去买材料，这样竟让装饰市场发达起来。装修还得设计，一般是自己来搞，再请教一下邻居和朋友，还要买几本书。有关装修的书现在又贵又畅销。

可见现在的装修，实在是件麻烦的事儿。

麻烦也高兴。有了新房，会意味着许多，比如权势、财富、运气。现在的房子，从内涵上与往日多了内容，很多的是个人财产。个人的东西好好收拾一下，再麻烦也不算麻烦。

但装修不应该是炫耀，也不应该是追赶时尚。装修的目的是为了让家人和自己更舒适、更方便，使家更像一个家。前些年宾馆纷纷装修，贴壁纸、换席梦思，好多家居的装修，也纷纷宾馆化。人进了家，还得小小心心，坐不敢坐，卧不敢卧，这有点儿本末倒置了。现在的装修要比那时想得开，尽可能按照自己的经济条件，按照自己所喜欢的样式和风格，把家装起来。在充分考虑方便舒适的前提下，实现自己的个性和风格。

从宾馆化到个性化，这是进步。

装修还是个劳体劳力的力气活，过去是，现在也是。有了设计，有了装修的人，再准备了足够的资金，但还是放心不下，要时时到装修现场，监督进度，检查质量，时不时地对原设计进行修改、调整。并且，有些能省就省的地方，就自己身体力行了。

装修好了，也搬了进去。每日回家，环顾四周，就有了新鲜感和成就感。算算积蓄，出去一大块，也就想以后如何赚钱。又过几年，装修的新家成了旧家，而外面的世界又精彩了几分，于是又开始了新的筹划：或是小打小闹地小修小补；或是索性重新装修。有专家说，家居格局的变化，常给家庭带来新的好的心情，此言极是。我们在家里，随着家居的变化，心情便有轻有重、有新有旧了。周而复始，概莫能外。这样，我们到底没能逃脱房子对我们的奴役。

说 健 身

我觉得我们现在前所未有地关心我们的身体健康，看看早晨或者晚上，城市里每一块空地都挤满了锻炼身体的人，再想想各式健身俱乐部、游泳馆、保龄球馆……里的那批热衷于健身健体的人。我们的信心、耐心在健身活动中显得那么充沛与持久，显得那么顽强和不屈不挠。大而言之，这是人类在向自己的生活、生命的极限挑战；小而言之，这是时下的人们对生活质量有了全新的理解。得承认这样自发自觉的行为有着广泛的群众基础，对于政治家、商人和一些江湖骗子来说，也是施展他们的“才华”的上好的条件。就说商家，在广告里把各种各样的健身器材、设施说得好似雪里的炭而不是雪上的霜，还说这些“送”来的炭不仅有助于健身更是一种新时尚。对此我们应该有足够的警觉。凡是打健身歪主意的人我们都要有所警惕。

因为，健身虽说是时下里生活的新时尚，但远远未成为我们生活的必需。我一直在想，健身的蓬勃兴起与大规模的普及标志着我们对改善生活质量的认识，即对生命的自由和人性的舒展，有了新的认识。在饭吃不饱、衣穿不暖之时没有条件去健身；在饭刚吃饱、衣刚穿暖时也未必有太多的心情去健身。当我们开始有条件、有心情决定要好好活着时，我们会发现良好的身体状态对于我们自己、对于我们的生活的特殊意义。这时候，过去我们再熟悉不过的“身体是革命的本钱”这句名言，会那么富有人情味和那么富有现实意义。但是，生活里需要我们迫切解决的还有许多许多。比如，好些人面临着的生活上和心智上的困窘（自己的、亲友的、就业上的、子女上学入托上的、婚姻上的等等）就注定了健身难以成为生活中的必需。

况且，在要好好活着之时，我们的勇气、力量、爱、智慧等诸多品性和文化底蕴，也会自觉不自觉地扮演着异常重要的角色。我们必须有一个健康、健壮的心灵。不能不承认，面对心灵上的烦忧苦恼，我们现在还不能十分坦然地去“看医生”。有时即便想去，也好像没几个像样的医生和诊所。我不太敢说：没有健康的心灵只有健康的身体，无异于行尸走肉。因为这话太刺激人太伤害人了。但有消息却说，前不久世界上一些健康专家在为“人的健康”重新定义时，便把“心理的健康”放在极为重要的位置上。

说读书

这话题是和一位朋友聊天时想到的。这位朋友说，社会学家的一次调查研究发现，看电视时间的长短与看电视的人的文化素质的高低成反比。一般说来，文化素质低的人看电视时间长，而文化素质高的人看电视的时间相对较少。这个结论很让我困窘：最近我正沉耽于VCD之中，特别是那些国外进来的枪战片、恐怖片简直让我着了迷。我推想，好多人大概和我一样，闲暇时对电视、VCD、音响、各式花花绿绿的报刊的依赖，要胜于读书。而那个结论让我在心里极不舒服。但这是专家说的，专家说的还会有错吗?

人体对外部世界的感应，有视觉、听觉、嗅觉、触觉等等。但不知为什么，好像心理学的书，对于视觉，少说了许多。我有一种模糊的感觉，以为视觉是人体感觉中最为重要的一种肉体与心智上的反应，是一种深度的感觉，是对人的大脑——智力、智慧的开发、提高和充实积累。而时下的那些依赖于高科技手段的文化媒体及设备，的确调动和激活了人体的总体感觉，让人得到充分的感官享受，却未能有效地延伸与开发人的视觉。因此这样的感官享受是平面化的，稍纵即逝和毋须记忆的。那么，当我们沉湎于时下这些现代文化媒体及设备之中，我们才会觉得有时过分的感官享受也等于消磨时光与生命。

这因为，现代的高科技暂时不能更全面、更深刻地把广博的文化内容浓缩、压缩于瞬间和片刻。例如在我对 VCD 的有限接触中我发现时下 VCD 的片子绝大多数仅仅能向我们提供肤浅的感官刺激，很少让人感觉出它的文化的内涵与风采；而这样的刺激对我们的社会秩序、道德秩序和文化秩序的重建，想来也无太大益处。我的建议是，假如我们是家长，我们尽可能回避在孩子面前看那些灾难片、战争片、生活片一类的；假如不是家长，我们也没必要让这类东西成为生活中的必修课。

闲的时候还应该读点儿书。我所说的书，一是经典名著，陶冶性情，开阔视野；二是能增长知识、增强生活技能一类的。我曾固执地以为，当那些高科技手段激活和刺激了我们感官时，也许我们最为重要的人体功能——视力和视觉开始了悄然退化，并很可能导致这样的后果：记忆的丧失，自主的思维习惯的减弱。

心智上的健康也需要“健身运动”，那就是阅读。阅读是人类主动性的精神锻炼，阅读才能达到通常我们所说的“动动脑子”的目的。把“脑子”动在好书上，我想重要的理由在于，这些书才是人类代代相袭而归纳的政治、经济、军事、科技、生活等方面的经验与教训的集中载体，才是文化的最重要的源出。如果弃之不读不用，于己无益，于世无补。

说麻将

我对麻将持有谨慎的兴趣，因为我体验过沉湎于打麻将时我的大脑、身体乃至时间的严重的损耗。我相信认识我的人都不会说我是赌徒，原因之一就是我没有将麻将作为我最重要的业余爱好甚或成为我的最重要的职业。我和大多数的麻将爱好者一样，在时间、条件允许的情况下，偶尔才能玩一玩。我认为，象棋、麻将等都是一种高智商的竞技性的娱乐活动，因此对这样能够显示出一个人的智力、耐心、毅力、胆量和胆略的游戏，我是晚学之辈：在三十岁才学会下象棋，将近四十岁才学会打麻将，可见我的智商实在是不怎么样的，按照麻坛上通行的说法，叫“手太臭”。

“手太臭”自然要输钱，或大或小。现在打麻将，据我观察，几乎没有不带人民币的，用行话说，没有不带点儿“刺激”的。我知道麻将在刚刚发明的时候，无论是叫“叶子戏”还是叫“马吊牌”，都有赌博的色彩。按照我的看法，所有的人类活动，都暗含着赌博的色彩。比如长跑，你知道你以往的成绩，但你在此次长跑前，无论如何你也不会知道你的马上要出来的结果，你只能预测；再比如，你去买菜，你也只能猜测你即将买回的菜喷没喷洒过农药。再往大的说，人一生下来，直到闭上眼睛，实际上就是一场赌博，生命每向前一步，都具有不可预见性。我常常想，在现代社会娱乐方式繁多的情况下，为什么还有那么多的人不可救药地迷恋于打麻将，甚至为此而夫妻反目、朋友反目，甚至还有可能走上违纪违法之路呢？作为一项带有赌博色彩的娱乐活动，对于职业赌徒和懒汉来说，是不劳动而获得金钱的最便捷的方式之一；对于哲学家来说，是人生命运的一次预演；对于上了年纪的老爷爷、老奶奶来说，是一种生命的集体回忆，以手谈的方式，叙述着逝去时光里的惊险与刺激、光荣与梦想。无论是谁，只要学会了麻将，都将会被其中的无穷悬念、无穷玄机所套牢：输了一次，就想再来一次；输了两次，还要再干第三次……相反，赢了一次，就想再赢第二次……面对着下一局的麻将的诡厄凶险或是大吉大利，事先谁也无法预测，但谁都跃跃欲试。

除了一次生命的冒险与拼搏，打麻将还是一次生命的孤独的旅行。这绝对是自己的孤军奋战，估计情势、判断决策，当然也包括最后的行动，都必须是自己一人来完成。稍稍的疏忽，对下家甚至上家的稍稍仁慈，都会铸成大错。麻将的最终结果叫“和”，这是个人主义的胜利，是孤独的心灵在毫无外援、在前途未卜的情况下，依靠个人的强大的意志、坚韧的毅力、超群的能力，还有较为广博的积累和经验，而取得的结果。在打麻将时没有一个人不想“和”的，排除千难万阻，目的只是一个，为了争取胜利。完全是自己一个人在奋斗，也不知道自己的前景是否光明，但却要求自己强迫自己必须去赢，这就叫打麻将，这就是麻将的游戏规则。

无论如何，麻将是一种游戏，人们休息的时候可以在数不清的娱乐里选择的方式之一。放松自己、快活自己，借以调节一下生活的节奏和生命的韵律，是麻将的本质。在这里我十分愿意再强调一次，麻将的本质是一种游戏，是生活里、生命里的一次愉悦自己、愉悦他人的游戏。

说 洗 澡

现代人把洗澡看成是生活之必需，这是文明。古人也极为讲究洗澡，但限于种种条件，尚没达到现在的“文明”程度。最近几年，街头上的澡堂子（亦说浴池）纷纷翻版成为“洗浴中心”“桑拿中心”一类，一时间几乎走几步就能见到这样的富丽堂皇的门脸，且洗头、洗脚专营店，数来数去也不算少。能进这种地方已经成为新的时尚，但是，洗浴的分工如此细致早在千百年以前就有了。古人曾经这样界定过：盥为洗手，洗为洗脚，沐是洗头，浴才是洗体。但古时洗这洗那的有没有现在这么多公开或不公开的内容，从古书上我没查到，不敢瞎说。

古人把洗澡叫沐浴。《论语》上就有“孔子沐浴而朝”的记载，白居易四十岁时还在写题为《沐浴》的诗。办大事之前要洗个澡，可见孔子对洗澡的倚重，也说明洗澡这一事体，实属庄重、重要一类；白居易说他好几年不洗澡，不惑之年才洗了一番，竟发现自己消瘦衰老，头发也掉了不少。这俩人都不算达官显贵，但也算名人。敢情名人那时洗澡也很困难，而一般人啥时候才会轮上洗一回呢。

人类最早的洗澡，我想为天浴。下雨了，来不及躲避，雨水冲刷了身上的尘土污垢，会觉得爽了许多。长久不下雨，觉得身子该被雨水淋一淋，就在树上挂一盛水的工具，模拟雨水往身上淋。天浴再往前发展，我想是野浴了，在河湾、池塘里洗澡。《左传》上说“二人浴于池”，就是一种野浴，还是一种现代意义上的鸳鸯浴。天浴、野浴，都受条件限制，水凉了不行，天气不好也不行，很不方便。倒是住在温泉附近的人，有可能一年四季都洗个痛快。也许受了温泉的启示，人在洗澡时想方设法地把冷水烧成热水；又为了避人耳目，再盖了房子，这时浴池的概念就算齐了。

较早出现的“浴池”的说法，是在北魏时期，距今一千四五百年了，那时叫“浴堂”。在浴堂里洗澡，是一种很有身份的行为，像今天我们见面常说“我去桑拿”而颇感得意一样。但那时候，大概只在宫殿、佛寺里设有浴堂。按《天府广记》上说，斋宫“旁有浴室”。那么，设在宫殿和佛寺里的浴堂，主要功能是淋浴斋戒，有着明显的宗教色彩：身体不洁的人，怎能敬畏祖宗和天神呢？这和孔子的“沐浴而朝”，意义一样。当然，沐浴斋戒也起到了卫生清洁的作用。大约在宋朝时期，集市的大规模发展变成了城市，开始出现一般人享用的用于卫生清洁身体的浴池了。唐人王建诗曰“浴堂门外抄名入”，可想那时洗浴业已对外开放；同时，商品经济的意识进入了洗浴领域，浴堂也开始收门票了——宋代有人称浴堂为“香水行”。连“行”都敢叫，焉有不收费之理。

元明之际，浴堂多被称为浴室、浴池。《天府广记》还说，元世祖大修宫殿时，在观星台西边建浴室，在斋宫后寝殿旁还建浴室。可见那时的人对洗浴已重视到何种程度。同时，在浴室里还装有输水的机关，“注以温泉”。至此，浴堂才有了现代的色彩。明代的《帝京景物略》里，就有这方面的记载。非常重要的是，浴池可以调控水温，可以按照入浴者的主观愿望对洗浴的客观环境进行调控。这时的浴池，无论从内容上还是形式上都不同以往了。

早在十年二十年前，我们也称洗澡的地方为浴池，“人民浴池”“工农兵浴池”。浴池里人挤着人。孩子在混浊的汤水里嬉戏、游泳；互相间不认识的人，打个招呼，就可互为搓澡；一些老人洗澡完毕，坐在外边的浴床上，悠闲地抽烟、喝茶、聊天，倒也有些其乐融融的感觉。每天一早，浴池门没开，门外就排了大长队，都想洗着头道干净的汤水。人太多，浴池的汤水的干净程度自然极不好。但那时门票也极便宜，单位还定期发几张，没人不能承受。但在这几年，浴池的概念又有了全新的变化。可以泡（水是流动的，有按摩之功效；水中又有消毒健身一类的添加剂）；可以蒸；还有许多不吝气力的服务人员可供搓澡、按摩等；还有各类种类繁多的洗浴用品设施供浴客随时享用。条件好得自然是以前没法比的。曾经见过好几位朋友，闲谈之中得知他们毫不例外地都染了“桑拿癖”。几天不去洗澡，心里就不舒服。

古时候洗澡为淋浴，现在洗澡为洗浴。这不是回归，而是进步。如果白居易有幸从今天的某个洗浴中心洗出来，绝不会感到自己的容颜苍老，再被修整一新（包括搓澡、按摩、美容、美发等项目）之后，定会容光焕发，恢复青春。

这也是洗澡的心理效应。古时洗澡的心理效应皈依于宗教，现代洗浴的心理效应是激活人的生命潜能。心理学家说过，排遣心理不适的方式之一是洗澡。有了不快的心绪，喝酒必醉，打麻将必输，醉了、输了心里更难受，不如去一趟洗浴中心，把准备喝酒的钱，准备输掉的钱，捐给桑拿，来换一个好心情。但如果正在下岗，如果大学刚毕业，则少去洗浴中心为佳。要不，心情未必更好。

洗澡之必需之必要，从生理上、心理上，都可罗列出很多论据。且人人之必需之必要，也还是显而易见。它本来就是一种平民化的生活中的一部分。但在历史上，却被视为一种高雅的身份、地位的象征。这是千不该万不该的事，是误入了歧途。这是历史的常识，生活的常识。假如不懂常识，算不算是一种无知呢。

说厕所

厕所的使用也标志着人类的进步。原始人不用厕所，绿的草地、茂盛的大树下，都可能是原始人理想的方便场所。记得以前读过日本一作家的散文，就竭力赞美人类这样的方便方式。在他看来，清风习习，疏月朗朗，和着大自然的韵律去方便，倒也舒展了生命的自由和美。说到美，这个作家甚至说，不能想象一个美丽的少女去方便，一方便，美就破坏了。把人的纯粹的生理本能升华到审美的境界，不能说是一种独创，但的确颇有认识的高度。

有时，纯粹的自然状态也意味着愚昧与落后。把现在大街小巷里许许多多的“不许随地大小便”的提示和警告改为“允许随地大小便”，情形就不堪设想了。因此，社会发展到今天，厕所是必需的。人类刚开始使用厕所时，可以肯定是异常简陋的，大约是两块石头一个坑，有的能用树枝、石头围半圈，也有的要搭一个棚子；当然，还有的用马桶。例如《梦梁录》里记载：“杭城户口繁伙，多无坑厕，只用马桶。”可见坑厕与马桶，是当时主要的方便场所和工具。现在的人，无论住宅或公共厕所，照过去比差天差地了：装修精细周到，设施功能更为齐全，对气味、声音等方面的处理手段，也更为讲究，更为方便、周全和舒适了。还有些厕所，挂上、摆上了艺术品，为过去的污秽之地，造就几分审美愉悦的氛围。历史上绝对是个别人才能享有如此豪华的厕所，如今有了向全社会推广的可能。《世说新语》上说，石崇家的厕所，有十位婢女当服务员，有许多香料以去异味，还备有干枣以塞鼻子免闻秽味。某人如此厕，不知干枣的新用法，竟给嚼着吃了。千百年前古人设想的豪华厕所无论如何比不上今天的。现在如厕，从理论上讲，就不单单是人的一种纯粹的生理本能行为了，比如还可以欣赏艺术品，再比如可以读书，自古以来就有许多人大谈如厕读书。钱惟演说："上厕则阅小辞。"欧阳修在《旧田赋》里说他的"平生所作文章多在三上，乃马上、枕上、厕上也"。连文章都可以在厕所里写，可见厕所的功用扩大了。近人周作人，还专门写了《如厕读书》的文章。想想要供人读书写（想）文章的厕所，首先要干净，书可不能置放于污秽之中；再者要少异味或无异味，味太大，不就被呛跑了，谈何读书。记得"文革"中，有一大字报画的是漫画：贺龙将军满脸笑容地在厕所蹲着读书，膝盖前摞一摞子书。那时我读小学，竟也想，上厕所怎么可以读书？不是嗜臭癖吗？可见我那时太小，不谙世事。但过去的厕所，再好的，恐怕也比不了如今普通的。上厕所本属于人类的实用性的行为，要消耗一定的气力与时间，但把这实用性的行为与审美性的活动结合在一起，这也是人类的进步和文明的演化。这情形也促使厕所在今天更加现代化（多功能化、高档豪华化）了。最近，电视里常常播放一则在厕所里打电话的广告。这让人心里不舒服。

现代化的厕所，清洁干净问题相当容易解决；解决气味问题，则应该考虑周到一点儿。一次在某地开会，住的地方的厕所干净得难以置信，总有香气缭绕而不闻秽臭之味，让我流连于此而不忍方便。会议结束乘飞机归来，一朋友接站，坐在他的小车里竟也感觉还在异地他乡的厕所中。原来，朋友车里的香水竟和异地厕所发散的是一个味道。于是我就有了联想，某人见面与你会谈，你发现，此人身上的香水与你家厕所使用的香水（假如你家厕所使用香水的话）竟是一种香型甚或是一种品牌，那么你们的会谈会是怎样的局面呢？你会不会有一种置身在厕所里的感觉呢？如此假设，有些离谱，但我总觉得，解决厕所里的气味，不会为期太远，现在的科技是什么水平。

我下乡当知青时，称厕所为茅坑。包米秸子围成一圈，圈内地下陷一大缸，缸口上搭两块木板。进茅坑，就不必讲究什么了。但要进入现在的厕所，不讲究点儿什么似乎说不过去。有一次在某地空港的厕所中，这厕所整洁干净，空气清新的程度，就不说了，反正如厕的人，均着领带、西服。但这些人小便之后一律忽略了小便池上端的一方精美的提示小牌（上面写着“便后请摁按钮冲水”），又都一律地走到洗手池旁仔细洗手，又都一律去到烘手机旁优雅地把手烘干。如此下来，好几拨人来来往往，害得清洁工时不时地要摁按钮，要拖小便池旁的地面。那天，我看见唯一摁按钮冲水的是一高大的黑人青年（不知他识不识标牌的中文），之后他也去洗手，洗了手，就随便将两手放在臀部上一蹭，扬长而去。看此，我搁心里乐了，这黑人老哥也够潇洒了。裤子可是自己的，而厕所却是大家的。为此，我也联想起改革开放刚开始的那几年，一位我熟悉的人向我抱怨的一件事。某外国独资企业开张后要培训中国青工，上的第一节课竟是外方老板教青工如何上厕所：如何步入厕所，站在什么位置，采用什么姿势等等。我的这位熟人觉得这是侮辱人，个人的民族自尊心受到了挫伤。学了 MBA 课程我才知道，外方经理在运用有些过时了的“泰勒工作管理法”。为此我想，受点儿伤害固然不好，只是，伤好了要记住为何而伤。更要有志：过个几年几十年，我们将教教他们如何使用更上档次的厕所。人类不正是这样，一步一步地舔好自己的创伤而进步、发展的吗？

想想厕所里的学问大着呢。现代文明使人类无法离开厕所，因为厕所也体现出一种文明。大家都知道，欲观察一单位的管理水平，看看厕所也就足够了。

说服装

人生存之必需，常说是“衣食住行”，服装摆在了首位，可见其重要，这就叫文明。文明是服装功用的第一层面：遮羞和御寒防晒。人之所以为人，首先是有了羞耻意识，并感觉出服装对身体的种种好处，开始用树皮树叶草叶兽皮披挂在身上。到后来，逐渐讲究服装的款式和色彩，同时也有了更多的附加的政治内涵和社会内容。这时，服装功用的第二层面就显示出来了，这就是现代人最感兴趣、在此处总能大做文章的服装的文化层面。

文明是一种进步与进化。视穿衣戴帽比吃饭、比居住、比行走更重要，说明了人类对服装的第一层面的功能，有了清醒的认识与自觉追求。现在，如果有谁胆敢赤身裸体或衣衫褴褛地走在大街上，会被人认为是一种粗蛮的不文明的举动。服装的实用价值是实实在在的，追求的是如何更好地在夏日里清爽凉快，在冬日里保暖御寒。这种服装价值的体现，得有一定的物质基础。我有一个朋友，一年四季均西服领带，笔挺笔挺的。因为他在家有空调，在办公室有空调，出门有车，车上亦有空调。一年四季，几乎全生活在空调的世界里。我说他是“空调人”，他的服装是“空调服”。对他而言，清爽或保暖已不是生活的急需和必需了。

服装的特质的第二个层面，便是文化，主要体现在服装的审美价值上。服装是社会化的产物，单独一人，如果不计较别的因素，穿不穿衣服都无所谓，服装的社会化意味着不但需要愉悦自己，更重要的是愉悦他人。一般人在家里的着装上常常不拘小节也可能不拘“大节”，随意得很；但要上街、上班总是要注意、讲究穿戴什么了。这不是说着装不是为了自己，而是着装更重要的意义在于给别人看。夏初去成都，成都已很热了，我们到某几处参观访问，一天下来已汗流浃背。傍晚在宾馆休息，等待晚宴——是此次活动结束即将离开成都的最后的晚餐。见主办单位接待人员——无论官大官小，一律借故溜走了，待到他们一个个回来时，头发吹出型了，也一律换上了西服领带。我知道晚宴以火锅为主，便问他们：如此装扮如何应付得了晚上滚热的火锅？他们之一说：这样着装是为了尊重客人和朋友。看看自己当时的着装之随意，不禁赧然。现在想来，当时四川接待单位领导与同志尊重了我们，也会让我们肃然起敬，于是也就等于尊重了自己。尊重别人就是尊重自己。

服装的文化特征以其审美价值体现出来，却具有广泛的政治、社会、经济、人文等诸多内容。我向来以为，观察一个城市，只要看这个城市尤其是这个城市的女孩子的着装即可。政治等级、社会地位、个人文化品位、个性追求乃至职业习惯、个人及单位的财力状况，都能从具体的个人的服装上展示出来。有人说，“大连人讲究穿”，实际上是前些年说大连人“包米面的肚子，的确良的裤子”的一种善意的发挥。也是在前些年，大连的街头巷尾到处是小拉面馆。一块钱一碗。穿着入时的女孩有多少人站在坐在拉面馆里，吃相也算文雅，但总感觉她们香汗淋漓、热气腾腾的，让人心疼，穿这种服装，怎么可以到这种地方吃饭？大连服装如果说在国内外有知名度、影响力，一个重要原因，是大连人——特别是大连女孩、女士的功劳，而绝不是大连服装行业的业绩。想想看，大连服装，有几个是在国内外响当当的品牌？这就是大连特有的文化在大连人着装上的体现。对服装有一点儿特别的敏感，对服装有一种特别的热爱，形成了大连特有的服装资源与文化资源，我觉得这情形在别的地方并不多见。近些年来，有关部门及服装行业对此给予重视并借此发展服装行业、创立自己的有影响的服装品牌，这个思路是对的。

服装的审美价值从大处讲具有丰富的政治、经济、文化内容，从小处说体现服装本身的款式、色彩、做工等方面，核心是美。愉悦自己，愉悦别人，服装的美起了作用。人类的服装，从无到有，从简单到繁杂，从单调到丰富，美是巨大的推动力。服装的美追求的是个性化和新颖（时尚、新潮）。这种美，很可能起源于早期人类求偶的特殊需要，现在却衍化为一般情形下的集体无意识。服装作为一种特殊的艺术品种，要求的是充分的想象力和大胆的创造力。服装的设计者、制造者和消费者，都应该是艺术家。他们的通力合作，立足于美的基点上，才使人类的服装，有了波浪式的发展与进步，才使人类的文明与文化，开出了一朵朵怒放的鲜花。

杂话

这些闲言碎语，像杂七杂八的文字，其实都是人生故事。

疯　子

疯子，是我们对一些精神上有疾患的人的叫法，大连人也叫“彪子”。小时候我就叫一些人为“彪子”，现在我就不说了，甚至听见别人说到这样的词，我会在心里很不好受。因为和我关系最密切的人，在精神病医院里待了好多年了，我时时得到医院去。

同样，我在小的时候特别害怕精神上有疾患的人，妈妈常常嘱咐我们哥儿几个：在街上遇到这样的人，一定要远远地躲着。那时候，好像大街上这类人特别多。他们那褴褛的衣衫，那不拘一格的行为，以及什么样的食物都能吃的举动，给我留下惊骇的印象。没见过谁家小孩被他们打过，但路上遭遇他们我心里总是怦怦乱跳。现在我却没有那样的感觉了。

这都是因为，我现在常常去精神病医院。还记得第一次去那里的感觉：就像到了地狱一样。回来时走在大街上，想到自己最亲爱的人被我送进“地狱”里，就禁不住泪流满面，惹得我身边的行人莫名其妙地看着我。时间长了，也就习惯了，现在我到医院就像回家一样。

而且，工作忙了，一段时间没有过去，我还挺惦记着。同事小吕说：“你现在病得也不轻。”

在医院里，好多病友并不认为自己有病。病友 C 告诉我：“谁说我有病？一进医院，大夫问我：‘银行里有 9 元钱存款，你现在提走了 95%，还剩下多少钱？快回答！’我没有文化，我就算不出来。这样我就有病了。你有文化，你来回答，不能超过 30 秒。”我一时还真没回答上来。另一个病友 S 说：“大夫指着白墙上的污迹说：‘那是苍蝇在爬吗？’拿这样的小问题考我，也太瞧不起我了吧？我就故意说‘是’。”我知道这两位病友都有被“110”用铐子送进来的记录。他们在某时某刻，可能真是神经紊乱，但在现在，正常得一如我们。为了证明他们的观点正确，他们要和我打一个赌：“我们把大哥你送到医院，就说你有病，大夫也就会认为你有病，把你收进住院。”为了进一步说服我，他们还说：“前几天，报纸上说：有一精神病患者，在家犯了病，不老实，他妈给医院打了电话，就来了四个大夫，开救护车，担架、绑带的，全副武装。上了三楼，就敲门。一大汉开门，见四个气势汹汹穿白大褂的，就不高兴：干什么干什么。回答：接你上医院。大汉发脾气了：你们有病啊，又骂又撕巴，终究敌不过四个人的力量。到了医院，人也绑好了，针也打了，药也灌进去了，大夫才发现，他们抓错人了，犯病的人还在四楼闹呢。”

想一想，凡·高、尼采、荷尔德林都被人说成是疯子，当下被我们诗歌界看好的最著名的诗人食指，现在还在精神病院里。不知道这世界是怎么了。

我的生活你去做主吧

人得说话。但不能胡乱说话，否则别人听不懂。为了把话说明白，就必须遵循某种规则和语言习惯——通常我们叫语法。人在说话时还喜欢把话说得好听和有意思，以便吸引和打动对方，这就用到修辞了。前些年，在约旦和以色列和平协议的签署仪式上，约旦国王侯赛因发表了很语法又很修辞的演讲。开始一段的歌词大意是：从今以后，所有的约旦母亲，所有的以色列母亲，再也不会为她们的孩子担忧了。把本来很严肃的军事、政治行为变成这样富有人情的话语，当时让我很感动，还觉得侯老爷子真的很有智商。

把话说明白，一般比较容易；但把话说得动听、新鲜和有意思，就不太容易。为此许多人不惜破坏现有的语言习惯。随手翻阅昨天的报纸，就能看见这样非常醒目的标题：

《草绿色怎么穿才显得朝气蓬勃》

还有：

《颈椎病离老年痴呆还有多远》

接下来的是：

《颈椎病警惕突然倒下》

如果拿这样的句子来辅导参加中考和高考的学生，那肯定是害人的。但在生活里，这样说话你明白，也觉得很有意思。我是想说，平时我们——也包括单位的领导作报告，说点儿“错”话，只要我们明白，就不算错。我是个喜欢原谅自己及别人过错的人，所以我不去报社的总编室告发那几个胡乱说话的编辑了。

但分析起来，觉得这样说话也太有煽动性了。好像今年不穿草绿色、不得颈椎病就不行似的。好像得了颈椎病就一定会痴呆就会倒下似的。就在这家报纸上，还有这样的话：

“爱上春季的汤汤水水”

“快乐老家 纯正地道的农家菜”

“全面呵护女人花 360° 杀‘菌’除‘炎’”

这可是登在正规的报纸而不是街头的小报上的呀，都是些很吸引人的说法。还有“城镇职工年均工资 1.84 万”。就是说，到了春天，你就应该去到某个饭店里喝汤了；或者，你应该去吃绿色的农家饭菜了。后一条，我不解释了，因为一解释就起码要从西方女权主义、弗洛伊德、医学、西方绘画史等地方说起，篇幅太长，编辑好心疼稿费了。

有人说，央视的白岩松们是“话痨”，可当下说话太多的岂止是那些让人看起来就要出什么大事的脸。我单位的小郭老爱说我：“你的话太多了。”可我总感觉话还是说多点儿容易说透，我也是想跟上时代前进的步伐呀。也许我们真的是处在一个话语过剩的时代里，或者说是处在话语经济的年代里。一段时间里，我老是琢磨一位先锋诗人的名句“诗到语言为止”，当下算是有点儿明白了。

什么是生活？什么是时尚？穿什么？吃什么？玩什么？用什么？住什么？到哪里旅游？到什么地方吃饭？得什么病,吃什么药？等等,都明白地告诉了我们,并且,这种告诉,充满了诱惑,充满了希望。这样太多太多的话,在为我们的生活做主，在制造着一个生机勃勃的时代生活。不这样去生活的话，很可能就是落伍，就可能被淘汰。当下的我们生活在一个话语世界里。一方面我们无法抗拒地接受了左右我们生活的话语，一方面我们自己也在制造着大量的话语。每天每日，我们被电视、报纸、流行杂志、网上轮流围剿着，恍惚得不知生活在真的生活里还是生活在话语世界里。我单位的小张，刚考上来的，一天下午下班前，整理她案头上的一堆堆文件，自言自语地说:“神志已经恍惚了。”面对当下的话语世界，谁能不恍惚呢。

皇帝的新装

《皇帝的新装》是个老故事，没有谁不知道的。如果有不知道的也是文化水平偏低而又偏偏不肯看书充电的人。为了这几个极少数的人，我不能复述这个故事，以免耽误大多数人的时间。但我很想提个问题，一是你知道这个故事是谁写的什么体裁的东西吗？二是这个故事的中心思想是什么？这两个问题都非常小学，但你应该知道，我的智力到现在还好像停留在小学的初级阶段。比如，我最喜欢在超市的玩具区里闲逛，那些遥控汽车什么的让我爱不释手。在网上，有的 MM 问我："你几岁了？"我回答："过这个年，我四十六了。"

正因为如此，我对小时候听来的这个故事始终有着奇异的想象，常常像是在做梦：假如不是皇帝，而是皇帝的漂亮的女儿，这个故事会产生什么样的效果呢？公主的新装，这样的故事还能流芳百世吗？这不说明我的思想太复杂，而是我具备着一种最合理的想象——人都应该在合适的时间里在合适的条件下，利用想象、语言和行为，来置换、颠覆与解构习惯和固有的东西，这样社会才能发展，人才会进步。

时装就体现着人的审美的发展与进步。“文革”前后的二十几年里，我们穿的都是黄色、蓝黑色和白色的军装、中山装、列宁装，现在想起来真有点儿恐怖。现在流行的是时装，什么颜色都有，什么样式都有。新装也是时装。当初公主穿上了新装，并且敢于上大街上参加巡游表演，是因为她觉得这就是审美新潮。我自己还有一个低俗的念头，假如这新装能从古代流行到今天，那么满大街的 MM 都像公主那样感觉特好，那么我就不会整天喜欢待在书房里，而会像打卡上班一样，没到点儿就急匆匆上街去了，还会把手机、传呼全都关了，像有些人一去洗桑拿就不理外面的事一样。

在我这些乱七八糟的想法里，我还有个好像经不起推敲的念头，好像也不对头。我不知道人为什么对时装倾注了那么多的热情，浪费了那么多的时间，耗损了那么多的财力物力。我认为时装仅仅是个形式的问题。按照我所受到的哲学教育——从小学到中学到中专到大学到工作，我至少系统地学习了五轮辩证唯物主义和历史唯物主义，在学习中我被告知形式和内容必须是辩证地历史地统一，就是说，光有形式，形式就没有意义，同理，光讲究穿，穿就没有意义了，这就像那位公主一样，穿不穿新装都是公主。同样的道理还有，服装必须穿在身上，穿在模特身上（不管是 T 型台上的还是在橱窗、柜台里的模特）就不算。这样的道理还可以延伸：新装穿在公主身上就一定“好看”，放在手里什么也不是。问题就出在这个地方，我觉得故事里的这新装、这形式还没能和内容完整地统一起来：内容挺一般的，成年人都知道，而形式，好像没起啥作用啊。

以上这些想法，是这几天看到一些书所引起来的。其中一本是北京正当红的女作家写的，她正当红，我不敢得罪，因此不提名字；还有一个是我朋友写的，他小心眼，提了他名字他会不高兴的。几本书的封面设计都很有特色。简单地说，当你刚刚拿起这些书时，立即会抱怨印刷厂的人，没有把书装订好，好端端的书的封面竟被折压得七零八落的，有的连线头都裸露出来。但细细看去，才发现这是故意设计的。那线头，可用来系书；那半截子封面，是书的封面上又加了封套。把书打扮成这个样子，我还是第一次见到，于是我的思维就兴奋起来，就想到，书还可以穿奇装异服；还想到了那个古老的童话——《皇帝的新装》。我知道，现在出版商极为重视书籍的装帧设计。茫茫书海里，没有好看的封面、打人的封面，想引起读者的注意，想有相当的市场效益，是比较难的。但是，把书弄成这个样子，好看好玩，也未必就能让人读下去。看书可不是看公主的新装，书是要人读下去的啊。

英雄无语泪汪汪

我小时候满脑袋装的都是英雄的形象：国内的有董存瑞、黄继光、欧阳海、雷锋，国外的有卓娅和舒拉、保尔、牛虻，好多好多。那时候我不太懂事，但非常崇拜这些英雄，想向他们学习。还想，我要是能像英雄一样声名远扬，就是牺牲自己也在所不惜。在这些英雄身上，我知道了什么是好，什么是坏；知道了什么叫英雄气概：正直、勇敢、无私、牺牲精神。那时候我在课里课外，阅读了《欧阳海之歌》《雷锋的故事》《钢铁是怎样炼成的》……那时候这样的文学作品有的是。应该说，这些英雄形象，好多都是文学作品给我树立起来的。

虽然现在我老了，但我小时候那种英雄崇拜情结现在还没有消失。在朝鲜平壤的中国人民志愿军纪念碑面前，我曾经像英雄一样，不顾他人惊异的目光，花价格偏高的钱，买一大束鲜花，献在英雄的魂灵前。我听《文艺报》的胡殷红说：她在俄罗斯访问时，看见那里的青年人，在重要的日子里，都会自觉地到卓娅和舒拉的墓地上献花，来缅怀英雄。献花是一种仪式，表明我们在怀念英雄，纪念英雄，表明我们的今天、我们的生活里，还需要英雄。

但在现在酒桌上，在办公室里，在好多类似的地方，我却听到了有关英雄的另类笑话，说董存瑞是让班长骗了，说雷锋傻傻地为少妇跑前跑后……听后我也是哈哈大笑，大家都在哈哈大笑。但是过后我想，我怎么会笑呢？当时我并没有喝高了啊！我知道现在好像没有什么不能做酒桌上、办公室里的谈资的，可是把我们以往崇拜的偶像拿出来调侃，想想总觉得味道不太对呀。

举目望去，我们发现，现在崇拜的偶像基本上是梦中情人类型的，演员、歌星、球星什么的，还有那个很有钱的比尔·盖茨，代替了以往的英雄角色，都成了新生活的英雄。也许我已经落伍了，但我还是相信这些人是我们生活里的极有影响的人，但绝不是英雄。我们好像生活在一个缺乏英雄的时代。按照美国心理学家贝克尔在《拒斥死亡》里的说法：“现代社会的危机在于：青年人在他们的文化所确立的行为规范中再也感觉不到什么英雄主义了……我们生活在英雄主义的危机时期，这种危机延及我们社会生活的各个方面……”我实在说不好这是为什么。但我凭感觉认为这不是一件值得夸耀的事情：现在好像什么都被解构了，英雄也就从我们的日常生活里消失了，我们的日子好像就此也变得平庸起来，我们的心灵也开始变得麻木起来。

英雄的本质是悲剧性的，忧郁性的，因为这是一种献身，为了理想，为了别人而牺牲自己。当我们不是以鲜花和掌声来祭奠英雄的英魂，而是以讥讽嘲弄的口气来调侃英雄时，我想，这表明我们又犯下了一次是非不明、美丑不分的错误。想象一下，假如在突如其来的火山爆发、地震、战争什么的面前，如果没有英雄的拯救，我们的命运很可能是悲剧性的，如果在这个时候，我们还是固执地坚持什么“私人写作”“日常写作”的话，那么我们还有可能写下去吗？因此我想，日常生活里英雄的缺失，不但会使我们变得平庸、麻木起来，也会使我们的生活充满了不确定的悲剧危机。比如，如果你有幸和你的“梦中情人”在大街上散步，面临车祸，你的“梦中情人”不大叫一声、撒腿就跑才怪呢！

打算到香港过年

这是我在一本时尚杂志上看到的一句话。一个不太著名的星女郎说的。到那种地方过年干什么？她老爹老妈在那里吗？没有。这星女郎是土生土长的上海人。她有亲戚朋友在那里吗？也没有。她的七大姑八大姨都是上海土著。要么就是她的男朋友在那里？还是没有。据我所知，她男朋友的位置暂时空缺。那她去香港过什么年呢？购物，逛街，感受和投身于流行、时尚的浪潮之中。

这妞去香港过年原来是为了花钱。

我可不想去香港过年，无论是农历的还是阳历的。我赚的这点儿工资可不敢去香港。听说那里的物价会让我大脑发晕。这些年我的那点儿工资除了养家糊口，基本上都捐给通讯商和网络运营商了。为了让他们进入富豪排行榜的前列，为了让他们过上幸福而奢侈的时尚生活，我可是省吃俭用啊。为此我给自己起了个网名，叫什么我不想说。我的许多朋友都有网名，邓刚有，孙惠芬有，素素也有……网名不是姓名，不是名字，不是笔名，不是别号，不是外号，更不是谥号和庙号。网名是在网络上用的，自己想怎么起就怎么起。最近有人提议要实名上网。我认为这是扯淡，实名上网还有什么乐趣呢?

我从很小的时候就不满意自己的名字，最早叫“王孝风”（现在看来，这是一个多么具有环境主义的诗情画意的名字呀），“文革”后期，趁着社会大混乱，我将自己的名字改成“王晓峰”，沿用至今。改名后我又不满意，但已无力回天，户口本、身份证上都这么叫了。于是我对笔名进行了长达二十多年的探索，什么“晓风”“晓镇”“吴非”“李恬”“王圣允”……还有一些不想公开的。可惜起一个废一个，都没什么大出息，也没叫响。我之所以迷恋更换笔名，是因为邓刚曾说过这样的话，“歌词大意”是：文学上出名有个重要的因素是一定要起一个好的笔名，比如素素、刁斗都好叫，一叫就响。邓刚的话深深地启发了我，于是我暗下决心一定要起个叫响又叫座的笔名。但令我郁闷的是，迄今为止，我的那些笔名没一个有出息，一如我本人一样。

岁月不饶人啊，如果我再没有一个能叫响的笔名（网名也行），那我这辈子还能有什么出息呢？专栏作家黄集伟在他的《非常猎艳》一书里提到了两个网名——“松下裤带子”和“二锅无尽头”，很有意思，但我不能侵权。我前年养了个小狗，很好玩，魅力四射的大眼睛里常常充满了忧郁的神色，但就是爱在家里胡作非为，我为它起名为“王拉登”。报社的名记许维萍可以证明，我没撒谎。我很喜欢这个名字，曾经想用作笔名，但我还是慷慨地给了我家的小狗，谁让我们是一家子呢！不久前，我的同事小钱中午爬山捡到了一只出生不久的小刺猬，准备带回家当宠物。看到小刺猬滚圆的身材，小钱当即为它取名叫“浑球儿”。当时我灵光一闪，“浑球儿”不就是我寻觅了多年的笔名吗！于是我和小钱商量，要她把此名转赠于我。小钱当时很为难，含糊地说：你是领导，我……我……怎么敢赠你呢？我很大气且宽容地说：没事！就这么定了！

于是，我现在锁定了这个笔名，还计划着将我的网名也改成“浑球儿”。

给自己起个能叫响的笔名、起个能叫响的网名太重要了。“芙蓉姐姐”“芙蓉姐夫”“水仙妹妹”等等之所以能在网络上直线飘红，他们的网名自然应记军功一等。拿这样的网名别说是去香港，就是去了亚的斯亚贝巴过大年，也会在那里惹起一阵阵时尚风潮来。

狼怎么会爱上羊呢

我上大学那会儿，正是朦胧诗在校园和诗坛上盛行的时候。那时校园里的少男少女，几乎都被流行的朦胧诗裹挟其中。可以负责任地讲，当时我也是朦胧诗的狂热粉丝，还写过“床上明月霜，疑是地下光”的句子。但那时许多四十岁以上的老同志都看不惯朦胧诗，纷纷打压之。其最著名的话是“看不懂”。一时校园乌云密布，黑云压城，弄得当时的朦胧诗人，就像街头上的小流氓一样，不能抬头见人。在那种黑色恐怖的环境里，我曾愤愤地发誓，等我老了，我决不像他们那样对待年轻人。

现在我还不算太老，可到菜市场买菜，总有女孩热情相待于我：“大叔，大白菜便宜啦。”凡是这样的热情我坚决予以拒绝，我宁可不吃菜也不喜欢听到这样的叫法。但人往往都是这样。你越不喜欢的事，遭遇的可能性就越大。比如你不愿意开会，领导就会让你去；你不喜欢去应酬，偏偏有人打电话约你晚上吃饭。我现在还不老，你凭什么叫我“大叔”呢？我的同事小钱，有一阵子总叫我“老王”，我便恶狠狠地反击她：“老钱，老钱，老钱！”直叫得她不再叫我“老王”为止。

昨天在电视里，看到一则广告，见一模样周正、不像有什么地方不正常的男孩子，在兴奋地说：他最高兴的事情是航班晚点，最快乐的事情是错过末班车。开始以为听错了，后来又听了一次，才确定无疑。我出门最厌恶的就是航班晚点，在机场晚个十几分钟一般是家常便饭，有时遭遇晚十几个小时，只能靠机场给的一份盒饭、一瓶饮料勉强度日。所以谁要是喜欢航班晚点我觉得肯定有病。但那个没病没灾的年轻人，怎么偏偏喜欢飞机晚点？这不但让我看不懂，而且是震怒。

联想起刚刚唱红的网络歌曲《狼爱上羊》。什么叫“狼爱上羊”，可能吗？我猜想现在的狼已经开始文明了，素质也提高了，也可能上富人榜了，但也不太可能把羊看成是宠物。就在昨天晚上的电视里，当看见一歌手深情款款地唱着狼的坚强和羊的缠绵时，我不但看不懂而且发晕：我要是羊，一定会想，这不是把我往火坑里推吗？

再联想到现在的图书。现在的图书，都是那种豪华精装版的，加长加宽加厚的那种，当作哑铃、杠铃，像山东二哥一样练胸肌和臂力完全可以。但要是像古人那样在“枕上、厕上、马上”读书，你基本上无法捧读，还会大汗淋漓，肌肉酸痛，正事儿还得全都耽误了，既无力如厕，也无法安眠。你说这不是坑人嘛。这样的图书立在书橱里却威风凛凛，气派万千。敢情现在的书，就不想让人去读，只能用来观赏啊。

也许我还真是老了，想不通、看不懂的事情太多了：这生活里本来不可能也不应该的事情，偏偏都出现了，而且是那么明目张胆，理直气壮。我年轻时发过那毒誓，所以一直在兢兢业业地告诫自己，坚决以善良之心对待新人新事物，可你们怎么偏偏和我过不去呢！

我就是不承认我老了。有些读者，第一次与我见面后对我说：看你文章，想象你应该是个机智的人，年轻、个头儿也高……这话我喜欢听，愿意听。知道明明不是那么回事儿，说者也许无心，但我听了却舒服。皆大欢喜，有点儿中华传统尊老的味道。不像现在的许多人许多事，明明我不喜欢，看不明白，看不懂，却偏偏要与我作对，让我不舒服。

你能看得起波切利吗

董桥在《乡愁的理念》里说他“不懂画艺，却爱看画”。我也喜欢看画，但绝少买画，因为买不起。我是吃官家俸禄的，如果想买一幅画，就像买当下的房子和高档汽车一样，不吃不喝也得把工资攒上十几年。几天前去北京，专门上世纪坛看“意大利文艺复兴艺术展”，门票才五十元，觉得讨了便宜，顺便买了关于这个展览的几本书。这种国际一流水平的展览，门票还不算太贵，让我在看画时心里也很舒服。

文学艺术这东西，既然创作出来了，就要给人欣赏，欣赏也是消费。从这个意义上说，它和商品没什么区别。被消费得愈多，说明它的影响愈大。古今中外的文艺史上还找不出哪个艺术家把自己的作品藏之名山，秘不示人，变态的嘴硬的除外。二十世纪英国意识流文学的代表性作家维吉尼亚·伍尔夫的老公，看准了老婆所写的谁也看不懂的“高雅”小说的市场销路，买了印刷机，办起了出版社。两口子一块学习拣字排版，学习印刷术。生生地把没几个人能看懂的伍尔夫推向市场，反响还挺好的。伍尔夫最终成了享誉世界的大作家。

我估计当时的伍尔夫的著作定价不会太高，一般读者想买她的书时不会为掏钱包而踌躇。这可能是伍尔夫的犹太老公深谙图书的价格策略。“意大利文艺复兴艺术展”的门票也不高，这样档次的展览的门票价格在有些“奸商”那里还不往死里整吗。听说波切利要来大陆演出，门票价格从几百元到几千元，还必须得在能装上万人的地方演出。这是演出，还是开展销会呢？这样的演出除了个别人可以去看看，其余的人还是回家看盗版碟吧，不是我说气话。陈逸飞先生过世后画作价格暴涨，可我们还健在啊，干吗把自己的书画弄得那么离谱？还有当下图书的价格，成十倍百倍地往上蹿……看看当下的文化市场上，几乎看不到什么东西有着心平气和的价格。是感觉现在的中国人都有着怎么花也花不完的钱吗？文学艺术产品，真的不该像汽油价格那样，不几天就上了一个新台阶。

身在文艺界，我常常感觉到文艺作品在走向市场时的困窘和不安。演出没太多的人看，出了书没太多的人买，书画没太多的人欣赏……但要是从另外的角度上说，我们的读者、观众和听众，正处在一个高价文化的消费环境里——没有多少文艺作品在价格上让人能感觉到舒服，一般的都让消费者已经感觉出价格高高在价值之上。我们似乎高估了当下的文化购买力。有资料显示，最近一些年，我国人均每年购书——除掉教辅材料，才 0.18 册。我觉得不是读者不想买书，而是消费不起。去年夏天大连新华书店在一个几万平方米的场地上搞了个半价书展，我在现场，感觉着人都挤爆了，才是个半价呀，且这个半价还是在高价的一半；大连还有个万达影院，票价仅为十元——是人民币而不是美元，尽管服务差点儿，也有众多的铁杆影迷。当我们的作品面对市场的时候，怎么可以不顾忌文化购买力的实际水平，而硬是要哄抬物价呢。

我有时偏激地想，不是一般的百姓不需要文学艺术，而是我们的文学艺术没有真正地考虑他们。我们现在有个说法：庙堂与草根。庙堂是高高在上的“高雅”艺术家们；草根是民间、是普通百姓。因此派生了庙堂文化和草根文化。由此我想象许多人，忙忙碌碌的，搭建了空中楼阁似的庙堂，之后钻了进去，这样就成了大家，而不屑于与草根为伍了，这样自己的身价就可以暴涨起来。我建议文艺界应该向足球学习一下。足球在前些年多火呀，可后来球员踢球的水平不见长，身价却见长，现在怎么样，看看今年的中超球场上，观众席上剩下了几个身影呢？真的到了那个时候，可别怪我事先没提个醒呀。

请不要打扰他们

新闻上说，意大利近日的考古发掘，发现了一对情侣的遗骸。在电视里我看到了那个画面：两个人相对侧卧，紧紧拥抱着，脸贴在一起，臂搂在一起，腿绞缠在一起。据说他们正值青壮年，还说他们就是以这样的姿势度过了漫长的五千年。

在死神来临的时候，我猜想他们会有恐惧，也会有绝望；但我还猜想他们一定会勇敢地面对恐惧和绝望，从他们从容的毫不紊乱的拥抱中能看出这一点。

有时我想，在宇宙中，人类可能是最渺小、最无助、最可怜的生命的存在，脆弱得经不起任何的轻轻一击；但人类也是地球上最强大的生命，因为生命中有爱，而爱，能抵御一切。

这个观点，不是我的，而是我在一本叫《生死之歌》的书里看到的。该书的作者是美国的斯蒂芬·雷文，他曾担纲一个基金会的“临终计划”的负责人。此计划的目的是创造一个安心死亡的环境、气氛和心态，使病人愉快地接受死亡。计划的核心理念和哲学是表达爱心，因为“爱的经验中没有恐惧”。死亡恐惧，是人类文化传统中的集体无意识。战胜死亡恐惧，让病人愉快地踏上该去的路，是这个计划的目的。

因此我猜测，意大利那对情侣在那一刻来临的时候，非常幸运，爱就在他们身边，并成为永恒。我甚至想，我们为什么要打扰他们呢？他们是在暗暗地享受着生命里最美好的东西，我们怎么可以惊动他们呢？在生活里，在我们身边的每时每刻，这样的场景、这样的表达，是随处可见的。

演艺界的明星李亚鹏、王菲夫妇发起了一个“嫣然天使基金”。起源是他们生下了一个唇裂的孩子。在为孩子治病的过程中想到了还有许许多多的孩子因为生活困难而等待救治。把对自己孩子的爱推及天下所有的孩子身上，无论怎样说，都是一种高尚而伟大的精神。

我向来对当红明星的新闻不感兴趣，真的，不撒谎。在一次偶然的机会看到李亚鹏在央视做过的与狗仔队相遇的谈话节目，觉得他还是有点儿理性。这一次，因为他们的“嫣然天使基金”，我真的是对他很有好感：他是一个好父亲、好丈夫，也是一个男人！

人及其生活，不可能没有缺陷、局限、缺点、错误。正因为如此，文学从十九世纪开始，就形成了规模浩大、影响甚广的思潮，也可以说是一种精神——“批判现实主义”。其主要观点是，以作家的真实客观的立场，监督社会问题，批判不良人性。我不想在这里探讨“批判现实主义”的得与失，但我的印象是，文学自“批判现实主义”到今天，常常是以冷峻、批判的态度，像一个高高在上的面无表情的审判官，在俯瞰着芸芸众生。好像只有这样，才算是厚重，才算是深刻，才算是复杂，才算得上高雅文学和纯文学。而这样的文学，读者却经常感到的是冷酷、沉重，鲜能感到温暖、爱心。我绝不敢说我们当下文学，缺少爱心，缺乏人性的温暖。但我却敢说，似乎这些在当下的文学里面，少了些许，稀薄了些许。

在茫茫的宇宙中，地球是孤独的，这是目前为止所知唯一存在生命的地方；因此生命也是孤独的。人类千万年来走到了今天也不容易。而人类能走到今天是因为人类拥有爱，就像意大利那对情侣那样。这是内心的温暖，是前行的内驱。因此，我多么希望我们当下的文学，能像李亚鹏夫妇那样，勇敢地站起来，表达自己内心的爱，让我们的文学充满阳光。

娱乐场是个好地方

娱乐是当下生活重要的构成，是流行和时尚的重要构成。当红的娱乐明星、娱记，流行歌曲、电视电影、报纸书刊画报、网络，时装发式、瘦身美容、饮食、性（绯闻），广告、品牌……形成了空前规模的娱乐业，鼓荡起巨大的消费浪潮。作为普通的消费者，我们在娱乐场上感受到了无比的幸福与快乐，同样，我们也为一轮轮的娱乐倾囊而出。娱乐的高度发达、造星能力和制造出的一个个巨大商机，吸引了多少艳羡的目光，成就了多少美丽梦想。

但现在还有些人对娱乐发表了不公正的看法。他们认为娱乐是没有理性的浅显的艺术表达，且这里的艺术含量极其稀薄。他们还认为过度沉迷在娱乐制造的梦幻之中会让人头脑发热，诱发和激活了人性中的负面因素；曾经被鄙视被批判的毫无理性、一夜成名、金钱美女，现在却成为娱乐最热衷的追捧。眼见着这些年来娱乐愈来愈火，迅速进入到生活的所有的领域，并总能激起一阵阵欢呼和追捧，他们总有一种失落：如今的世道可怎么了？唱歌走调、舞姿古怪的“走音歌王”孔庆翔在“美国偶像”歌手大赛中奇怪地脱颖而出之后，竟也出了唱片，销路极畅；他们却在孔庆翔的身上看不到一点儿艺术或是理性！类似的还有网上流行的“芙蓉姐姐”“后舍男生”……觉得他们哪有一点儿美感，哪有一点儿有教益的东西。在央视的《梦想中国》和东方卫视几届《我型我秀》里，镜头里所展示的那种狂热，以及看到镜头和评委对那些选手的嘲弄戏耍，他们却认为这是对人的无礼和对人性的冒犯。他们觉得当下的娱乐不要人的尊严，不要人的美感，就连从事艺术最起码的底线也变得无足轻重了，看看当下的娱乐，还能剩下什么呢？剩下的便是娱乐所激发出来的梦想——按照《梦想中国》所标榜的：娱乐成就梦想。而梦想是什么？是巨大的声誉和这种声誉所带来的金钱。看到那么多那么多的人都在娱乐，都在高高兴兴的，他们怎么就不高兴呢？

他们这样的境界和心胸，真的比不了当下的商人。商人都想把自己打造成娱乐红星，积极参与娱乐，为的是让大家高兴起来。比如说老任吧。这厮是北京一家房地产公司的老板，已被网上列为“全国人民最想打的十人”名单里的第三位。他的最具娱乐色彩的表演是：他是为富人盖房子的，他就是要让所有的穷人买不起房子。这说法狠了点儿。怨不得当下房价狂涨，连央行调高放贷利率也无济于事。还有个老厉，据说还是著名的经济学家，其实也是个商人，因为他把好好的学问放进娱乐里了。他建议全国穷人都要购买两套住房，在家住一套，出门休假住一套。他还说，当下房价暴涨是正常现象，因为全国穷人收入都多了。他进一步建议，全国穷人要把富人看成是大哥，大哥穿新衣而小弟穿旧衣是天经地义。这和老任所说的一样，都成为当下娱乐界的著名段子。

把老任、老厉看成是娱乐明星，是因为他们的言行极为符合我所界定的娱乐。在我看来，娱乐是提供给穷人高兴的同时让穷人更穷，专门让穷人所吸食的精神鸦片。由此我也延伸出娱乐的本质特征：娱乐是在精神层面进行大胆而浪漫地虚构的一种叙事方式。就是说，如果按照娱乐提供的方式去谈恋爱、去为人处世，将一败涂地，颗粒无收。比如，在当下的社会里，我敢叫这个号，看看谁能在当下真正做到“吃了我的给我吐出来，拿了我的给我送回来”？因此说，老任、老厉的娱乐段子，是哄我们在梦想中开心。就像当年米卢，本是足球教练，却把自己和他的球员打扮成娱乐明星。想当年那球场已经被装修成T型秀场，时尚、绯闻、大把的人民币和“快乐足球”纷纷上演，但球踢得如何？我不说你也知道啊。

娱乐场是个好地方，商人以及既像商人又是学者的人来了，足球也来了，政治、军事也都来了。看过去的海湾战争，现在的伊朗核危机，全然没有提心吊胆的担心，倒像是在看一场场新式武器秀和政治秀。白宫每年年末要举行记者招待会，去年年底总统布什和一个相貌酷似布什的人，干脆一起走向舞台，表演政治脱口秀来娱乐大家。看当下各行各业都这么积极参与娱乐甚或干脆娱乐化了，用我的说法叫娱乐的泛化，作为全国广大穷人的忠实代表，我在内心里感慨万端：时代真的是进步了，发展了。那种把娱乐粗鄙化的说法，其实是让我们不快乐呀，不快乐的生活有什么意思呢。

边境无限扩张而又发达的娱乐，目的还是让我们高兴，让我们在美好的梦想里生活并且是快快乐乐地生活。德国批评家本雅明早在上个世纪就说过：娱乐的叙事让普通消费者得到了精神解脱，“在享受自身异化和他人异化时”，普通消费者“听凭娱乐业的摆布”。本雅明可是大学问家呀。

向李佳薇道歉

这几天，我们在媒体上常常看到一些很有夺冠希望的运动项目先后失利的消息，接着就会看到这些项目的领队之类的领导出来“向全国观众道歉”。模仿这些“道歉”，我也向新加坡乒乓球选手李佳薇道歉。

她在女单半决赛失利后，我难受了好半天。她曾把厉害的王楠都打败了，因此我非常希望她能进入决赛，和最厉害的张怡宁做个了断。可惜我的想法实现不了了。李佳薇下场好半天了，我还定在电视机前，我突然想到，她的出局和我有很大关系。

我这人运气总是不太好，点儿背。我出门要是坐火车，火车就晚点；要是乘飞机，飞机也不正点。我要是去做什么事情，往往一次不能成功，须得反复去做方可。我要是看好什么人的话，这人总要整出点儿什么事情来，其结果是和我作对。所以说，我这人最不能做的就是组织部长，管什么干部。比如我要提拔了什么人，这个人就会出点儿什么事，这对我们的干部事业显然是不利的。我深知我的这个弱点，因此本届奥运会我坚决不看我国运动员的比赛。不是我不想看，也不是我没时间，我实在是害怕给他们带来负面的影响。我去看谁，谁就输了，而原本他是能赢的。

因此，我尽量只看别人的比赛，不看我们的运动员的比赛。比如乒乓球的决赛。我不看马琳、陈玘，只为决赛的另一方李静、高礼泽加油。尽管我不喜欢李静、高礼泽他们在赛场上又喊又叫的狂妄样子。我知道，我看好了谁，给谁加油，谁就一定要输。果然马琳、陈玘他们赢了。

但李佳薇的比赛我不能不看。我喜欢这个文静的女孩。在我看来，她不像参加这么重大赛事的运动员，反而像在大街上逛街的一个时尚的、不张不扬的普通女孩。我犹豫半天，还是坚持看了比赛，结果我发现，我又犯了一个大错误，就像我这辈子犯了无数个类似的错误一样，李佳薇输了。

但我照样喜欢她。奥运赛场上那些没有得到金银铜牌的，我都喜欢。还更喜欢那些名次在最后面的运动员。好多的时候，他们明明知道自己很难取胜，但还是在积极准备，积极参与，把他们最美好的积极的人生给了我们。这样的劲头让我喜欢，让我敬重。他们努力了，虽败犹荣。

我喜欢失败的英雄。在某种意义上说，有的时候，失败比成功更可爱，更可敬，给人留下的印象更深刻。

人就是这样成长起来的

这几天的雅典奥运会让我心神不宁。因为这个时间我正在快马加鞭地写一本有关小说评论的书，稿费都预支了，不赶快写出来就说不过去了。但奥运会不能不看。四年才有这么一次，并且，在雅典举行的奥运会，百八十年才能轮上一回吧。

雅典和希腊在我心里是一个符号，所指博大而宽广。古希腊！雅典！博大而理性的人生智慧和生活技能：哲学的、政治的、科学的、军事的、医学的、艺术的……似乎全在这里了。我甚至都这样想过：人的真正起源，不是在这个遗址那个遗迹里，而是在雅典和古希腊。在这样的地方举办奥运会，不看怎能行呢。于是在夜深人静的时候，我坐在电脑桌前写书，背后的电视就让它有声有响地开着，我要时时感觉着“前方”的气氛。

我觉得这次的奥运会，是未经删改的原版的艺术品。那惊世骇俗的开幕式，是这个艺术品的标题和眼睛，丰富多彩的运动项目，是内容，而雅典的蓝天碧海、古香古色的断壁残垣，是这个艺术品的背景。这个艺术品透露出来了鲜明的人类优秀的文化传统的一种大美，极美。身体上的美，行为上的美，品性上的美，人性上的美，乃至思想上的美，构造了人之美，人的完美，人的典范，人的发展的终极目的。

珍惜这个时候的每时每刻

不知不觉中，岁月的风霜便染白了我的双鬓。在读小学、中学和大学时，我从不屑于照镜子，因为那时我能为拥有青春而自信；现在却常常相对镜子而久久无言。不得不承认，时光的长河已流经了大半的行程，于是便不太愿意看自己的镜像，又不甘心地常常暗地里于镜中偷窥自己，为岁月的悄然流逝而叹惋。

假如重返青春，我便更明白应如何在校园里度过，现在每每走进校园，尤其看见那像舷窗一样的整齐的灯光，看见那些年轻而活跃的身影，便进入了熟悉而亲切的梦境。假如重返青春，我会很容易为自己确立人生的目标和理想，并且我知道怎样去做才会更好；我还会像鱼儿熟悉大海、鸟儿依恋蓝天一样期待父母、老师、同学和朋友。我还会把我的青春仔细地划分出一段段最美好的岁月，小部分即时享用，大部分储存起来，留待未来的漫长岁月中慢慢品味。人的最好最美的时候在青春时节；人从婴儿长起，最好长到青春就别往前走了。

生活就是从这个时候才开始的；生命的本质、意义也是从这个时候开始的。这时，如毛主席所说的，是早上八九点钟的太阳。就是在这时，我们才开始了真正意义上的人生叙事。叙述者是我们自己，我们自己也是叙述的对象。无论我们的故事是否精彩、宏大、复杂曲折，还是平常、平淡、平铺直叙，全都从这个时候开始的。

待到了偷窥镜像的时候，你也会想，假如重返那个时候……

瞬间决定的人生

三十年前，我在青年点儿。一想到那时，就仿佛闻到乡村傍晚的炊烟、青草、大地所混合的特别气息。那是我极为熟悉又备感亲切的气息。就是现在，我也喜欢在傍晚，在村子旁边的田埂上，闻着一缕缕慢慢飘起又慢慢飘散的白色的炊烟，看一泓薄薄的雾霭，轻轻地浮在大山脚下，浮在大山脚下的小村庄，与飘起的炊烟，慢慢地融为一体。常常在这个时候，我的心悄然疼痛。

那是我的青春时代。没有什么诗意，没有像乡村傍晚一样的美的梦想，也没有那痴醉癫狂的初恋。那时根本不知道以后的人生之路要怎样走，不知道路在哪里。回城是每个知青最实际最迫切的愿望。而怎样实现这样的愿望，想想很难，尤其对我。

那时，真的不知将来的人生会怎样。

经常自己一个人，走出青年点儿的一排大瓦房、小院、村庄。在傍晚，在岚崮河边的田边，回头望着村庄——这个熟悉又陌生的地方的上空，那薄薄的雾霭，白色的，像棉絮一样地轻柔，还有那让人心疼的傍晚的味道。在一次次的神思飞散之中，这个熟悉的小村庄就一次次变得陌生起来。我问自己：这就是托付一生的地方吗?

可能这样的心疼叫苦闷，叫忧郁。像知青歌曲里，俄罗斯的旋律是主要构成一样，《莫斯科郊外的晚上》《山楂树》《三套车》那优美而忧伤的旋律，几乎在夏日的傍晚，在青年点儿的小院里，知青们，男生女生，不管是走调不走调的，都在忘情地一块儿唱着那青春的忧郁、惆怅和迷惘。那时的青春，对我，对大多数知青，几乎都是无望的，甚至是绝望的。

那时还常有别的青年点儿的知青，拿着吉他，到处流浪，走到哪里就吃、住在哪里。我称之为流浪歌手。青年点儿傍晚，由于流浪歌手的出现，让歌声更为忧郁，更为动人。常常是，在夜幕完全覆盖了小小的村庄以后，那些动情但却不动人的歌声，惹得当地农户的猪狗狂吠，鸡鸭乱叫。

也就在那时，一个让人振奋的消息悄悄地在知青中间传开了：中断了十年的高考就要恢复了。我根本不相信，在看到身边的许多知青同学已经开始复习时，我也开始高考的复习。

很难很难，一个是资料很少——不像现在这样有漫天飞舞的参考书、复习资料，而需要这些的人太多太多。记得我借到一本二十世纪五十年代出版的高考数学难题解析一书，竟像得了宝贝一样高兴。再一个，也不知道该复习些什么，我的中小学是在“文革”时期度过的，而在“文革”时期的中小学里基本上学不到什么东西。

尽管如此，我还是在咬牙坚持着，因为一个美丽的前方因高考而变得清晰起来。

高考是在乡村中学所设的考场里进行的。那是寒冬，没有火炉，没有暖气，更没有空调，握持钢笔的手，冻得都伸不直了。之后，在经历人山人海的体检以后，大概是因为家庭出身、志愿申报的缘故，在当时的复县教育局门口砖墙的红底黑字的大榜上，并没有我的名字。而在我几乎已经绝望，并开始准备第二次参加高考时，录取通知书来了。当时的旅大师范学校、不久更名为旅大师范专科学校的数学班，录取了我。

想象一下：参加录取的老师，在看到我的档案时，也许没有犹豫，也许犹豫片刻，便把我的档案拿了起来。

这个瞬间，改变了一个人的命运，决定了一个人的一生。人的命运，常常是在一个不经意的瞬间里发生了变化。社会、历史的改变，也常常是在一个瞬间。

至今，我不知那个拿起档案的老师是谁。但对他，对那个瞬间，我心存感激。

你站在桥上看风景
看风景人在楼上看你

一日下午在西山水库的人行步道上，见一男孩四下张望，然后匆匆穿过马路，把手里的饮料瓶扔进景区里的垃圾桶，便匆匆离去。当时我想，如果我负责招聘工作，我一定选这个男孩，可惜我不是。最近一段时间，我喜欢莲花山上的各种人行步道，既可见山上风景，又可遥望城市风光，还可远离尾气沙尘，但见到山上许多白色手纸、花花绿绿的塑料袋时时“点缀”着好端端的莲花山风景，便暗淡了许多的景致，也减少了好心情。山上也不是没有垃圾桶，如果都像刚才所说的男孩那样去做，莲花山也没有了这么残酷的景象了。

小时候兄弟多，家里的规矩是必须早起，之后小哥儿几个叠被的叠被，扫地的扫地，擦桌子的擦桌子……稍大一些才知道，这是中国人的老习惯、祖训、老规矩。朱柏庐的《治家格言》里，头一句话就是，“黎明即起，洒扫庭除，要内外整洁”。把家里家外收拾干净了，好迎接新的一天。现在一般人的早课多是，梳洗打扮，化妆美容，能梳理自己的好心情，也能愉悦别人，给人好印象。我单位司机小孙，开车上路经常兴奋大叫“美女！”他是看见了路边的漂亮女孩。诗人卞之琳的《断章》有名句：“你站在桥上看风景，看风景人在楼上看你。”这都说明，人就是风景，就是环境。早晨起来，把自己收拾好了，走进生活里，也就成为环境甚至风景的一部分。

我们自身就是环境，就是风景，这没的说。我们都希望自己和环境、风景，干净整洁，漂亮美丽。但我们经常忽略的问题是，在保护自然环境的同时，还应该保护自身的心灵，提升心灵的品格，来和外在的环境与风光融为一体，相互和谐一致。这是人的心灵风景，是人文环境，同样能给周边的人带来心情，好的和坏的，美的或是丑的。在中国古人那里，比如在《汉书·艺文志》里小说的文体地位最低，因为它是“街谈巷语，道听途说之所造也”，距离“大道”“大达”十分遥远。还有个原因，我想是因为小说本身的虚构成分。把许多有影无影的事情，说成是事实，就是虚构。这几天司法机关正在审理网上“名人”秦火火，前些日子曾经审理的网络“大鳄”薛蛮子，这些人都是拿着不是当理说，理直气壮地虚构着生活的真实，有点儿像生活中莲花山上的不洁不净。

中国人生活里的古训老规矩里，讲究修身、齐家、治国、平天下。四者里，修身是首要，修身主要在于修持心灵。在西山水库的风景区里，常常见到一个老者，在刻苦练习京胡，听来那音乐吱吱嘎嘎的，不怎么连贯，但我想，她没在自己家里练习就很伟大了，因为我们现在的房子，隔音都很差。我要是住在她家楼下，本没有心脏病，也一定会得上好几回。我于是敬重这位京胡爱好者，感谢她真的没有把噪音带进我们的生活里，而成为我们生活里的风景。

我爱“80后”

其实我对“80后”这种说法，有一种不是滋味的感觉。“80后”都能写东西了，不就成了我的同行吗？但从年龄上讲，我可以算成是“80后”的父辈，那就意味着我已经老了，说你老了你乐意吗。以前有“60后”“70后”的说法，但现在像我们这样二十世纪五十年代出生的人，不是没人理嘛，只能在“80后”的咄咄逼人的气势中感到了生存的危机，感到了大势将去。

前几天，和几个第一次见面的警官坐在一起，我调侃说自己已经七十多岁了。没想到其中的一位竟很惊奇地赞扬我：“真不像啊，七十多岁还这么年轻！”还是在前几天，在沈阳，晚饭时一个画画的向我举起酒杯说是向“前辈”敬酒。看来我真的老了。有了这样的心态，再冷静地看“80后”的作品，我感觉前些日子对他们的铺天盖地的议论有好多并不公允。我甚至认为，他们对文学的感觉，他们对生活及生命的认知，有的时候，要比我们这些搞了多年文学的人，还要好一些。

比如，“80后”不说自己是作家而说自己是写手。

写手的写作是为了生存和发展的需要。即使他们有着崇高的文学理想与信仰，一旦在“需要”面前，也要退隐其后。文学可不再是唯一的目的，不是他们生活里的唯一。这在当下和今后的生活发展里，也许正是文学的宿命。

再比如，“80后”凭借着牛气的市场业绩和可观的商业利益占据了当下大半文学江山，因此有人不怀好意地说，市场的影响力不等于文学成就；还说，没有相当的阅读和没有一定的生活阅历，是“80后”的致命伤。我不太同意这样的说法。文学成就的高低和市场的发行量没什么必然联系，不是说你文学成就高、价值大，市场影响力就低；而市场影响力高、发行量大，文学价值就低。把关联性不强的两个概念生拉硬扯在一起，毫无道理。

还比如说，有人说，“80后”是集体早熟，如同转基因大豆一样早熟，他们还处在“黑暗的学徒期”，还是无法长大的孩子。“80后”的这批作家，大都出生在二十世纪八十年代的上半叶，现在二十一至二十六岁之间。古今中外文学史里，在这个年龄段里，不少作家已经创作出经典级的作品来，像冰心、曹禺、沈从文、巴金、王蒙……

我曾经阅读过大连籍的三位大学生的长篇小说手稿，都是写高中学生生活的：田然的《志愿门》、姜长嵩的《鹧鸪笼》和王增的《高三·六班》。这三个属于“80后”中后期的孩子，向我提供了让我难以想象的高中学生生活：在严峻的高考重压下的孩子们，如何面对着和承受着巨大的精神压力，如何挣脱，如何解脱。这三部书稿都把我弄得老泪纵横。谁说他们没有生活？谁说他们没有生活体验和生活磨难？作为父辈，我真的想全力以赴地去帮助这些孩子，但我却不知道能做些什么。幸好他们都挺了过来，幸好他们都走了过来。他们用唯有他们自己才有的体验，以他们特有的个性化的当下叙述方式，显示出他们自己的生活，显示出他们自己的理想和追求。

我们何必在他们面前指手画脚呢。

我们真的有点儿老了。我们自己的文学观，和他们有关系，和他们也没多少关系。我们不必用自己的想法、观念来厘定、衡量他们的文学和生活。他们有自己对生活的理解和对文学的认识。未来在他们那里，文学的未来也在他们那里。如果真静下心来，好好阅读他们创作出来的一些文学作品，你一定会发现，他们对文学的理解、文学的表达，是很有特点的，甚至在某些方面，要比我们还高明一些。

疯话

经常去精神病院，就想，他们真的有病吗？在他们眼里，我们这些所谓的正常人，以及把他们诊断为病人的大夫，会是些什么人呢？

学习王朔好榜样

王晓峰近日从北京回来，向本地新闻媒体发布了一条消息：

“向王朔同志学习的全国代表大会”，日前在北京举行。这是本世纪初中国文学界，特别是中国文学界里的“酷评派”（亦称“骂派”）的一次重要的盛会。出席本次会议的有来自全国文学界、新闻界和各方面的正式代表一千零十人，特邀代表十人。王蒙、余秋雨、韩石山等著名人物均自始至终出席大会，并没有睡觉或溜号。王晓峰作为我市出席本次重要会议的唯一代表，作为特邀代表里的唯一代表，向大会提交了学术论文《试论王朔之骂与酷评派的渊源关系》，并在大会宣读。王晓峰的发言受到与会领导的高度重视，也受到了与会代表的广泛好评，荣获大会颁发的五等纪念奖。

王晓峰从北京回来后特别兴奋，以能够出席这次会议为骄傲和自豪。他常常以大连作家的身份，在不同场合表示：要以本次会议为契机，在我市深入贯彻、落实本次会议精神，掀起学习王朔同志的新高潮。

王晓峰之所以要采取如此举措，缘于他对王朔同志及其作品的无限热爱和敬仰。这一点，王朔同志是了解的，并在一些重要场合也把王晓峰引为同好。本次会议原本没有“特邀代表”，只因王晓峰得知即将召开这个会议的消息以后，便马不停蹄地以电话、电报、传真、电子邮件等方式与有关部门和有关领导进行联系、沟通、请求、许诺，来回也有几百次，还三次专程进京，用酒宴、礼品、美元进行疏通。无奈大会经费有限，衣食住行安排已妥，王晓峰参加会议的希望几近破灭。但是，王朔同志在得知这个情况以后，聪明地提出专设“特邀代表”给王晓峰。为了掩人耳目和平衡方方面面的关系，王朔同志建议将“特邀代表”的名额增至十人。

通过这次会议，王晓峰更加觉得以王朔同志为同志是绝对正确的选择，是发自内心的，不是作秀，不是反讽，不是真话假说。王晓峰多少多少年以前就认为，只有王朔才真正开创了中国当代文学的新纪元和新天地。他的辛辣尖酸、流里流气、调侃幽默、脏话大话，刺激了中国文学的酷评思维的形成，奠定了酷评文体生成的基础，启动了酷评派的形成与发展。

回到大连以后，王晓峰多次在酒桌上声情并茂地回忆在京开会的激动人心的场面：王朔同志与王晓峰进行了多次交谈，友好而亲切。他们几次回忆起他们的第一次见面。那是二十世纪九十年代初期，王朔同志随一个会议来到大连。开会加上游览，很忙。王晓峰得知这个消息以后极想结识王朔，多次打电话恳请王朔留一点儿时间，但均遭王朔同志的婉言谢绝——其实他也不是拒绝，而是他的确太忙了。恰巧王晓峰的一个女朋友也特别想见见王朔。她的声音圆润悦耳，特别娇嗔。王晓峰便请她与王朔电话联系。王朔在电话里也向她直抱歉，他已经被会议安排得满满的，只有晚上十一点以后才有时间接待她。于是，王晓峰才有缘借光与王朔同志进行了第一次历史性的会见。

出席北京会议的最大收获是，王晓峰对目前文坛上骂人打架的书出了一本又一本有了更深刻的认识：这是市场的需要，是出名的需要；王朔同志就是一个现成的榜样。

性别为男的韩石山

见到韩石山是在一九九七年的夏天。中国作协在大连召开“全国中青年作家座谈会”。我是大连会务组的工作人员，整天忙着会务。一天晚上在金石滩看露天的文艺表演，韩石山、大连的一位小姐，还有我，坐得比较近一些。都是初次见面，仨人半生半熟地边看节目边聊天。我心想，从此往后，和韩石山就是朋友了。其实，在此之前，我对他就有了相当的了解。我看过他的小说、散文、随笔，也看过他的文学评论。我知道他很敬仰李健吾先生，这让我在心里对他多了几分留意和尊重。在中国现代文学史上，我一直认为李先生是最杰出的文学评论大家。韩石山的文学评论，那时候我觉得有点儿师承李先生。会后过了几个月，那位漂亮的小姐接到韩石山从遥远的山西寄来的他的新著《纸窗》，却没有我的。这让我体会出男女不平等时的失落感觉。但出于对韩石山的敬重，我在书店买了一本，还写了自我感觉不错的评论。尽管我在一时间对韩石山的重色轻友心存芥蒂，时间一长反倒释然：毕竟他是个男人。

按照一般的社会期待，是男人就应该有个男人的样子：敢于承担与承受，敢于挺身而出，敢于路见不平拔刀相助，也敢于看“路上的女人”——韩石山的新著就敢叫《路上的女人你要看》。这是一部敢于叫板和挑战的书，一部不怕得罪人的书。对当下文坛的是是非非，他就是毫不手软地提刀上阵，自己称自己是“文坛刀客”。这都是些男人与男人之间的事，哪怕是最微不足道的细节，也必须辩个清楚，事关智商、能力和荣誉，不容含混。看着这本书，我真是这样想过：现在的许多人，特别是那些在文坛上大喊大叫、自以为是的人，其文其字，竟也可怜得不如中小学生作文。一定要抽时间看看这本书，以便于提高自己的文学水平，找出自己的文学感觉。举个例子说吧。一个一本正经的大会，能有多少写头？能有多少看头？韩石山就能把大连会议写得有声有色。他还能把平日里的应酬、游耍，写得锋芒毕露、活灵活现。这才叫文学功底和功夫。在一遍又一遍（真的！）学习韩石山的充满着火药味的文字时，我想象着他每每写完这样的文章之后，肯定不会怒火中烧、大汗淋漓，而是眯着他那并不敞亮的小眼睛，自己为自己而击节叫好：瞧这文章！他肯定欣赏自己让锋利和机智穿行于语词之间，欣赏自己狡猾地把一些恶毒的想法演绎成一般的真理。他有点儿像电视上有关动物的一类节目里的掠食者，常常假寐于高地和草丛中，一旦抓住时机，就会迅速出击，稳、准、狠地直扑对手，从不会浪费自己的笔墨。这样的掠食者。一般以雄性居多。

但韩石山对他中意的女人，像央视的播音员海霞，像那位疯疯癫癫的小燕子赵薇，还有那位性情不详的搞文学评论的张红平小姐，却常常不吝笔墨，给予她们以富有个人情怀的鼓励和赞扬。就说赵薇吧。韩石山说她硬是把一档档低俗不堪的电视剧给救活了，靠的是她那双漂亮清澈的大眼睛。漂亮的脸蛋就能演戏？韩石山显然有些偏爱了，偏爱的时候就容易说些过头的话。被韩石山偏爱的还有海霞，说海霞在似笑非笑的播音中创造了央视的名牌节目。看了这话，那几天晚上一到九点我就去看央视的《现在播报》。愚钝的我怎么也没看出海霞好在什么地方。我不是说韩石山一遇到女性就容易走眼，或是说他现在在准备进入老年时期时心态与审美变得有点儿离奇与固执，而是觉得他在对手面前，目光犀利，思维敏捷，论辩深刻，严格苛刻；但对女人，就大度宽让，热情洋溢，甚或失却了原则和立场。我倒是特别喜欢他对张红平小姐的文学评论的评论。这篇文章，在我看来是他师承李健吾先生，已经达到了出神入化的境界。但我实在不知道举凡当下文坛上有哪位当红的女评论家能消受得起这么了不起的负担，况乎不当红的张小姐？对韩石山这样勇于袒露自己的男性视角和男人风度，我表示真心地敬佩。搁在我身上，假如我欣赏甚至暗恋着一位出众（或不出众）的女性，我可不敢把话说在当面上。我也知道，如今对女性的“你真漂亮”已经不是一种慨叹和赞美，而是一种社交应酬。但我还是不敢追赶这样的时尚。

我说韩石山的性别为男性，还因为他对同性朋友的两肋插刀和肝胆相照。谢泳，还有那个让大连人反感的赵瑜，都是山西作家；还有那些与韩石山亲近的一些作家和编辑，都成了文坛上的智者和勇者，都是些谦谦君子，都有执迷的事业心，都有坦坦荡荡的胸怀。我绝对没有感到这些话语的用语过激，赞赏过度，而是感到，韩石山在对待同性朋友，也写出了男性文章。

男人个性，嬉笑怒骂皆成文章。

老韩这一回可算是豁出去了

老韩是韩石山，山西人。现在还在山西干活：写文章，办刊物。在我的印象里，二十多年前他是以小说步入文坛的，且大部分时间属于山西作家协会的专业作家。拿国家的工资却可以全日制地在家里忙活自己的作品，这活谁都会眼热。也是在这二十年间，韩石山出版了二十本文学书籍，平均每年一本，有小说集、散文集、评论集，还有传记文学等等。应该说，这厮勤奋得很；还应该说，在二十世纪七十年代末八十年代初走向文坛的那批作家里——现在这些人都老了，声音都嘶哑了，好像唯有韩石山如日中天，正火着。

但在去年年末，从好多媒体上得知韩石山要做官了：《山西文学》的主编，这职位顶多算个正处，连出门还够不上坐公家小车的资格。我当时就想，这老韩是不是吃错了什么，放着好好的清闲日子不过。举国上下，纯文学期刊大都在贫困线上挣扎，光凭你老韩的尖牙利嘴，能挽文学的颓势？搞创作是纸上运筹帷幄，你老韩我服，但当官要操心于国计民生，你老韩能行？不会让同志们等着看你的热闹吧。

今年的《山西文学》我都看了，淹没在纯文学期刊的江湖之中的这刊物真的好看多了。韩石山还真有两下子。平日里我最爱看的就是老韩的文章，性情中人，文字好看过瘾。这好到一年的刊物真的让我时时刻刻感受到了韩石山的文字功夫与魅力。因为这本刊物除了在韩石山的名字前面冠上“主编”以外，翻开每一页，好像都能见到他的文字，或者能明显嗅到他的尖牙利嘴的气味。过去也说，一本刊物是主编意志、个性、风格的体现；但没见过谁敢如此明目张胆地把刊物编成自留地。这一年的《山西文学》依我看，可以更名为《韩石山文学》了。说实话，我喜欢这样；但我不知道是不是读者都喜欢这样？老韩在《山西文学》里还有个最引人注目的举措，赠书，向读者赠送他自己的亲笔签名的书。不是无条件地赠书，而是要订阅他主编的这本期刊。表面上看，这是拿自家的东西做鱼饵，来把公家的地盘做大。但不知道这里面是老韩无私奉献，还是他借机卖自己的书，从公家拿回扣？前者让人敬重；后者不能说不对，只能说不太地道。我猜老韩不太可能是后者，因为那样尽管也是光明正大，但总让人感觉有些假公济私之嫌。到了年底了，一年一度的征定期刊的工作又开始了，老韩的赠书活动进入了高潮——《山西文学》里，老韩的图书的硬的软的广告满杂志都是。可怜的老韩，为了办这本刊物，真是费尽了心思，再假如是无私奉献的话，他真的连老本都搭进去了。我挺佩服老韩的，清闲的日子不过了，接了谁都头痛的文学期刊，这将把他多年习惯的散漫的日子变成紧张焦虑的生活，不知道他以后还能不能从容地写出我喜欢阅读的书。

《山西文学》成了韩家军的文学，时时处处弥漫着韩石山的特有的眼光、情调。我觉得老韩是在打自己的这张牌，想以自己的影响来改变《山西文学》的境遇。这些年老韩在文学圈里、在读者中的确有知名度，把这知名度奉献出来，给公家刊物做些贡献，这是高风亮节。公家做大了，自己的知名度又进一步提升了，这是公家、自身的双赢。写书人最想的就是把自己的书推销出去，老韩写了大半辈子的书，用这个方法推销自己，也是情理之中的事。

“酷评”是什么

韩石山先生这几天又出了一本书，叫《路边的女人你要看》，封面这标题的下方还印上几个小字：“酷评文丛”。内文特别值得一读，但这封面、这封面上的文字让人感觉像是地摊上的流行读物。像一个好好的人，非得穿一身麻袋片子不可，又不是模特在T型台上走猫步。王晓峰打电话给韩先生提意见，韩先生嘿嘿笑，说是出版社这么弄的，还强调说他的这本书是一本文学评论集。

把韩石山与酷评联系在一起不是这一天两天的事。这几年韩先生在文坛上整出不少是是非非，大都冲着文坛上的要害人物和要害问题去的。钱锺书、汪曾祺、刘心武、魏明伦、谢冕、王朔……有点儿一个也不放过的意思。言语之诙谐幽默，思维之尖酸刻薄，堪称当下文坛一绝。因此南方的一家报纸把韩先生列为十大酷评家之一。

早先的酷评家只有一人：王朔。这老王（那时还算是小王）浑身上下都是一副不正经的样子，发表言论、文章专门和自己过不去，有点儿真心实意地向全国的读者曝光自己的缺点，而且他也真心实意地欢迎全国的媒体、评论家讲他的不是。自己讲自己的坏话，也喜欢别人讲自己的坏话（伊沙最近也在一本书里自己讲自己的坏话，但那是正话反说，比起老王的境界差远了），这坏话就是现在的酷评的源头。老王是个绝顶聪明的人，他知道自己怎么能把自己炒起来。王晓峰眼睁睁地看着老王一步步地在恶炒里让自己从小到大、从弱到强，终于成了文坛上的腕。

王朔的成名给不少跃跃欲试的小青年树立了榜样。伊沙、余杰、摩罗、徐江、王彬彬、葛红兵等一干人马，年纪都不大，却装着少年老成、满腹经纶的神态，冲着文坛上的要害人物的软肋，不管他是谁，张口就骂，挺身就刺，大话说了一箩筐又一箩筐，酷评的书出了一本又一本。但这几位小将不像王朔那样和自己过不去，而是专门和别人过不去。酷评由此大兴，追根溯源，酷评原本是为了成名，目的不太地道，但也增加了文坛的热闹。顺便也让王晓峰的窥探心理得到了满足，总在暗地里心花怒放：这评论从此有了看头，那些平日里可敬可爱的热门人物，在义正辞严的小将面前，溃不成军，像是愣的怕横的，横的怕不要命的。

不幸的是，韩石山韩先生，还有几个上了年纪的人，也被列在酷评家之中。过去王晓峰在文章中，曾遥拜韩先生为老师，因为他的评论文章，把握问题准确、犀利，论说起来幽默轻松，多少有些鸡蛋里挑骨头的架势，还特别好读、耐读。不似现在的大小评论文章，八股气十足，说大道理，摆大架势，读之如同嚼蜡。把老师看成搞酷评的人，王晓峰自然接受不了，但韩先生在《路边的女人你要看》的序言里，却多少有点儿得意，不知道为什么。再仔细看看韩先生新著的封面，上头还隐隐约约印有一英文单词“Cool”，王晓峰猜想，敢情酷评可以让人联想到酷吏、判官一类的，更可以让人联想起时尚、新潮、帅呆一类的。从这个意义上讲，王晓峰跟不上新潮，却愿意站在边上看看帅哥、帅姐，而绝不去看那种板着稚嫩的小脸的大喊大叫的小把戏。

回到大本营

程海是个诗人。但当下的程海不写诗歌了，过去写。因此程海看起来不显山露水的：一头蓬乱的头发；一身极为普通的衣服；一说话，浓浓的陕西方音，表明他是从陕甘宁的老区来的。二〇〇一年的夏天，他和他的妻子坐在我的办公室里。在听着他的妻子对大连的海和风的真诚的赞美时，望着这位热情而又健谈的女性身边的戴着墨镜的不言不语的中年男人，我在心里直嘀咕：陕西女作家真了不得啊，出门在外还随身携带着算命先生。

事先我被告知，有位陕西作家来访。但我不知道这作家是谁，是男是女。

但是提到长篇小说《热爱命运》——十年前文坛上“陕军东征”里的一出重头戏，我就不会这样走眼走神了。《热爱命运》是我当时特别喜欢的长篇小说，主要理由是：它以令我欣悦的现代叙事方式，体察了在特定的语境下的人性的种种可能。当时我还猜测，作者应该常常出没于宾馆、酒吧、舞场什么的，穿着入时，谈吐高雅，挥金如土，身边绅士成群，香鬟如云，像更早年的诗人李金发在上海滩的潇洒一样。

而事实是——按北京的一位文学评论家的话来说，程海看起来很土气，但在骨子里很洋气。

比如，据我所知的陕西作家，为了文学创作都是肯吃大苦肯卖大气力的。陈忠实陈先生，常常跑到远离尘嚣的山沟里埋头写作；贾平凹贾先生，在写那部轰动的长篇小说时，历时数月，像匿名逃亡一样从一个山沟辗转到另一个村镇。路遥路先生，我甚至偏激地以为他是为了心爱的文学而活生生累死了。说实话，我真的很敬重陕西作家，他们对文学的真诚以及为此所付出的代价，也就在十几年以前，就让我暗暗下决心要向他们学习了。眼前的这位程海，过去我敬重他的小说，认识了他以后我还敬重他的见识。他的写作就在家里。每天家里的人该走的都走了以后，他开始伏案写作。写完了满满的六至八页稿纸，一般不到三千字，就去看书、会朋友什么的。三千字对我而言也应该算是举手之劳，但我至今没能写出长篇小说，程海却写了好几部。我说程海的写作是“大本营写作”——这个命名是我瞎编的，谁叫文坛上有“身体写作”“用脚写作”那么多的名目呢！

再比如，不太做家务却喜欢在家里写作的程海，还把自己的家亲昵地称为“大本营”，把自己的妻子说成是“最后的英雄”。一个女性向他诉苦：她的先生有了外遇。程海说：男人在外，一不小心有了别的女人，不要理他，也别管他（要不，就容易吵架），靠到五十岁，那些女人就会自然剥离脱落，男人也就自然回到了家这个大本营，你也就成为了最后的英雄。这显然是程海宽解人的话语，但也许还会遭遇女权主义者的强烈不满。我是“男权”主义的现存残余，听到这个玩笑我自然高兴。

再比如最后一个吧。长篇小说《热爱命运》中的主角是个诗人，他的灵与肉的困惑与冲撞，他的对女性的太多的热情与投入，曾使我常常想起程海写过诗歌。我知道把小说和现实对号入座是极其愚蠢的行为，但我却不止一次地想：这不至于是程海的自我写真吧？程海却说，对一个作家而言，生活里的他不是他自己，而小说里的才是他真正的自己。看着眼前的这个平平常常的人，走在大街上极像是个外来的包工头子，怎么会有那么浪漫、大胆的情思。就连程海的妻子都说，走到哪里，没有谁会把他看成是个作家。

程海不是作家。程海只是在写作时才是作家，才真正地写出了他自己。平日里的程海，会书法，运笔大度从容；好像还会相术什么的，大致是从《易经》里来的；还劝人要读《老子》《庄子》，读十遍以上。而见了程海，还联想起陕西作家陈忠实、贾平凹、高建群这些书法高手，我就觉得不好意思，我大小也算是作家，但我却提不起毛笔，也不会看相，更没有把《老子》《庄子》通读十遍以上。

文学的大本营，岂止是家。

文体的性别

王晓峰一直觉得，文体是有性别的。比如长篇小说、杂文是男性；小小说、散文、小品是女性。二十世纪八十年代，在国内主要的报刊上，常常见到作者署名为“任芙康”的杂文，好像是北京的一个军官。后来又见任芙康这三个字，固定在天津《文学自由谈》的扉页上，这名字前面还加了个定语：“副主编”。《文学自由谈》是国内文坛上最敢说真话、最为活泼的文学论坛。但王晓峰始终疑惑不解的是，任芙康这样清秀素雅的名字，怎么竟让人联想起云黑月暗杀人越货的勾当。及至前几年在四川开会第一次见到任芙康，王晓峰的第一反应竟是这样一句话：“知道你就不是一个女的。”

写杂文，编《文学自由谈》，都像是在文坛上杀人越货。熟悉任芙康的人都会有这样的感觉：此事非他莫属。但不知道他的父辈，为什么要给他起了这个容易让人想入非非的名字。

王晓峰绝对不是男权主义者，但他却以为男女各守本分，各司其职，而不太赞成“男同志能办到的，女同志也能办到；男同志不能办到的，女同志照样能办到”一类的豪言壮语。长篇小说，举凡经典名著，男作家多而女作家少，这是一种表面症候。深一点儿的想法是，长篇小说的粗粝大度的容纳与运思，从性别上从心理上更接近于男性。因此王晓峰不喜欢一些女作家的当下状态：把自己弄成忧国忧民的很哲学的样子，而女性的细致婉约在酒气和粗话里全部流失殆尽。设想让一位女同志像骂大街一样指点文坛江山，无论如何也让人觉得味道不对。

平时的任芙康人如其名：走路含胸垂头，个子就显得矮了许多；开会躲在边缘，避开焦点中心。其实他站起来个子不算矮，说话时调侃幽默含混其中。他把杀机都藏在不动声色之中了。这些年的《文学自由谈》就是在不张不扬之中，像蹲在树上的猫头鹰，随时准备发动自己，一旦展翅，快捷犀利。

但这些年来文坛上容不得批评和反对，任芙康及其《文学自由谈》也就遭遇了或大或小的官司。只要你说这文章不好，尽管有理有据，尽管是善意上的提醒，人家还是要告你个诽谤和侵权。可怜的任芙康一方面要编稿子，一方面还得腾出身子来料理来电来信来访和官司。但王晓峰知道任芙康很硬，有时硬起来来电来信来访也就不想再来了。

任芙康现在不怎么写杂文了，他却把《文学自由谈》编成了性别特征、性格特征都有点儿男性化的文学杂谈。

香港诗人犁青

和犁青先生第一次见面，就感觉这个总是微笑的老人和你见过的任何一个人都不太一样。那是在去年冬天的广州。当时我是为了“第六届（大连实德）国际华文诗人笔会”的筹备而专程去了广州，犁青先生也为此专门到广州和我见面。在广州的白云宾馆的客房和餐厅里，犁青还有老诗人野曼，和我几乎谈了一天。很细的，各种细节都被讨论了。午餐是犁青先生买单，都吃饱了，也吃好了，饭菜却丝毫没剩——我多少有些不习惯，不剩下点儿什么，还能是招待客人吗？但看见犁青很认真地对付最后一块肉骨头时，我心里却也感动。这是与犁青先生的第一次见面，有一种快乐的感觉，一是因为我顺利地完成了“公差”，二是因为我认识了诗人犁青。

多少多少年前，我曾读过犁青的诗歌，那时的阅读感觉，现在已经淡忘了许多，但“犁青”这两个字，却刻在我的阅读记忆的深处。从广州回来后，工作之余，我阅读了我所能见到的犁青的诗集及其相关资料。但我发现，我却没有因阅读的深入而对犁青有更深的了解和认识，倒像是有着渐渐弥漫的迷雾，升腾在我的心里。一个十四岁的男孩子，好像没有机会念过什么学校，却在自己的家乡福建的乡村，写出了许多清新而又忧郁的诗。之后开始了他一生的漂泊：内地的好多南方城市、香港、印度尼西亚……犁青少小出走时，我猜想他未必就怀着救苦救难的凌云大志，而是因生活的无奈，仅仅是为了生活。但这个连衣食住行都要时时担忧的少年，居然还在写诗。后来他的境遇似乎好了，似乎是白手起家，养鱼、种瓜、开矿、修船、纺织、冷冻、房地产，还包括现在的所谓的高新产业，都好像很成功，直至他建立起一个跨国的、成员达上万人的企业。按照美国万通宝银行的一位副总裁的话来说："犁青，哪怕是一块石头，你只要用手一摸，就会成为黄金的。"这一段创业的时期，大约有二十年多一点儿，犁青搁笔不著——我猜测原因不仅仅是忙（这是我们当下最流行的词），也不是因为工商业和诗歌是生活的两个极端。比如当时在印尼，排华反华势力甚嚣尘上：凡是出现在公共视野之内的华文将被严禁，违背者甚至被视为"颠覆政府"罪。华文的书被烧了，华文的报纸被禁了，华文也不让说了，许多华人被赶走了，剩下的华人，也被鼓励着更改自己的华语名字为印尼姓名。犁青那时就在印尼，名字不改，但不能写诗了——一个不能说母体语言的人，该有多少心里的痛苦啊，这感觉也只有他自己更明白。但偏偏是，他这个随遇而安天性乐观的人，在侨居国也能忍辱负重苦苦奋斗终成气候，却心神向往着故土祖国。我的迷雾也恰恰在此：为什么他会有如此始终如一的感情？为什么他历经了那么多的苦难，又享有了那么多的成功的喜悦，他还是那样饱含深情地歌唱？

生命的一前一后，犁青的青少年和中老年是在诗歌里度过的，中间有了二十多年的诗的空白。无论是初为诗歌的少年犁青，还是复出以后的犁青，都在唱着歌颂故乡——祖国的歌谣。

广州之后，二〇一〇年的六月我又在大连与犁青、野曼见了面。之后还有书信、电话、传真的联系，主要是为了“笔会”的相关事宜，老是感觉到他的亲切和微笑。我想，他的微笑也是华文诗坛上的一个风景。证据之一是他的一部诗集题目就是《犁青的微笑》；证据之二是好多诗人都注意到了他的这个最为显著的心理征候和诗歌风度；证据之三是他写过下列诗歌，都是写他自己的微笑:《犁青的微笑》——他说他的微笑是他的商标,《上海的微笑》——他说他的笑是为了索取别人的微笑,《山居》则有这样的句子——“我笑 / 花开 / / 花开 / 我就看到了你 /……/ 你笑 / 花也笑 / 我们在笑声中 / 不想 / 老”。

犁青的人也见到了，诗作也都读了，感觉也有了，我想我该写写他的诗歌评论了，这评论就叫《犁青的理想主义》。

想起了汪国真

我年轻时有一阵子特别想当诗人，于是特别想结识那些大牌诗人，那时候演电影的、唱歌的不像现在都成了星了，好像只有作家、诗人才像现在的星一样，总在社会上惹起一阵阵骚动。那时我也结识了顾城、孟浪等一些诗人，遗憾的是，见了一面他们就再也不理我了。在我彻底死了当诗人的心的现在，我却结识了上上下下大大小小老老少少的一大堆诗人，来往之余我可知道一些诗人的德行了：喝大酒、嫖小妓，见了有钱人就像苍蝇见了大便、宠物狗见了主人一样；但在我这样的对诗歌和诗人的真心崇拜和敬仰的人面前，他们却一肚子学问，凛然大气，高不可攀。我心里在想，现在除了我在读他们的诗歌，还有谁在干这样的苦差呢。

现在的诗歌和诗人都是寂寞的。没几个人在读诗。过去的那么那么多的爱诗者都跑到哪里了呢？特别是那些对诗歌最感兴趣的青少年不去读诗都去干什么了呢？依照我个人的体验，也依照我个人的观察，十五岁到二十五岁的青少年，大体是初三到大二的学生、初出社会的年轻人，是读诗的主体。如果对这些人的爱好和兴趣，能有意识地给予关爱、呵护、引导，让这样的习惯保持终身，并传给他们的下一代，我们的诗歌不是受用无穷吗。过去，我们说这是培养读者，现在说是培育市场。可惜的是现在的各级文联作协、出版机构和大大小小、老老少少的诗人们，没有谁注意到这个问题。

二十世纪八十年代的中后期，有个叫汪国真的人在国内掀起了读诗的狂潮。工人、农民、学生、战士等等，以青少年读者为主体，好像没有谁不说汪国真的，没有谁不读汪国真的。那一年我和几个同事在大连组织了一场汪国真诗歌报告会。卖门票，八元一张，学生减半。没打广告，卖票的地方在交通不便、没几个人知道的我自己的办公室里。几天之内门票竟卖没了。讲座原拟在那天下午一点半进行。但汪国真到达大连整整晚了一个半小时。就在这一个半小时里，会场的秩序没有乱：我们灵机一动，组织了汪国真诗歌朗诵会，自愿上台朗诵，于是要求上台的人，从小学三年级的学生到白发苍苍的老人，井然有序地排成了长龙。当时我真为汪国真感动，他的魅力怎么会是这样！换个歌星什么的试试，还敢晚一个半小时，晚个几分钟观众不起哄才怪呢。诗人西川前几天写文章说：有个外国诗人到中国，提议和我们的诗人一块办个诗歌朗诵会，中国的诗人不敢随和。为什么？凭这些人的影响，整这样的活动还不赔个老底朝天。

但汪国真就有这样的本事，那时候他创造了中国诗歌历史上的至少三个之最：诗集的累计发行量最大，并常常脱销；个人诗歌报告会敢卖门票，且几乎场场爆满；完全是靠媒体捧红的诗人而不是在文学圈里脱颖而出的。那时和现在，我都这样认为，在中国诗歌发展史上，汪国真绝对应该有一笔，不写者才是瞎子。

但汪国真现在销声匿迹了。分析一下外部原因，我觉得有两条，这两条都是致命的硬伤。一是汪国真在最鼎盛时期，没有一个高智商的智囊团为他筹划下一步的发展和包装新的形象；二是他的大红大紫让所有的诗人，所有的自以为对文学有权说三道四的人，嫉妒得眼圈发黑眼珠子发红，就是杀了他也不解恨。文学界的封杀开始是冷处理。我听说一个极具权威的评论大家说："不理他！"我还亲眼见过一个著名评论家所写的汪国真诗歌评论的手稿，当时竟不敢拿出来发表，就是现在也没有发表出来。文学界的封杀接着就变成了嘲弄、讽刺和挖苦，一时间汪国真诗歌一无是处，成为最浅最无价值最没诗性的代名词。谁要是提到汪国真，文学圈里的人几乎像见到瘟疫一样，要擤鼻涕，吐口水。谁要是说"你怎么像汪国真似的"，就是最恶毒的污辱。文学圈里的这种集体无意识感染了媒体，曾经是媒体的宠儿的汪国真此时也被媒体无情地抛弃了。受到媒体的影响，那么那么多的读诗的人也开始作鸟兽散。

时间过了近二十年。当年的读诗的中坚，现在也已步入中年。我这人好幻想：假如当年那么声势浩大的读诗活动持续到今天，也假如这些已经生儿育女的中年人把他们对诗歌的爱好传给了下一代，我们的诗人，还会像现在这样完全是自拉自唱吗?

得承认我们诗人自己的小肚鸡肠、鼠目寸光，总觉得自己才是正宗，才是唯一，才是博大深远，容不得不同声音，容不得“另类”，丧失了许多推进诗歌大规模复兴与普及的大好时机，也丧失了让诗歌参与高尚生活、时尚生活的最佳时机。其实，就是现在我们还有机会，但我觉得我们的诗人好像也还是无所谓的样子，不着急也不上火。

作　家

我是文学的从业人员，因此如果谁非礼了文学，我就会对谁有意见。当下对文学有好多不恭不敬的看法，其中之一是说文学滑坡、文学不景气。我认为这种说法纯粹是瞪着两只眼睛在说瞎话。看不见在繁荣的图书市场上什么品种的图书销量最大吗？那可是文学啊！看不见社会上各行业人才踊踊而文学写作者最多吗？那可是作家啊！

作家多了是好事。人多力量就大。作家多了文学阵营就强。我下去采访，有人叫我“王作家”。这就充分说明人家对我的认可，证明我们作家及其作品还是有影响的。尽管叫我“王作家”的人连我的一个字也没看过，但这样的叫法还是让我小小的虚荣心得到了满足。在此谢谢了。

要知道作家不是那么好当的。记得外国一位大作家说：能称得上是个大作家的人，一定会写小说、散文、文学评论、戏剧和传记文学。我特别欣赏这样的言论。因为这话的前三条，我都写过；后面两条，虽然没有写过，但却看见别人写过。从这个意义上讲，我至少还算半拉多一点儿的大作家了，比起个别人只会写小说、只会写报告文学什么的，他们却敢戴着作家的帽子脸也不红心也不跳，我是不是个名副其实的作家！

以上的话，可以算成我在公开场合里的讲话，比如在文学座谈会上，在我的办公室里。在公开的场合里，我的职业、我的工作性质和我的兴趣爱好都决定我必须维护文学的权威，必须捍卫文学的尊严。

但回到家里，我就不敢这样嘴硬了。在儿子面前，我要是拿出作家的架子他都能揍我，他当下比我还高比我还壮。在我小小书房的无数无数的书的面前，我也心虚得不得了，和人家相比，咱写的这几个又粗又浅的字，要是顶个作家的名声，不是有点儿太丢人了吗？

因此咱们在光天化日之下，最好不要顶着作家的牌子招摇了。在商店饭馆里，咱们是消费者；在家里，咱们争取做一个好爸爸好妈妈；在单位在社会上，咱们是普通老百姓；如果去拉赞助搞协办弄两个钱花，那咱们就是商人。而唯在夜深人静之时，在告别了喧哗与骚动之时，坐在写字台旁开始写作的时候（也可能在打开一部经典名著，开始与先哲高人进行思想上的对话时），咱们也许才是一个彻头彻尾的作家了。

我想，文学创作并不是在乎你是否是作家，而更在乎你是否以文学的智慧参悟了人生。我还想，生活里的每一个人都是潜在的写作者，他们独有的生活阅历和生活感悟，都可能是真文学。我更想，如果世界上每一个人都能把他的独有的生活写下来，那咱们的文学将会更加丰富多彩，咱们可就遍地都是作家了，遗憾的是，这样的理想永远不会实现。

因此，我建议，当有人扛着作家的牌子走到你的面前时，你一定要先问他要他的作品看看；如果他把他的作品拿出来了，你也一定要找一个行家看看，比如请健在的王蒙王朔王晓峰看看，也可以请已故的海明威川端康成曹雪芹看看，让他们替你把把关。

评论家

有人生了孩子，会出现好多女人前去评论。评论孩子的现在，也评论孩子的未来；评论孩子的形式，也评论孩子的内容。文学评论家就像这伙女人一样，见到文学作品就像这伙女人见到刚出生的孩子，都在竞相展示自己的评论，好话居多。这种话一般人不大相信，但却喜欢听。评论家之所以这样做是因为这个行业生活很困难：没多少人理，说话不好使，收入基本上刚过生活最低保障线，出书难出了书还没几个人来买。评论家有史以来最好过的日子是在“文革”期间，谁见谁怕，谁都在努力学习评论家的评论文章。不能说那时的评论就不是评论。有理论武器，也有论点论据，评论的几大要素人家都有。除了那段风光的日子，评论家整天像被人遗弃在街头的宠物狗，谁的脸色都得看，还要时时汪几声，要讨行人的喜欢。

造成评论家的困境是因为评论家的祖上——老评论家得罪人了。我猜想评论家祖上在面对一些大作家时候牛气哄哄的，大概说了许多让人讨厌的话，让作家不高兴了。伏尔泰当着好多人的面前说：评论家是在暗地里放冷箭、放毒箭的小人。海明威对他的学生说：评论家都是弱智，如果听了他们的意见，你的小说就不会写了。福克纳说过：评论无非是评论家要表明“吉劳埃到此一游”。吉劳埃是第二次世界大战美国大兵的代名词，那时美国兵走遍了全世界，故有此谑说。我身边的邓刚对我说过：评论家是要饭的，向作家要饭吃，吃作家的残羹剩饭。本来评论家与作家应该是亲兄弟，但兄弟之间的话都那么难听了，关系不是紧张了吗。

现在的评论家都学乖了，不像他的祖上那样嘴上无德。说好话谁不会说？领导的作品，我们叫好；朋友的作品，我们叫好，反正谁的作品，我们都叫好，弄得现在，也不知道谁好谁孬了，都是好东西。而且还能找到充分的理由，第一第二第三的，唬人没什么问题。但评论家的生存困境并没有因此而改善。前几天，北京的一个评论家送我一本他的评论集，书上写的印数是一万册。我高兴他的评论集能发行如此数量。他却偷偷告诉我：这个数字是随便填上的。这也可造假？我还是第一次听说过。现在想想，就假定这本书发行一万的话，相对十二亿人来说，不还是像撒哈拉大沙漠里的一滴水吗。那么连一滴水的规模都不具备的东西，能对撒哈拉大沙漠产生什么影响呢！

我也有幸地被别人称为文学评论家。在一些正式和非正式的场合里，我常常被隆重推出；在“文学评论家王晓峰”的头衔前面，往往还要加一大堆定语，来说明我有多少多少业绩，产生多大多大影响。这时候，不争气的我也飘飘然，一副很有学问的样子。可回到家里，老婆要我去买菜，孩子的老师要我帮着孩子的班级做好事，这哪是评论家干的活？但又不能不干。评论家王晓峰只能放下评论家的架子，去听老婆、孩子的话了。

这样的胡思乱想真把我的自尊彻底打没了。从事文学评论的时间也不算太短，也许是我鼠目寸光，觉得这破评论之于别人、之于我没什么用处。见到我的好多同行、朋友还在不甘寂寞地忙活着，我搁心里替他们难受，都啥时候了，还整那些不着边际的夸奖，把人家夸得都无地自容了，咱还在那里不觉醒。这评论现在怎么越来越没有长进。

我是觉得我们现在的评论已经丧失了最起码的常识和自重。没有读者的信任，也没有作家的信任。我不认为文学评论就那么百无一用。我的自尊也不允许别人小看我这么多年所从事的职业。上个星期，在世界杯预选赛亚洲区附加赛上，伊朗队凭借主场之利以一球小胜阿联酋后，伊朗媒体非议颇多。伊朗队主教练布拉泽维奇气愤地说：伊朗队今天的表现是世界级球队水平，“谁要是看不到这点谁就是瞎子”。这话引起了我对文学评论要说的话：今天的文学评论还是有许多可取的地方，有德行有品位有水平的还大有人在，比如王晓峰的评论，谁要是不这么认为谁就是弱智！

文学读者

英国作家伍尔夫的《普通读者》里有这样一句话：文学作品的价值，读者最有发言权。换个角度说，决定文学作品的历史地位的主要因素，是读者。这是一种读者决定论。在文学史上，这样的观念应该说是普遍的共识。在文学创作中，无论是什么人，都把读者的阅读作为创作的目的地，创作出来的作品就是给读者阅读的。但是，文学与读者的关系究竟是个什么性质的关系？两者的互相作用如何？读者对文学究竟在何层面上在何种程度上产生何种影响与作用？读者的影响与作用是通过何种途径、何种因素发生的？这些问题，仍旧是文学研究的不完全领域。

文学与读者，在文学里是一种相对存在的关系，是有一定关系又各自相对独立存在的“实体”。在现代文艺理论发展中，存在着这样的一种观点，即文学创作过程不但是作家创作作品的过程，还包括读者阅读的过程。只有读者的阅读过程的结束，文学创作才算真正地结束。阅读就是创作的一部分。这样看起来，文学与读者、创作与阅读的互动，存在于同一的文学创作现场。这显然是一种激进的文学读者观。

文学与读者、创作与阅读其实在创作现场不可能直接地交流与对话；并且，在作品文本形成之后，读者的意见、建议，也无法去改变文本里业已形成的主旨、结构、表达、审美情趣、风格等主要特征。文学历史上大量的案例都证明了，作家对某一篇（部）作品读者意见建议，既高度重视又无能为力，因为这时的文本业已形成。就是在这篇（部）作品的再版修改时，也常常因为既成的作品里文学逻辑关系而无法做实质性的修改调整。

同时，读者的意见建议，体现着他们的阅读嗜好和审美情趣，在文学体系、制度里并没有一个管道、平台直接与作家创作进行交流，读者与作家的联系在时间、空间上都是极其有限的。这种交流的实质是间接的。就是说，读者对文学的“发言权”“决定权”既强大又十分微弱的。说其强大，是因读者为文学的最终目的地，是文学的最终后果，文学历史价值、艺术价值与读者相比，读者还是应该放在首位：文学创作，应该是为当下读者阅读，满足读者的当下阅读需要。说其微弱，是因为读者的“发言权”，并不如伍尔夫等人所说的那样十分重要，他们没有可能改变或左右作品的文学命运。他们的意见建议，总体上不能以某种方式直接到达创作过程之中。阅读对创作是被动的微弱的参与。创作对读者信息的接受，将根据作家本人的喜好、思维和审美习惯等来部分地接受和吸收，而不具有强制性。

作家对读者及阅读的理解和尊重，是文学创作的根本之道。在作家与读者的关系上，作家属强势，读者属弱势，作家主动，读者被动。

从有文学开始即逐渐形成这样的制度、体制，至今为止并没有实质性的改变。这个文学制度、体制的社会构成是，“领导”阶层、作家、评论家、编辑、出版发行（包括印制人员）以及读者。在这样的结构当中，核心和重点是作家，而不是读者。但其中任何一个阶层对文学创作，都有干预、影响、促动的作用。这种影响与作用，很多时候，都会对文学的发展产生决定性的改变。从这样几个构成上看，任何一个阶层对文学的发展都会产生致命性的影响，而唯独读者这一块，既被高度重视，又在文学体系、制度之中，常常被忽略。作为一种个体化的精神活动，作家与读者、创作与阅读现场互动的机会少而又少。

文学创作十分重视读者对创作的影响，主要因为：读者决定了作品的发行量，而发行量间接地显示了作品对读者影响的广度、深度，这是社会效益，也是作品的经济利益。

文学青年

文学青年，现在又被人简化为“文青”，过去和当下都被人常常挂在嘴边。只不过，过去是一种表扬、赞美甚或是鼓励、奖掖；现在则有一股酸溜溜的醋味。曾经是褒义，现在成了彻头彻尾的贬义、讽刺。

过去俩小青年谈恋爱，一定要谈文学，这是个最普通的最常见的话题，像对暗号一样，谈到文学就完全可以大胆地认定对方是自己人了。过去就是不谈恋爱的小青年，如果在填写各种表格的“业余爱好”的一栏里，郑重地写上“文学”两个字，是件很自豪的事，会被邻居的大爷大妈看成有出息、务正业；过去发了一篇小小的豆腐块，尽管是编辑心存怜悯、特地照顾，但也足够让人昂首挺胸十好几天；过去已经当上作家、当上领导的人，对这些年龄不大却爱写作的青年，都会给予扶持提携和帮助：给他弄个城市户口，再给他弄个好的工作单位，没有条件创造条件也让他安心写作，直至他成名成家，直至他有了足够的本钱把你忘个一干二净。

那时候的文学青年待遇多高呀。

现在不行了，从什么时候开始不行的我说不太准。往远一点儿说，多年以前的正在风头上的王蒙，写了一个豆腐块，警告文学青年不要都往文学小道上挤了，因为文学这条人生小路太窄而上道的青年人又太多，生活里不独是文学一条路。他的话音未落便遭遇了一大批文学青年的不满：你丫的功成名就，吃独食啊。实事求是地分析，当时王蒙的话的确冷落了相当一部分文学青年的心。如果有数字分析，那时的文学青年大军在此之后一定是减员三分之一。

不久前王朔红火那阵子，他嘴里没遮没拦，常把文学青年挂在嘴边上损。那些不事正业、流里流气、脑筋又不能急转弯的人，就被他开涮为“文青”。几十年的奋斗，竟成了这个样子，这叫好多文学青年又开始寒心了，于是这支队伍又减员了三分之一。

当下还有几个小青年，刚出道，天不怕，地不怕，像大街上的跟着主人遛弯的宠物小狗一样，逮谁就冲谁叫几声。一时间，连他们自己也感觉着文坛上只有他们才有雄心大略，只有他们才是才高学远。一些文学青年看到自己的同路竟然是这个样子，遂对文学死了心。这支文学队伍减员到没剩下几个了。

好像我还在坚守阵地，只是属于超期服役的——按照我的年龄，我该是“文学中年”或是“文学老年”。但我一不潮，二不傻。我之所以有这样的勇气和决心能坚持到现在，说实话吧，是我觉得爱好文学还是天底下最体面最高雅的事情，起码要比爱好金钱、爱好小姐要强多了。

文学的美眉

美眉是网上的话，可简化为MM，大概指的是美少女，或者是在一定年龄段里的好看的女人。知道什么是美眉，是我最近上网的重要收获之一。当然上网以后我的收获不仅仅是这个，还有别的许多。网上的这种说法很别致，符合文学的“陌生化”原理。在知道了美眉的所指以后，我便联想起文学的美眉来。

网上的美眉是虚拟的，没见面，谁也不敢说某个美眉到底有多少软硬指标符合美眉的真正标准。倒是文学上的一些美眉，老的小的都算，近几年不但敢以作品面对读者，还敢以自己的漂亮或者不漂亮的脸蛋和身段面对读者了。

我个人觉得，这不能不说是时代在进步，思想在解放。过去只是影视歌星们才热衷的事情，比如晓庆大娘，五十大几的人了，都能在公众面前，一如既往地抛头露面，现在我们文学美眉也都能做了。文学美眉怎可以藏在深闺不被识呢。况且文学美眉尽管大小都有，但超过五十的还不多见。于是，做写真集的，做形象代言人的等等，反正都是把自己的美人照公之于众，成为公众话题，成为公众焦点人物。这些年，单靠写字已经不太好使了，遭遇冷落、遭遇寂寞的滋味实在是不好受呀。

文学美眉也得有标准玉照，这些标准玉照是这样，用目前最为流行的婚纱摄影的虚拟摄影术，拍出那些浓妆艳抹的大美人特写，一定要呈现艳丽的效果。这样的美眉，就直逼那些影视歌星们了。但我感觉，文学的美眉和影视歌星还是有着本质上的区别。

一是，文学美眉是有文化的，有内涵的，有那么多的完全是自己写的东西摆在身边：忧国忧民的，或是风花雪夜的，或是言情言爱的，或是生活情趣的，上下几千年，纵横几万里。影视歌星有什么？还不都是鹦鹉学舌，绣花枕头。

二是，文学美眉的面部表情要尽可能庄重，要有大家闺秀的风度，没有飞吻和媚眼，不要煽情。绝对不学影视歌星那样，毫无原则、毫无立场地把自己装扮成大众情人。

三是，不制造绯闻，不搞特殊关系，偶尔失言但不失节，只是老老实实把自己奉献给读者，把自己的真实的故事告诉给读者。不学那些刚出道的影视歌星，年纪轻轻的不学好，今天要和这个导演恋一下，明天和那个名角好一把，净拿自己的清白赌明天。

多么难得呀，在当下的市场经济时代里，我们的文学美眉，还在义无反顾地坚守着文学这片明朗的天空。这样的文学美眉怎不叫人敬重，这样的文学美眉怎不叫人欢喜。

我的第一篇文学作品

二十年前，一九八四年十一月七日，我的第一篇文学作品，发表在《大连日报》上。当时我在辽宁师范学院读书，是中文系的学生。这篇作品题目是《校园短歌》（外一章），六百字左右，散文诗。拿着当天的报纸，我在校园里几乎是见到熟悉的师长就让人家看看那张报纸，兴奋得几乎一夜没睡。当时有一个同学很勉强地把我塞上的报纸扫了一眼，并没有什么“祝贺”了、高兴了等等表情，让我郁闷了好久好久。

这是我的第一篇正式发表的文学作品。以前也发表过一些，都是在内部报刊上。从一九八四年往前数，我差不多用了十年的时间来进行文学创作。漫长的十年时间里，我所写的文学作品的稿纸已经高度等身了，但还是颗粒无收。现在我琢磨着，那个时候，我可真有一股劲啊。

我从小就想当作家。但那时候对作家的认识几乎是模糊的。生长在一个小镇——后来又随父亲下乡走五七道路而搬迁到农村，没有多少见识的我，隐隐约约觉得作家和报社、广播电台的记者是一回事儿，好像是能写文章的人都是作家。目标就这么定了下来，就开始往那儿奔了。拼命看书，拼命练笔。没想到，奔了十年，也没有一点儿文字刊发在正式出版的报刊上。那时我在内心常常打退堂鼓，不知道我到底是不是当作家的料？

那时候我还有一个理想，是要找一个饭店服务员当媳妇。我父亲爱喝酒。那时穷，没什么下酒菜，于是父亲每次喝酒都要我骑着自行车去饭店买二两水饺下酒。走进饭店里满屋子的肉香让我觉得这世界上最好的地方莫过于此了。常进饭店买饺子，便知道这里的服务员每天要有两顿饭在饭店里吃，每天还要提着一个大饭盒上班，下班时把饭店里的好饭好菜捎给家人。当个饭店服务员的家属便等于能天天下馆子。那时候饭店都是国营的。而能到饭店吃顿饭，是生活里天大的事情。于是那个时候我决定长大以后要找饭店的服务员当老婆。

无数次到饭店买饺子，脸都熟了，可那些我的未来的老婆们压根还是把我当成孩子看。当她们挪着健康的身子走到我身边，爱一样地拍拍我的脸、头时，我闻到了系在她们身上那已辨不清白色的油污斑斑的黑围裙上的油香菜香。那好闻的油香菜香让我一阵阵眩晕，眩晕之中我更坚定了我要当作家（记者）的梦想——等我写出了一大堆作品，她们还能不天天为我提饭盒吗？

当作家的理想终于在《大连日报》上实现了。这对我的鼓励和刺激是不言而喻的。那些日子，只要大学宿舍里没人，我就拿出放在枕头下的报纸，重温那熟悉而亲切的文字。反反复复地看，就连那个不起眼的署名“王晓峰”，也被我无数次地浏览着。也就从那个时候开始，我所写的文字，便一而再，再而三地公开于报刊上。从那以后，文学便成为我二十多年来的生活、生命的一部分。

就是今天，每每走进饭店，我对饭店里的服务员，总有着几分天然的熟悉与亲切；就像我至今对《大连日报》的好多师长和朋友心存感激一样。

三十年文学

三十年文学，刚开始叫伤痕文学、改革文学等等，也统称为新时期文学；进入二十一世纪之初，又有人叫新世纪文学，肯定是与中国社会的进步发展联系在一起，并享受着社会每一次前行的欣悦、痛苦而开放和丰富着自己。作为三十年来文学发展过程的亲历者，我初始为一个文学爱好者，也就是当下常为人提及的不无贬义的“文学青年”。随着时间的推移，成为一个主要从事文学评论的人。我是三十年来文学发展进步的直接受益者。回首三十年，文学究竟有了哪些根本性的变化，或者说，是哪些重要进展？这话题有点儿老生常谈，还有点儿藤蔓缠绕、无法说清的感觉。

我的文学启蒙主要是在十年“文革”之中，一个物质与精神生活双重匮乏的时期。那时对我影响最大的是两部小说。一是，十年前期的长篇小说《虹南作战史》，另一篇是十年后期的陈忠实的短篇小说《县委书记》。前者不是战争故事，而是讲述了一个叫虹南的生产队由于狠抓阶级斗争而取得的变化、“进步”。这叙事是一种过度虚构，是有限度、有限制地叙事。更重要的是，这小说时时处处在引用当时时兴的辩证和历史唯物主义的哲学思想，且机械地和生硬地死搬硬套。因此说，这小说不如说是当时的一种哲学普及读物。后者，即《县委书记》，是一本薄薄的白皮书，一本“内部参考资料”。当时我是知青，阅读之后仿佛看到了文学的一个新天地：那叙事语言把渭河两岸、秦岭山脉的乡土风情真实而生动地叙述出来。我当即意识我的十年阅读，主要是阅读“文革”期间创作的文学作品，所积累的所谓文学知识、经验，绝大多数是荒废的是无用的。在十年的“文学青年”生涯里，我的大量阅读和等身高的文学手稿在新时期文学的初始阶段，归于零。这也是在说明，改革开放之后的三十年文学，是在文学废墟上开始起步的。

三十年文学，按照我的理解，是一个真正的文学史概念。它意味着文学接续了传统与历史，并开始了新的历程。三十年，在历史长河里尽管极为短暂，像一瞬间，但却是文学回归本体的一个过程，是文学成为文学的一个过程。就是说，对文学的理解、解释有各种各样，有千差万别，但文学之所以存在，还是有它自己的特殊性。文学本体的回归、确立及发展，是这三十年来文学最重大的收获。文学到底是什么，这问题经过了这三十年，不再是一个恼人的话题了。

三十年文学是文学史上的一个时间概念，更是一个文学概念。三十年文学是文学发展的一个重要的标志，它意味着接续传统、重新开始，也意味着探求新的可能，从而丰富自己和发展自己。在人的精神文化领域里，在人的审美层面上，它的种种表现，是在观照、反思（审美地反思）人的生存与发展（这关涉着人与人，即人与社会之间、人与自己、人与自然及宇宙等诸多问题）。观照是历史地观照，如巴尔扎克等现实主义大师所说的那样，它是兼具着历史观照的审美观照。也许这才是文学存在的唯一的理由。

回头清点三十年里一个个在社会上产生影响的文学作品，会发现它们在依次排列着，以自己的斑斑亮点而构成了壮观的文学星空。这些亮点的辉光也许会淹没作品本身的艺术特点诸如结构情节故事、叙事与表达等等，而突出了它的思想意义。它们是中国人三十年里精神世界及社会生活的审美体现、艺术体现。此时的思想，不仅仅是政治、哲学、社会的概念，而更是个文学的概念，是审美的、艺术的倾向与思考。不会思考肯定不是文学。文学是人的一种思考；这思考，是相对独立的，唯文学才有的。这也是三十年文学，一个重要的标志。

在三十年里，文学遭遇了突出而紧要的生存与发展的问题。作为人类社会发展的一个必然，市场经济对文学的影响，动摇、削弱了文学生存的根基。文学存在的意义与价值在此时显得愈发迫切和重要。与此相关的是文学的精神、尊严、适应能力、表达等一系列既具有理性抉择又具有明显的实践操作的能力，都一起摆在了文学的面前。三十年文学的精神状态是复杂的：欣喜、狂欢、彷徨、沮丧甚或失望、退却……也就是在这样的境遇里，文学还在艰辛地探求着向前走。站在三十年的门槛上，我发现，现有文学的真实性、丰富性和艺术性要比《虹南作战史》《县委书记》那个时候走得更远，走得更文学；但也必须应时而变，不断地完善和丰富着自己，不断地让自己适应时代和生活前行的脚步。

这是文学今后的生存与发展的基础。

从当下的展览里面想文学

二〇〇五年五月参观日本爱知县的“世界博览会”，满眼都是美景美色，很舒服，到了那里就不想走了。在那次“世博会”上，人的智慧、能力，绚丽的灯光和美不胜收的自然风光，让我仿佛全身心置于仙境一般：和自然的和谐相处，会让人类受益无穷。几天前专门去沈阳看了“世界园艺博览会”，感觉上像是回到了爱知“世博会”。我所理解的爱知“世博会”的主题是人与自然的和谐。而园艺从根上讲是自然的园艺，园艺的自然，这和爱知“世博会”有相通之处，只是“世园会”的有关自然的主旨更集中更突出罢了。略略让我不舒服的是“世园会”里的工作人员。感觉上都是大学本科学历以下的，面孔僵硬，说话全是沈阳那旮旯的味儿。我不喜欢听。我是大连人，我也不爱听大连人说话。沈阳、大连的方言、方音都是很直很粗的，土气，没法让人悦耳舒心。这完全是我个人的看法，不一定对，算是瞎说。我的同事小钱，在办公室工作不忙的时候，我说一句话她就模仿一句，弄得我不知道该如何说大连话了，因为我说大连话也很难听。但我还是要斗胆提点儿意见，请沈阳人民原谅：“世园会”你们搞得太棒了，太好了，但那里面的服务稍稍逊色了一点儿；你能不能从哈尔滨借用一些女孩子，长得好看，音色音质也美，搁在“世园会”还不成一幅画了吗？这个建议我也知道不对，让你们笑话了——因为我个人比较喜欢听哈尔滨人说话，好听。

“世博会”“世园会”都有一个关键词：展示。展示是一种语言，一种表达，目的是让不知道的变成知道；让忽略的被重视起来；让知道的加深印象、加深理解。方言方音也是一种展示、表达。生活里有些人就很会展示自己，靠一张嘴就可以了，不做什么事，吧吧一说，领导就满意了，也把他提拔起来了。可见展示在生活里的重要性，也说明语言在生活里存在着各种可能。文字是一种语言，色彩是一种，灯光是一种，肢体动作也是一种（比如哑语，很美的，像是舞蹈，比舞蹈还美）。展示，我觉得也是一种，是展览的语言，是综合性的语言表达。

最近看了几本书，韩国人编的《展示空间》，王春杰编的《世界展览新设计》，还有一本叫《2005 中国展览设计年鉴》，另一本是《展示设计速查手册》。这四本书让我意识到，展示语言是直接的、直观的、形象的，是完全真实的，生活的真实。它会让观众进了展场就一目了然，马上知晓，有真实的感觉，同时，也让观众从视觉上（构图、色彩、造型、灯光……），从听觉上，甚至味觉、触觉，感觉出展示之美，即观众在展示面前打开和放纵了自己的感官与想象，来接受展品所预置的信息。爱知“世博会”、沈阳“世园会”都让我有了这种简便的快捷的美好的感觉。这四本书还让我意识到，当下的展示，代表和体现出生活里最当下最前沿的思维方式和艺术表达。这样的思维和表达，又和当下的前沿科技水平联系在一起的，生活里的流行和时尚、体面和尊贵联系在一起的。这是展示的时代性。

这四本书关乎展示的话题让我想到了文学，想到文学当下所遭遇的某些困难。我觉得，文学和展示一样，也是一种话语系统。文学的最正经的定义是用语言文字形象地反映生活，和展示在特征上基本是一样的。同样都是要求形象性，都要求达到真实的程度。但文学这套话语系统在追求形象感和真实性方面与展示的话语系统相比，显得那么苍白无力，语汇贫乏，手段、方式简单粗陋。和展示相比，文学绝不会给读者留下真正意义上的形象感和真实性。因为文学所激活出来的想象毕竟极有限度。但在展示里你绝对不用专心费力去想象。只要你看见、听见、感觉到的，就是形象的、真实的，而且是最形象的最逼真的。

我们就是这样置身在一个有着丰富的话语系统的时

代中。我们可以不用完全的文字方式就可以了解理解这个社会，了解理解过去、当下甚至未来的人的生活状态，了解理解我们的文化传统。在所有的话语系统里，文字阅读是一个最古老的、陈旧而沉重的方式，它的色彩感、空间感、氛围、意境、形象感、真实感在所有的话语系统里是无力的苍白的和最无实效的。因此，说文学从主体、中心、重要的位置上滑落到边缘、淡出公众视野中心、也是在情理之中。因为这套话语系统使用年限太久太久了，也许真的是过了保质期。

生活可能就是这样，总有些话语系统衰落、死亡，另一些新的话语系统成为主角。因为语言的存在和发展，表达、展示的存在与发展，肯定是受时代制约的，新的语言终究要代替旧的语言、旧的表达。从上个世纪到现在，一些人有过“文学死亡”的诘问，不是没有道理的。当下文学作为一种即将成为不太重要的话语的存在、表达的存在，也许会消失在公众视野的中心地段，因为它思维陈旧，表达陈旧，它的话语系统已经无力承担当下和未来丰富的生活。可能，它真的就应该成为一种“小众”的阅读和艺术。

文学是一个未解之谜

如果要问近一年来反响最大、“点击率”最高的小说是哪个？我的回答是，一个叫艾米的人所写的一部小长篇《山楂树之恋》，小长篇通常指十万字左右的长篇小说。我是在听到几个朋友议论这部小长篇之后，才在网上搜索并在一个小书店里买到这本书的。在网上感觉这本书的反响大大超乎我的意料。用好评如潮来形容网上的留言帖子并不过分。这些评论主要集中在两个方面：一是说“史上最干净的爱情故事”，这里的“干净”有纯洁、坚贞的意味；二是出生在不同时代的读者都喜欢这本书，上世纪五十、六十、七十年代出生的人，特别是“80后”，都对此书大加赞赏，这是一种超时代的阅读现象。在我看来，《山楂树之恋》及其阅读是近年来发生的最最重要的文学事件。

我出生在二十世纪五十年代。《山楂树之恋》里发生的爱情恰好在我的青春期。那个时候，俄罗斯情歌《山楂树》差不多是每个少男少女心中的歌。那美好的旋律和似乎从心底流露出来的语词会激发许多人的青春之梦、苦斗和奋斗，还有初恋。化用这首歌作小说的题目、主旨和故事，一个纯真的美好的初恋，隐约的三角恋，至少激活了我的尘封的青春记忆，引发了我的阅读兴趣。也就是在网上和网下的人们对这本书的口口相传里，那种纯真美好的爱情，也是人类代代相袭的集体无意识，是人类的超越时空的永恒的梦想与追求，成为吸引阅读的一个故事内核。

其实这样的初恋、爱情，在文学的经典里，也在当下的文学里，曾被一而再、再而三地重复叙述着。正如一八八八年恩格斯给当时的一个英国女作家哈克奈斯的信里所说的："您"把"这样一个老而又老的故事作为全书的中心时所使用的简单朴素、不加修饰的手法……您觉得您有把握叙述一个老故事，因为您知道只要如实地叙述，就能使它变成新故事"。这句话的关键词是"老而又老的故事""简单朴素、不加修饰的手法""如实地叙述"和"新故事"。把恩格斯的评论放在《山楂树之恋》上，同样恰如其分。文学的魅力也就在于，能把一个老而又老的故事，叙述成为具有当下时代特色的爱情新篇章。文学及其阅读并不介意反复的主题和反复的故事，介意的是怎样去叙述这样的主题和故事。

按照纯粹的文学要求，或者说是文学性、艺术性，《山楂树之恋》在情节设置上，在叙述上都存在着明显的瑕疵和硬伤。就是和当下许多产生影响的小说相比，它的文学性和艺术性也不是那么高的，或者说不是最好的小说。但它所掀动的阅读狂潮却值得我们反思。为什么我们自诩为好的小说，为什么我们那么多名气很大、艺术修养很高的作家，却鲜有机会赢得阅读给予的那么高的荣耀呢？阅读《山楂树之恋》，也许就能明白其中的答案。除了主题、故事上的原因之外，主要还有这样的原因：一个是老老实实地讲故事，像恩格斯所说的那样，不为阅读制造障碍，或者说，方便阅读；二是带有真情实感地叙述，许多读者认为这本书是“原生态真人小说”，就是因为小说虚构的非虚构性，即小说营造了一个真切的场景、故事、人物以及这些所表达出来的情感。

文学肯定需要叙事能力、叙述技巧，需要所谓的学养、知识，还需要许多别的什么；但知道、掌握和得心应手地运用了这些，并不一定就能创作出读者普遍喜欢的小说来。文学就是这样一个未解之谜：它常常出人意料，想想也是在情理之中。

文学的想象

有时我想，假如我们现在没有时间、空间的观念，生活和世界和历史会是什么模样？肯定不是现在这个样子。而没有时间和空间的存在，有可能吗？这个我有点儿说不好，但现有的科学却可能证明这样的可能，比如某些外星人，也许就没有我们人类发明创造的这种时空观念，人家可能有另外的想法、做法和活法。人类从“猴子”发展到人的数十数百万年里，还发明创造了许多东西，比如文字，比如度量系统。这都是些理解和把握世界的思维和方法，随着时代在不断地进步与发展。比如计量系统里有十进制、十六位进制，还发明了二进制，得以在电脑上应用。这也可以说明，人类现存的时空观念，不是没有道理，但也未必是绝对真理。例如中国古人，用的是“混沌”时空观和宇宙观，想来他们也不是凭空瞎琢磨出来的。假定没有现有的时空观，也许人类也就没有了所谓的过去、当下和未来，也有可能在这样的三个地方“自由往来”，也可能现存的秩序、伦理、观念等等会有许多不同，这里自然包括对宇宙、对外星人、对我们人类自身和周遭的存在的认识。

我之所以举这样的例子，是因为，我们人类现存的主流的时空观和宇宙观，当然是在我们的科学的体系之内，但未必就一统天下；只要稍稍松动这块铁板，也可能会出现意外的惊喜与意外的发现。

这是我的想象。

我是有根据的。

有一本书，叫《文学与现代性》，是法国一教授写的，里面说过："传统社会是从质量的意义上去理解空间的。上和下，左与右，构成了空间中极点对立规则的结构，这些规则以无比精确的方式组织安排着整个自然、人类和超自然世界的运作。在新旧世界的很大一部分传统文化中，方位基点为使人们摆脱混沌无边的现实，生活在一个井然有序的世界提供了一个方位参照体系。"同样道理，时间也有类似的特点和功能。他继续说："一个绝对的起点（神的创造或复杂的宇宙起源论）和一个以世界末日或最后的'审判'为形式的终点使人们不会感到自己陷入一种空洞的永恒之中。"这位研究现代性很有名气的教授于是说："现代性要摆脱这些绝对的定位标记。"为人类思想建立起新的时空观念，以便让人类新的探索尝试确定一个目标。这个教授叫伊夫·瓦岱，文学评论家。他的观点在我看来就是一种想象，理论上的想象，文学上的想象。

没有想象就没有我们人类，没有人类的今天。我可以用如下最伟大而美好的词句来赞美人类的想象：它是一种创造力，是一种能力，是一种品质、素质……如果没有了想象，人类会成什么样子，谁都不会想象出来的。

但瓦岱教授的想象主要是针对文学乃至人类社会而言的，却不是针对人类现有的时空观。这是他的局限。文学所面对的不仅仅是人类社会，还要面对人类生存的周遭世界，这里自然包括时空宇宙。更重要的，我们以怎样的姿态或者说是以什么方式去面对文学对象，实际上体现出一种思想，一种思维方式，一种用于观察理解我们自己以及周遭世界的视角。

当我用这样的思维来考虑我们当下文学时，我真的有些忧虑，我们的文学在此很难让人感觉出那种雄浑的眼光、视野、心胸和思想。这和文学想象力的局促、狭隘有关。

文学的想象和科学的想象一起构筑起人类想象的翅膀。我之所以看重文学的想象，是因为它是人类独有的直观的艺术化的想象。文学离不开想象；想象是文学的关键和基础；即便是非虚构文学，也必须经过想象。这是常识。对文学来说，想象就是一种认识、创作和创造（生活其实也是这样）。有了想象，有了不同以往不同他人的想象，才有可能形成新的认识，形成思想，形成追求，形成新的创作（也是创造）。人类社会就是这样在不断想象之中不断地激活了创作与创造，从而不断地进步和发展。但是，这样的想象力、认识能力和创造能力，是建立在见识、学识、素养、品行基础之上的。说得明白些，没从头到尾读过一些好书的人，大约也很难形成和具备这样的想象力、认识和创造能力。

据此，我要说的是，当下文学的想象力，真的是在衰减。主要理由在于：对人类生存以及周遭的不同样态的认识，没有更新的创意和创新，反反复复的故事人物，反反复复思想。从阅读层面上看，不能有效地激发阅读时的想象和思维。我一直欣赏巴尔扎克把文学看成是生活的“百科全书”的理念。所有的文学经典名著都是在启迪和告诉我们什么是生活和如何去生活。另一方面，也是重要的方面，文学必须提供思想，即如何认识生活与世界，什么才是美的生活和世界。这是一种隐喻式的阅读结果。显然这要受到文学想象的水平、方式、能力的制约。

也是在瓦岱教授的那本书里，还有他引用过的一句话：“新的宇宙甚至是‘不可想象的’，因为，‘无论我们以什么样的方式去想象它，我们的思维方式都会是错的’。”“不可想象”本质上就是想象。人类就是在“不可想象”面前生生不息地想象着、创造着。文学也应如是，才会为更多读者所喜欢。正在欧美热播的电视连续剧《英雄》，便是一个很好的例证，这部剧就是人类想象在“不可想象”面前的一个传奇。

王晓峰的文学情怀

赵慧平

无论是见面还是在不同场合提及大连的王晓峰，我总是条件反射般地把他与大连文学联系在一起。这当然是从一个特定角度说的，王晓峰所关注的和他实际的文学活动肯定不会仅仅局限于大连文学。但每当见到他和想到他时我的感觉分明是：他与大连文学同在——大连文学给予了他，他给予了大连文学。

近些年在我分辨中国当代文坛的流行色，探寻形成当代文学品位的根源时，意识中一个概念被不断强化：文学生态。“文学生态”是一个包容量极大的概念，说清楚它需要专门的系统研究，还不一定会达成共识。但它会引起人们的探询：中国作家创作和读者们欣赏处在怎样的文学生态中？是什么使他们有了现在文学形态？“文学生态”的意识会引导人们关注中国文学的生存环境。凭经验就不难得出结论：各省、市、县的文学发展水平的差异，反映着各自不同的文学生态状况。具体到辽宁省，我个人认为，大连是辽宁省文学发展水平最高的城市。这里并不是说大连的文学生态好到尽善尽美的程度，只是想说大连的文学生态自有其可资借鉴之处。由此，我一直觉得王晓峰是一位对优化大连文学生态有重要贡献的人。有了这样的意识，前些年一读到他的文章《一座城市的发展和文学的存在》，就立即浮现出一个念头：应该写一篇题为《王晓峰的文学活动和大连文学的发展》的文章。

我由衷地觉得王晓峰的文学活动与大连文学的关系是一个很值得认真研究的文学案例。王晓峰有资格成为研究的对象。对于大连文学有谁还能像王晓峰如此全面熟悉到融入其中，与之同情共感，而且以近乎编年史的方式用不间断的文学评论将大连文学呈现于笔下呢？修成国先生在 2011 年曾经给他统计过，至 2011 年 2 月，王晓峰为大连市 130 位新老作家写过 160 余篇评论，几乎覆盖了大连所有在创作上有成就作家。同时，他还发表过《大连文学的现实管窥》等综论大连文学的系列文章，以及大连文化与艺术的系列文章。除此之外，近 30 年里，他还组织协调了数以百计的大连作家作品讨论会，主编和参与主编了文学评论集和文学作品集 50 多部，包括“大连作家文库”等系列的文学成果汇编。从大连城市文化，到作家作品，再到大连文学的宏观研究，大连文学的发展进程与现状尽在他的视野中，而且在他的心里大连文学不是抽象的概念，而是注入情感、鲜活生动、能够感受到生命律动的现实。

我之所以要说王晓峰的“文学活动”，意在强调他不仅做创作、批评的事情，还做着大量有成效的组织协调工作，而且有鲜明的即时性特点。这种即时性的效果可以用他喜欢的一个概念来描述：使大连文学保持着生命的“温度”。所以，用“文学活动”才能较完整、准确地表述出王晓峰之于大连文学的意义。我想，无论熟悉他的人如何评价他的文学观和文学成就，仅以有迹可循的文字就足以证明，他对大连文学生态的影响是事实上存在的。他个人文学活动的历史，也可以说是大连文学新时期发展历史的缩影，他的创作与评论显示出大连文学三十多年的发展历史及其特点。当然，用量化的方式或者用线性的连接方式无法计算出大连文学如何塑造了王晓峰，也无法计算出王晓峰的文学活动究竟多大程度使大连文学发生了改变，而且把一个人与一座城市的文学发展联系起来似乎有些夸大个人的作用。但不可否认的是，在一定时期内，个人的文学活动对特定地方文学的影响不可忽视。我不是说大连文学的发展是王晓峰一个人的功劳。毫无疑问，大连文学生态的创造是历史的积累与各种力量敛聚的结果。我熟悉的有成就的大连作家、批评家还有很多。仅从王晓峰的角度看，参与大连文学活动已经是他的生活内容和生活方式，他有他的大连文学观,他以他的文学活动方式影响着大连文学生态。

一

王晓峰从事文学活动的主要年代正是新时期以来的三十多年，这是个中国社会巨大的历史转型时期。转型时期的一个基本特点是既有的不断坍塌，新的不断出现，社会在各种力量不断出场、对立、冲突、博弈、融合、选择中呈现为多元共在、多元共生。当既有的秩序已经无法实现规范的功能，社会就获得了极大的自由空间。拥有自由无疑是一件好事，它给了人们多种发展的可能和较大的自主选择权利。但当自由被理解成为所欲为时，自由也就失去了社会与人的底线。所以说，自由的选择并不只是一件简单、愉快的事情，也会给人带来选择的痛苦。可以肯定地说，中国社会发展到今天，尽管物质文明发展水平超乎了所有人的想象，却几乎没有人感到满意，在精神文化领域甚至持怀疑、否定的观点的人居多。人们在现实生活中切身感受到的社会信仰与信任危机，也在损毁着当代人的精神家园，内心生长出各种困惑。王晓峰在社会转型期的精神历程不会超然世外，特别是他这个年龄基本上属于与新中国的同龄人，经历了当代中国社会的各个发展时期，青年时期刚刚建立起来的并且已经较稳定的是非善恶标准和观念体系却在新的现实中不断地被质疑和否定，迫使他重新考虑如何做人做事，重新建立新的观念体系，无疑是一件极困难和痛苦的事。他的创作与批评自然反映着转型时期的特点，人们也恰恰能够在转型时期的特殊历史背景中清楚地读出他的精神世界和他的文学。

王晓峰的文化信仰和文学观念建立在他对现实生活体验和思考基础上。他对文学的认知和评价，以自己对现实生活的真实感受为标准，这使他感到踏实、可靠。他不愿意用知识逻辑的方式建立他文学思维的逻辑，更愿意以体验的方式真实地表达自己。所以，在他那里，对文学的思考与对现实生活的思考是紧紧地联系在一起的，对文学的理解就有了属于他基本的恒久的观点和立场。我很赞同他把文学看作人的精神存在方式，这样，文学不再是外在于人生命的存在，而成为人以审美的方式构成的精神家园，心灵的栖息之地，它切实地属于每一个人，而不是仅属于握有文化权力某些所谓精英、权威。他反复表达这种观点："我喜欢一种大文学观：生活的一切，人的一切其实都与文学有关……创作小说、散文、诗歌面对的对象是生活和心灵；文学评论的对象则是生活、心灵的作品。"（《今天依然要关注文学》）基于这种文学观，王晓峰始终保持着在社会现实生活中思考文学，在人的存在中品评文学的习惯。由此，我们才可能更好地理解，他为什么对身边的普通大连人的文学创作心怀敬意，愿意下功夫评论那些没有出名的作家，热情扶持那些初学写作的人，认为那才是有“温度”的真的文学。

王晓峰对于自身的文学世界的建造是在他点滴的文学活动中逐渐形成的。他的文学活动的历程，是一个阅读生活、探索和领悟文学的过程。关于生活和文学，他所遭遇到的现实问题是，权威被质疑，已经建立起来的文化观念、文学思想、艺术标准无法适用新的生活和文学现象，必须依据自己独立的思考对各种新现象做出判断，给自己一个真正能够接受的解答。在这个过程中，王晓峰的思想观念和精神历程显现出有着他鲜明的个人印记的变与不变。读王晓峰三十多年写下的文字可以看到，他关于社会生活现象的许多观点，他思考问题的角度和标准、他的表达方式都在发生着变化。他在不停地感受着、思考着、辨析着、评判着、选择着，逐渐成为今天的王晓峰。但同样可以看到，他在做着艰难调整的时候，他的精神内核没有变，还坚持着那种理想性的浪漫，天下意识，理性精神，人文理念，精神里内在的东西更恒久而坚硬。

无论王晓峰是否愿意接受，他的这种精神品质，还是传承了中国知识分子的文化传统，属于他这一代人无法褪去的底色。我知道，这些有“宏大”意味的理想、责任、理性、人文品质，在当下文化语境中经常被怀疑、嘲笑、摒弃，正面主张极困难。如果单将这几个抽象符号组合在一起放在王晓峰身上，也将是王晓峰排斥、害怕、逃避的，因为那将塑造出一个不合时宜的不接地气的没有感性生命的“老旧”文化形象。当下文化语境中流行的观念和形成的文化规约，令王晓峰自觉不自觉地尽力摆脱那种“正人君子”的形象。事实上他从来没有主张要停留在过去。在他那里，要用新的文化观念和标准面对生活和文学，关于理想、责任、理性、人文品质已经有了新的内涵和表现方式。这看起来有些内在矛盾，却是有生命“温度”的真实的王晓峰——变的是他关于生活和文学的具体观点和主张，不变的是他的精神底色。他一直在此基础上营造他的文学世界，从事他的文学活动，传递他的文学主张。

王晓峰的文学理想就是建立在这种以人的现实生命存在为本的文学观的基础上的。尽管他不愿意正襟危坐地谈他的文学理想，担心被列到被疏离和嘲笑的“正统”行列中，但他对文学理想境界的描述在他的批评和文章中都可以明显地见到。如当他为网络文学正名时强调：“当下网络文学常常以自发、原状、素朴的道德诘问与心灵问询直接进入生活第一现场，承担了传统文学难以启齿、流行文学躲身回避的正义、道德、良知的社会责任，这就是网络道德或说是网络文学的基本精神。……当下网络文学在文学观念上，要显得更为活跃灵动，更为贴近生活与生命，更为贴近阅读，更为充满活气，为文学注入了新的生命力。”（《文学的新时代》）我不知道网络作家们是否认同他的观点，至少这里表达了他理想中的文学。王晓峰的这种文学观符合文学的本性和文学发展的实际。文学永远属于人的生命组成部分，与人的现实存在相伴随，永远属于真实的生活，从来不会离开。

二

王晓峰文学批评的行文逻辑很清楚地显现着他的文化信仰和文学观念。他说他在评论里喜欢说“人话”，期待“模仿生命存在一样去写文章”。这其中包含着他对文化立场、批评观念和审美标准的宣扬，也包含着他对当下中国文学批评现状的不满。

就文化立场来说，王晓峰坚持的是平民立场。他身上有平民百姓的共性特征：尊重自身的感性生命，相信自己内心的真实，追求独立思考与个人表达的随性与自由，不愿意受到任何形式的外在力量压迫，也不愿意服从各种权威，爱憎分明，保持个性特征。这种文化立场决定了他对文学的选择。当他站在平民的立场把文学看作人的精神存在，定位于现实生活时，他认识、评价文学的逻辑起点必然地是他所体验到的真实的现实生活和现实中的平民百姓，所要表达的观点必然是基于自己经验的真实感悟。他要以平民的视角看生活与文学，平等地面对作者、作品、读者，与大众同情共感，说百姓最想说的话，实现心灵间的交流。他反对“站在高高在上的‘文学贵族’的立场来说话”，要努力“写我自己的真性情，写我自己的生活，是我的精神自传”。（《今天依然要关注文学》）

站在平民的文化立场上写文学评论的文章，在思维逻辑和语言表达方面挣脱业已形成的学术规范其实极难。文学批评不仅要做判断、下结论，更需要讲出判断、结论的合理性和恰当性。这就难免进入推理论证的逻辑关系中，分寸稍掌握不好，就会失去可读性，与读者相“隔”。如果不用概念、判断、推理的论说方式，什么样的方式才能达到既使批评有效，又不“隔”的效果？他说：“我非常喜欢这样一类的文学批评：能像讲故事、抒发情感一样地写批评文章，即有文学性（艺术性），有文学感觉。我相信更广大的读者都会喜欢这样的批评，好读。”（《对当下文学批评的散点透视》）王晓峰在文学评论中努力寻找一种能够表现自己精神个性和审美理想的表达方式。这种表达方式就是他所说的说“人话”，也就是有真情实感，让人喜欢听、听得懂、容易接受的话。他一直在尝试把严肃的文学批评与当下的日常生活现象结合起来，在有趣味的生活情境中引入文学的话题，生活经验与文学很自然地联系起来。他的文章多以第一人称来写，“我”既是作者，又有文学形象的意味，造成现实感、情境性。这样在真实的生活场景中议论文学现象，就方便以经验化的思维方式表达真性情，发真议论，点到关节处，不必做抽象的逻辑演绎。这是一种散文随笔的方式，本身也是一种文学创作。这种表达方式形成了王晓峰文学批评的一种风格和习惯，在他的评论文章中可以信手拈来："我上大学那会儿，正是朦胧诗在校园和诗坛上盛行的时候。那时校园里的少男少女，几乎都被流行的朦胧诗裹挟其中。可以负责任地讲，当时我也是朦胧诗的狂热粉丝，还写过'床上明月霜，疑是地下光'的句子。"（《狼怎么会爱上羊呢》）文学批评以接近口语的方式表达，这是王晓峰刻意追求的，也是平民话语成为流行以来许多人在探索的一种语言方式。让语言更符合自己的个性特征，文章介于述与论之间，这形成了他评论文体鲜明的特点。这在他的文章标题中就可以清楚地感觉到：《你要当面夸夸我》《现在的评论没法干了》《叫你"文学青年"你乐意吗》等等。这些都是东北地区日常生活中常见的句式，很容易把读者带到他的语境中。读过他文章的人很容易分辨出是他的文章。这也反映出他的文学观念和批评主张，也是他对当下文学批评的一种有意识的对抗。应该承认，他的文字基本上实现了他所追求的说"人话"的效果，读他的文字如同见到了有"温度"的王晓峰。

用平民视角和标准评价生活与文学的王晓峰，在思想倾向上也有了平民的敏感。他的平民意识使他最相信他自己的生活体验和他对现实生活的认识，也使他对中国当代知名作家、批评家毫无崇拜意识。相反，凡是超出他经验和观念范围的，让他感觉离自己内心较远，特别是感觉与之有了等级差别，须仰视才见的，他都会有些本能性地怀疑和排斥，将其划归到“文学贵族”的范畴。他对中国文坛上掌握话语权的一些权威质疑和批评的态度非常鲜明。在《北大精英好大嘴》中批评：“这几个北大人，差不多涵盖了老中青三代，敢编书，敢拿大奖，敢写大文章。文坛上大名大利的事情，实质也是个话语制高权。话要先说，事要先做，遂领时尚之先，遂一锤定音。至于是非对错，暂且搁置一边。”在《不信排行榜》中批评：“现在评奖的风头过去了，又来了排座次。热衷于此道的，数一数好像也就那么几个人……”在《想起了蒂博代的一段话》中批评：“著名的作家，现在也被称为‘名家’。当上了名家，便有许多好处，开会讲学有人请，吃饭K歌洗澡也有人买单，写点儿什么都可以上头版且稿费比一般人还多，还能成了‘名作’。你看当下的许多文学期刊，不都把拉到的名家稿子送进‘名作’的栏目里吗？” 王晓峰不愿意接受当前文学评论流行的话语逻辑，甚至一概排斥基础理论层面的研究，他还常常与文联、作协系统的人们一样，用带有贬意的“学院批评”或者“学院派”给予命名。从北大精英，到“老”

作家、批评家，到著名作家，再到“学院派”、专业批评等，他都做了尖锐的批评。这很容易理解。王晓峰的文学理想使他对中国当代文学的发展期待很高，对那些在中国文坛上掌握话语权的“名家”、权威有着殷殷的寄托。当中国文学发展的现状是这样地令人失望，而那些“名家”、权威又常常做出让他感觉违背了文学规律的事情来，由失望而生的批评自然会发生。他的这种批评表达了最普通民众关于文学的文化要求和态度。

三

文学生态是一个地区一个国家一个民族的文学生存环境，它包括直接影响人们生存方式的社会政治经济制度、体制、机制环境，包括理想、信仰、道德、审美等思想观念体系，包括文学传统、文学思想理论、文学思潮、文学创作与接受的现实状态，它们共同构成有机的文学体系，以或显或隐的文学规约形成文学生产与接受的秩序，在给身在其中的人们提供文学活动条件的同时，也制约着他们影响着文学活动的品质。它的力量无法估量，人们在潜移默化的熏陶中不知不觉地被“文学”化，形成相应的文学观念。王晓峰对大连文学生态的建造自觉而积极。

王晓峰对文学批评有清楚的认识，也在按照他的理解不懈实践着。我很认同他对文学批评的一些观点，在他的文章中我读到了很多与我在表述上几乎相同的观点。例如他说：“文学评论也是一种文学创作，而不是文学的分支”。（《说点儿文学批评的实话》）批评应该“处处充满了生活的智慧和对生活的新识见。我一直认为批评的对象首先是生活，是表达批评家对生活的感悟。”（《创造思想的艺术》）“文学批评的主要任务是对文学作品、现象的内涵与意义的阐释与发现。”（《文学批评要有原创性》）“文学应该也必须以极大的热情和责任来实践文学的最高宗旨。”（《文学的社会责任》）这些看起来并不是首创和新见，但在中国当下的文学语境中要宣示和坚持是需要信仰和勇气的。王晓峰在新时期以来三十多年的社会转型期里的文学活动，尤其是他的文学批评活动，自觉地实践着他的文学批评观念，这在他 900 多篇作品和评论文章，500 多万文字中能够获得切实的依据。

从王晓峰的批评文章中可以看出来，他是个极爱从看似普通的现象中辨别出思想价值的人，尤其是喜欢提出自己的观点，发出自己的声音。他很享受自己的这种思辨和取得的思想成果，这也使他的批评有了思想的深度和智慧的力量。以时间顺序排列他的文章可以看出，三十多年来，他在不停地追问和评判转型时期出现的各种文学现象，常常以独到的视角和思辨做出自己的判断，许多问题都涉及当代文学中的重大理论问题。《别处的文学》等文章中提出的是文学观的转变问题。他认为，文学不只存在于掌握话语权的人划定的范围内，文学发展的历史也不是教科书中的精英史。他在《每一根线条都有温度》等文章中提出了传承文学精神传统的问题。他批评中国百年文史领域全盘西化，忘却了中国文化精神和文化传统，文学批评没有了“气韵”和“风骨”，没有了生命的温度。在《文学是一个未解之谜》等文章中提出了反思文学、文学批评的基本理论问题。在《关于媒体文学批评》和《关于专业文学批评》等文章中提出了现代媒体时代的文学批评问题。指出：进入了媒体时代，也意味着一次重大的文化转向，商业文化与大众的媒体批评改变了原先的专业文学批评的大一统的批评格局，传统的批评价值体系已经难以适用。他的批评还论及了大量的文学现实问题。如：人文精神问题（《请不要打扰他们》）、学术娱乐化问题（《教授 VS 学者》）、批评的商业化问题（《还能说点儿别的吗》《编辑 早安》《旅游》）、批评的廉价赞誉问题（《评论家》《给有意思的图书写点儿有意思的评论》）、文学排行榜和评奖问题（《其余内容请参考所有的拜年短信》《别处的文学》）、“酷评”“八股”批评问题（《学习王朔好榜样》）等等。许多问题看似是一些文学的基本问题，其实都是在新时期以来的社会转型期的文化、文学思想理论调整过程中重新提出来的根本性问题，是在新文化语境中建构当代文学思想理论体系必须清楚回答的问题。作为一个实践着的批评家，王晓峰没有做基础理论研究的任务，职业的特点也使他不可能如职业学者那样给自己提出系统的基础理论研究的任务，但他作为一个批评家要为自己的批评提供合理恰当的理论依据，敏感地抓住了核心问题，把握住当代文学发展的律动，鲜明地表达出自己的观点和主张。

王晓峰在大连文坛以组织者、评论家的形象被文学界所接受，也就意味着他在文化观念、文学理想和文学主张方面是一个有影响的文学活动家。对于他身边的大连文学，他更是热情满怀地发现、总结、阐述、传播有价值的文学成果，把他的文学见解以有他鲜明个性的表达方式传达到大连文坛，强调文学对生活现实、对人的精神存在、对人性、对生命价值的艺术呈现：评徐铎、徐钢的中篇小说《脊美鲸》“弘扬生命意识，扩张时代精神”；评孙惠芬小说创作“具备了相当的人性深度和更为深刻的社会内涵，从而较好地表达出作家对当下中国农民生存状态的思考”；评王正寅的长篇小说《古国的振荡》的创作动机：“从目前所迫切需要的人文精神这一角度来看，《古国的振荡》的心态与表达是绝对需要的”；评素素的散文创作展现了由自发到自觉的女性意识；评林丹的小说创作“注重时代的前进步伐对乡村的影响”；评津子围的小说创作“在这样的平白无奇的叙述底下，蠕动着人的存在、人的精神存在的种种骇人听闻的状态”；评邓刚的长篇小说《山狼海贼》“在平民化的叙事中写出了一群生活在底层的人们身上有人性的温暖和生命的爱意”……这些随手杂取的对大连专业的和非专业的作家的一些批评，不可能全面反映王晓峰的文学批评全貌，甚至会有明显的偏误，但还是能够从中看到他的文学主张，他的精神气质，他的思维方式，他的思想观点，看到他给大连文坛留下的影响。

王晓峰在大连文坛中肯定是一个有标杆意义的存在。他是中国社会转型时期的一个过渡型的批评家，他身上兼有传统文学精神底色和当下文学的品质，他以鲜明的个性和现代特征坚守着他的理想、浪漫、责任与理性精神。他有理由以他的方式存在，虽然不是完美的方式，但只属于王晓峰。

图书在版编目（CIP）数据

有话好好说/王晓峰著. —大连：大连出版社，2014.10
（“字码头”读库）
ISBN 978-7-5505-0766-1

Ⅰ.①有… Ⅱ.①王… Ⅲ.①随笔—作品集—中国—当代 Ⅳ.①I267.1

中国版本图书馆CIP数据核字(2014)第198974号

有话好好说
YOU HUA HAOHAO SHUO

出 版 人：刘明辉
策划编辑：刘明辉 张 波 卢 锋
责任编辑：李 萤
封面设计：林 洋
版式设计：张 波
封面绘图：王天用 洪 羽
责任校对：杨 钟
责任印制：阎 骋

出版发行者：大连出版社
地址：大连市西岗区长白街10号
邮编：116011
电话：0411-83620442 0411-83620941
传真：0411-83610391
网址：http://www.dlmpm.com
E-mail：dlszhangbo@163.com
印 刷 者：大连美跃彩色印刷有限公司
经 销 者：各地新华书店

幅面尺寸：130 mm×195 mm
印 张：11.5
字 数：221千字
出版时间：2014年10月第1版
印刷时间：2014年10月第1次印刷
书 号：ISBN 978-7-5505-0766-1
定 价：29.00元